岩 波 文 庫

31-222-1

色 ざ ん げ

宇 野 千 代 作

目　次

色ざんげ

○

どこから話したら好いかな、と暫(しばら)く考えてから彼はゆっくりと語りはじめた。外国から帰って間もなく蒲田(かまた)に二階二間階下(した)三間くらいの小さな家を借りて、僕は二階、女房と子供は階下とまるで別々の生活を始めた。もうその頃は別れ話もだいぶん進行していてただ具体的な問題の片附くのを待っているというだけだった。何しろ僕は十年ぶりに見る日本の女がきれいできれいで眼がさめると家を飛びだし街をほつき歩いたり夜はおそくまでダンスホールやカフェーを漁(あさ)り歩いたりして帰って来るという風で幾日も女房の顔を見ないことの方が多かった。或る夜のこと帰ってみると机の上に女文字の手紙が一通のせてある。高尾と署名してあるから高尾何子とでもいう女だろうと思ってあけて見るとそうではなくて中には小牧高尾とちゃんと書いてある。いかにも高尾というような男名前に適(ふさ)わしい女の書いた手紙らしく達者な筆つきで二枚ほどの用箋(ようせん)に何か訳の分らぬ詩のようなものの書いてある後に、自分の家は千駄ヶ谷の徳川さんの邸の近くだからぜひ一度遊びに来てくれと書いてある。恋文というにはひどくあっさりした抽象的な恋文だし、僕はそのまま読み捨てて眠ってしまったのだが、その翌日も帰ってみると同じような手紙が机の上にのせてあって、今度は詩のあとに返事がほしいと書いてある。翌日もその翌日も同じような封筒がのせてあったが、僕はもう披いてみる気もなくそのままにしておいた。そして一週間くらいも根気よく手紙が続いてから或るときのこと、それまでの細長い封筒ではなくちょっと大型な西洋封筒に変っているのを見て何気なく披いてみると、手紙のほかにその女のだという若い女の写真が一枚入れてあったが、女の背後には虎の皮の拡げてある椅子やピアノなども見えてなかなか中産階級的な長閑さだ。翌朝出がけに僕はそれを女房に見せてやった。「あら、お金持のお家らしいじゃあないの、あなたもう逢ってるんでしょ?」「冗談言うな、向うから手紙を寄越したりする女に逢うものかい。」「だけどちょっとくらい遊んでやったって好いじゃあないの、きっとお金持よ。」女房はなかなか洒落た口を利くが、写真の女はちょうどそれくらいしか美しくなかったのだ。そんなことがあってから後も相変らず手紙は来る。別に気にとめているとも思わなかったのに僕は半分その女の根気のよさに呆れながら、ダンスホールでもカフェーでも女を摑えては訊いてみた。「君たちの中に小牧高尾っていう女(ひと)いる?」そんなことで僕も相当に手紙の女のことを気にするようになっていたのかも知れぬ。或る夜のこと家に帰って来て、机の側にちょうどもう五寸くらいの高さに積重ねてあるその手紙の中から出鱈目(でたらめ)に一つ抜きとって封をきってみるともうそれには詩などは書いてなく、明日の夕方六時から六時半までのあいだ、千駄ヶ谷の駅の改札口で待っているから来てくれ。わたしは髪に紅い造花の薔薇(ばら)の花を挿している、とただそれだけの文面が三行ほどに書いてある。もちろん僕は行きはしなかったのだが、一体その次の日の手紙には何と書いてあるだろうと思いながら次の日附のを披いてみると、一字一句前のと同じ文句でわたしは髪に紅い造花の薔薇の花を挿している、と書いてある。僕はちょっと面白くなって今度はその前の日附のをあけてみるとやはり造花の薔薇の花をと書いてあって、次のも次のもちょうどその晩届いたのも合せて十二、三通ほどの手紙がみんな同じものなのには呆れてしまった。僕はそれでもっと以前のに遡(さかのぼ)って最初の二、三通のところまでみんな封をきってみる気になった。すると薔薇の花の前はおよそ七、八通ばかりはどれにもあの虎の皮の上に腰をかけた写真が入れてあって、それ以前のには訳の分らぬ詩が続いている。僕はしばらくその夥(おびただ)しい文反古(ふみほご)の中に坐っている間にその女に対して異常な興味を感じはじめている自分に気が附いた。明日の夕方は行ってやろうとそのときそう思いついた。

翌くる日の夕方、千駄ヶ谷の駅へ下りたのは六時二十分すぎくらいであった。フォームの階段を半分も下りたと思うと、そこの改札口のところに背丈のたっぷりした若い女が真っ直ぐにこっちを向いて立っているのが見える。この頃よく雑誌などの写真で見るフェリシタ夫人のしているような工合に、長い髪の毛を編んでゆるく額の上に捲きつけそれに紅い造花の薔薇の花を挿しているのが、ちょうど夏の日のことだから六時すぎといってもまだ昼のようで外苑の方の明るい広場を背景にしてかえって顔ははっきり分らぬけれども気のせいか写真よりも若くいきいきした女のように思われる。側まで来ると、女はきらりと光るような眼をあげてまともに僕の顔を見た。僕はわざとゆっくりした足どりでそのまま広場を左手へ人力車の溜りの横を馬道に沿うて曲って行ったが、何となく背後から迫って来るようなその女の眼が感じられる。こんなときはなかなか「あなたは小牧さんですね、」などと言えるものではないと見える。僕は女の眼の届かぬところまで歩いて行ってからちょっと立留った。そしてそこの並木の繁みを透して駅の方を振返ると、女はまたもとの姿勢に戻って後向きに立っている。やはり僕とは気附かなかったのかなと僕はそう思いながら暫くそこに立って見ていると、やがてくるりと向きをかえて真っ直ぐに徳川さんの邸(やしき)の方へ歩き出した。多分きっかりと六時三十分になったからなのだろうと思うが、いかにも機械的な動作で未練げもなくさっさと引上げてしまうのだ。僕はしばらく間をおいてから女のあとをつけた。駅から一丁くらいのところを右に折れた角邸(かどやしき)の徳川さんの家よりももっと厳(いか)めしい石門のある中へ消えて行く。門札には「小牧与四郎」と出してあって、古びた薔薇の植込がとんねるのようになって奥庭に続いている。女の草履(ぞうり)の音がまだその奥で聴えるようなのを僕はちょっと度肝(どぎも)を抜かれたような気持でそこに立って耳をすましていたが、やがて八幡社(はちまんしゃ)の方の通りに近いところに一軒の米屋を見出してその親爺(おやじ)に訊いてみると、そこは小牧与四郎という三菱の重役の家で、主人の与四郎は支那や台湾などに旅行していることが多く、留守中はこの間まで華族女学校に行っていた一人娘のお嬢さんがいるきりだとそんなことまで話してくれた。そのお嬢さんというのがあの女なのだろうかと僕は何となく猟奇的な興味に駆られながら、しかしさっき改札口のところでちらりと見た女の大柄な厳(いか)つい体つきや僕の方を見たときの光るような眼つきなどを思い合して恋を感じるというのには少しの感傷も柔(やわら)かさもない女のような気がしたが、それにしてもこの頃のように夜となく昼となくカフェーやダンス場などに入りびたってそんなところの女たちとばかり遊んでいる僕にとっては何か新鮮で風変りな相手のように思われた。その日はそのまま、もう街へも遊びに廻らずに家へ帰って来るとやはり机の上には紅い薔薇の花をという手紙が置いてある。そこで翌くる日は少し早めに家を出て床屋に行き途中で靴を磨かせたりして千駄ヶ谷のプラットフォームに降りると、女は昨日と同じところに同じ姿勢で真っ直ぐに起っている。僕の姿を認めたと思うと一種の確信のある足どりでつかつかと近づいた。「湯浅さんでしょう？　やっぱり湯浅さんですわね、」そうだと答えると、「あなた昨日もここへいらしたでしょう？」と言う。何だか正直に答えたくなかったので、いや、いまここへ来たのが始めてだと言った。「そんなことないわ、でもあんなに急いで行っておしまいになったからひょっと違った方かと思ったけど、」「じゃああなたは毎日ここで待ってたんですか？」「ええそうよ。だってあなたはきっといらっしゃるに極ってるんですもの、」女はさきに立って歩き出した。僕はそのあとを追いながら女のよく発育した手足や血色の好い頰を見た。「どういう訳であんなに毎日手紙を寄越したんです？」「そんなこと訊くもんじゃないわ。もしあなたが来なかったらこれからさき三月でも三年でも続けて出すつもりだったの、何でも思ってることを途中で止したことなんかないのよ、あたし、」女は昨日の石の門の前で僕を振返った。「ちょっと寄ってらっしゃらない?」僕は女の後から薔薇の繁みのとんねるを潜って裏庭の方にある離れの洋館へ上って行った。部屋の中はもう少し暗かった。女は低いスタンドの紐をひいた。するとその仄かな明りの中にあの写真にあったピアノや虎の皮のかけてある椅子が見え、それから壁にピンで留めてある新聞からの切抜きらしい僕の写真なども見える。「お酒のむでしょう?」女は僕に何かの洋酒をすすめた。間近に見る女の顔は女というよりもまるで子供のような稚げな表情をもって、その子供らしさのために恐れを知らぬという風に見える。「どうして僕に逢いたいなどと思いついたのです?」「まだそれを訊きたいの?」女はちょっと笑った。「あなたが好きだからよ。あたしあなたを愛してるの、」「愛してる、」僕は笑った。「愛してるってあなたはこれまでに恋愛なんかしたことあるの?」「あるわ。あたし一とう最初はうちの家庭教師を愛してたのよ。でも直きにそんなことをしてるのが馬鹿らしくなったの。馬鹿らしいと思ったらその日に、自分であたしその男を馘にしたわ。」さっきからもうだいぶん時間が経つけれども誰もこの部屋に来るものはないし、母屋の方からも物音が聴えない。「じゃあどうして僕のことを好きだと思ったの?」「あなたに汽車で逢ったからよ、」みんな話してしまうわと言って女の語り出したところによると、彼女は僕が日本へ着いた日に神戸から東京まで乗った汽車の中で僕と一緒になった。台湾から帰って来るその父を大阪で待合せてやがて食堂車で少しやすんだりして座席に戻って来ると、すぐあとからやって来た僕が彼女の食堂車に置き忘れて来た扇をこれはあなたのでしょうと言ってその父に渡したのだと言う。そう聴けばそのときのことを思い出すようだけれども、彼女だったのだろうかと思われるその少女は紺色の水兵服か何かを着て絶えずうつむいて編物をしていたようだったので僕にはまるで覚えがなく、かえってその側に坐っていた白髪の老紳士の脂ぎった額や鋭い眼ざしの中に彼女のそれに似通ったものがあったかと思われる。その夜汽車が東京駅に着いて家族や友達などに迎えられ新聞社の写真班に囲まれている僕を見てあれは何者であろうかと翌朝の新聞をたのしみに披いてみて僕が外国にながい間いた湯浅譲二という洋画家で蒲田の留守宅に落付いたということを知ったけれども、しかし家に父の留っている間は何をすることも出来ない。「あたしとても上手に二人の人間になれるのよ。パパのいる間はそれはおとなしいお嬢さん、パパがいなくなると手のつけられない不良少女になっちまうの、」いつでも両側に女中が一人ずつついていて自動車の窓から外へ眼をやることも禁じられているようなお嬢さんもやれるのだけれども、不良少女の役の方がもっと上手にやれる。

早くまた父が台湾へ行ってしまえば好いとそれでも二十日くらいも待ったのち、やっと或る日のこと父を東京駅へ送り出してしまうとその足ですぐに蒲田の警察署へ行って僕の新しい住所と家族とについて調べてもらってから、人力車に乗って僕の家の前まで行ってみた。もう少しで這入ろうと思ったけれども思い直して引返し、それからは毎日のようにあの手紙を書いたのだと言う。「じゃあ僕におくさんや子供のあることも知ってるんですね？」「そんなこと」と女はそのうすい唇を反すようにして言った。「そんなことはだってあなたのことじゃないの、何でもありゃしないわ。どんなおくさんだか知らないけど、でもそんなおくさんなんかよりあたしの方が好いにきまってるわ、」「どうしてきまってるんです？」「きまってるわ、」独り言のように繰返してからちらりと眼をあげて僕を見た。「あなたみたいなひとがあんなお家にいて画を描いているなんて、」そう言ってちょっとの間口を噤んでいる女の横顔を見ている中に彼女の言おうとしていることが僕には判るような気がした。この華族女学校のお嬢さんはいくらか僕の暮し向きについて僕を憐んでいるらしく、そうでなければ案じているらしい。僕はちょっと、小さな子供におじさんは馬鹿だねと言われたときくらいに機嫌を悪くした。その機嫌の悪さを隠そうとするためのように僕はそっと女の手をとった。「駄目よ、触っちゃ駄目、」とび上るようにして女は部屋の隅の方へ体をにじらせてから、そこからじっと眼をすえて僕の方を見た。僕はしかし女を追っては行かなかった。やがてあんまりおそくなるからと言ってそこを出ると、女もつづいて駅まで送って来た。「また明日ね、」女は別れるときにそう言った。

翌日になるとしかし僕はもう出掛けて行く気がなくなっていた。恋をする相手というにはあんまり衛生的な体つきと率直な性格とをもっている彼女はほんの少しの感傷しか僕の心に残さなかったようなのだ。それにほんとうのことを言うと僕にはまだいくらかあの「面喰い」の気持が残っていて、そう美人というほどではない彼女をむきになって追い求めようとはしなかった。その中にだんだんと日が経って僕は自分の仕事の一つである秋の展覧会に出品するための制作が忙しくなって来る。「こんなに情熱に燃えている女をそのままにしておくなんて罪悪だ。」と書いたり、「逢いに来てくれなければ何をするか分らぬ。」と書いたりした女の手紙が相変らず毎日のように来ていたが、或る夕方僕は珍しく自分の家の二階で声楽家の亀井雄二郎や画家の園田修吉などと一緒になって女房の給仕をうけながらビールをのんでいると階下で誰かを呼んでいるような子供の声が聴える。すぐ降りて行った女房が階段のところから僕を呼んだ。「あの女よ、あの女があなたを呼んでくれって言ってるのよ。」近所の八百屋の門さきまで来てそこの子供を呼び出しの使いに寄越したのだと言いながら、そう言っている女房の白粉をつけた白い顔は固く硬ったような表情になっている。いつだったか写真を見たときには、ちょっとくらい遊んでやったって好いじゃないのなどと利いた風なことを言っていた癖に、と思いながら僕はまた何か言ったりするのが面倒だったので大きな声をして言った。「構うことはないじゃないか、誰を待っていようと待つのは向うの勝手じゃないか、」「だって図々しいったらないんですもの。さんざんへんな手紙をよこしといて、今度は呼び出しに来るなんて、」「どうしたんです？」音楽家の亀井が鹿爪らしい顔をして訊くと、女房はそのままそこへぺたりと坐って、さも憎さげな調子をもって客に女のことを話した。「しかし君、そんなのをいつまでも放っとくのは不可ないよ。興味がないんならないってはっきり君の口から断ってやるのがほんとうだよ。」「断ったって同じなんだよ。」やがて三十分もたったと思うと今度は表から近所の俥屋の親爺がやって来て、ちょっとそこまで僕に来てくれと言う。あとで行くからとそう言って俥屋を帰してやると、亀井は真顔で僕の方へ向いた。「あんなところで待たしとくなんて不可ないよ。おくさんも僕らもこうして坐ってるんだからその前ではっきり言ってやったら好いじゃないか。

そうし給え、」真面目な気持というよりは見物人のおせっかいな気持からであろうと思うが亀井は自分で俥屋の前に待っているという女を呼びに起って行った。間もなく亀井と一緒に女がやって来た。僕らの晩餐は何だか会議でもひらいているように固くなる。その中でも女房は一番遠くの方から明らかに敵意を見せた構えをもって女の顔を見詰めている。「いまも話したのですが、」亀井はそう女に言った。「あなたのような若いお嬢さんが湯浅君のような男に夢中になるというのはどうですかな、」「どういう意味ですの?」女は詰問するように亀井の顔を見た。「いや、どういう意味と言ってしかし、湯浅君にはおくさんもあるし子供もあるし、」「知ってますわそんなこと。でもそんなことはあたしに何にも関係のないことですもの。」「まあ、何ですって、」女房はかっとなったような声を立てて言った。「まあおくさん、僕に任せといて下さい。ねえ小牧さん、僕の言ってることはたいへん常識的なことかも知れませんが、どうせ駄目なことにきまってるのに、」「きまってなんかいないわ。」いまの彼女にとってどうすることも出来ないのは僕を好きだという彼女の気持だけだ。そう言っている女の様子は、側に僕の女房のいることなど猫の仔のいるほどにも思わぬらしい。亀井は「ふうむ、」と呻るような声を立てた。そういう有様の亀井もそれから女房も何だかそわそわと狼狽てていて、この席で落付いているのは彼女ひとりのようにも見える。「失礼ですが、今夜は僕がお宅までお送りしましょう。決して悪いようにはしませんから、」やがて亀井はそんなことを言って女をつれて出て行った。そのひょろひょろと高い後姿が隣りの生垣(いけがき)の向うに消えるのを二階の手摺(てすり)によりかかって見送っていた女房は、いらいらして言った。「何て甘い男ばかり揃(そろ)ってるんでしょう。」

　翌日ひる過ぎにまた亀井がやって来た。「君は馬鹿だよ。」僕の顔を見るとすぐにそう言って「小牧与四郎というのは君あの有名な三菱の小牧与四郎なんだぜ。こんな幸運をみすみす逃がしてしまうなんて馬鹿だよ。それにあのお嬢さんはちょっと好いじゃないか、あんなにはっきりしてる女の子ってないぜ、」「はっきりし過ぎてて、気違いなんだよ。」「しかしあの気違いぶりは面白いじゃないか。ちょっと下賤(げせん)な女の子の持ってない味だぜ、」亀井は無暗(むやみ)に感心してみせてからちょっと声を落して、実はゆうべ一緒に家まで送ってゆく途中で今日君を女の家まで連れて行く約束をしてしまった。悪いようにはしないから是非俺の顔を立ててろと言う。「がみがみ言うな、行ってやるよ。」いつの間にか亀井の仲人口(なこうどぐち)にのってみる気になった僕は日の暮れるのを待って一緒に家を出た。女の家の前まで来ると亀井はさきに立って表玄関から案内を乞(こ)うた。古風な装飾をした広い応接間で暫く待っているとやがて扉があいていつものようににこりともしない顔のまま小牧高尾が現れた。「亀井さん、もうあなたのご用はこれですんでよ、」這入るといきなり僕の方も見ないで亀井に言う。そこへ女中がアイスクリームか何か運んで来たので亀井は急いでそれをとった。「しかしこれをたべる間くらいここにいたって好いでしょう。」亀井はいつの間にか彼女に対してとることにきめていたらしい道化者の態度をもってそう言いながらそこそこに僕を残して辞し去った。ちょっとの間だまっていた女は、これからちょっとそこまで一緒につきあってくれないかと言う。銀座へ出て茶でも喫もうかと僕も思ったので出掛けようと答えると、そこへ女中がまた茶菓を運んで来た。「さっきのこと、よくって?」女はそんなことを訊く。「はい、お車ももう参っておりますけど、」裏木戸をあけたところに一台の大型な自動車が待っていた。僕は女と列んで腰を下しながら、「ママは?」と訊いてみた。亀井の話によると彼女の母はその父のいない間この留守宅に残っているはずだというのに、と思いながらしかし僕はそんなことなど少しも気にしてはいなかったのだけれども、女はちらりと冷い眼をして僕の方を見た。「ママにはママの娯しみがあるわよ、」あとで分ったことであるが、この高慢な不良少女のお手本はみなその母の行動によったものであるらしく、僕はその夜、三十二にもなった男である僕がこの十八の少女にホテルへ連れ込まれたのであったが、そのホテルというのは彼女の母の用い馴れていた恋の宿であったらしく、さきがた女中に念を押していたこともその用意のことであったのだ。自動車は暗い街を走り過ぎる。ぽつりと窓に雨滴が落ちたと思うと、ざあと音を立ててすさまじい雨になった。僕はそれとなくその雨の中を掠める灯りによっていまどこを走っているところなのか知ろうと思ったが、十年前の東京の街に対する僕のおぼろげな記憶はたちまち豪雨の中にもみ消されてしまって方角さえ分らない。僕はしかし女にもまた運転手にも一体どこへ行くところなのかなどと訊こうとは思わなかった。どこへでも行くところへ行ってやろうとそんな興味もあって、僕は女の何となくものものしい感じでおしだまっている有様を滑稽なものに思ったのだ。やがて車がとまると暗い木立の奥から白い服を着た男が走って来て女に傘をさしかけた。そこはホテルなのだ。僕はまだ或いはそこで夕飯を喰べようと言うのであろうかとそんな風に思ったのであったが、女は落付いたものごしでボーイたちの慇懃な目礼の中をロビーを抜けて暗い廊下の方へゆっくりと歩いて行く。すると背後から一人のボーイが追いかけて来て女の手に部屋の鍵を渡すのだ。女はとある部屋の扉をあけた。すぐあとから僕が続いて這入るとがちゃりと扉に鍵をかけた。「驚いたな、」僕はそう言った。「あなたのしてることはそれは男のすることですよ。僕があなたにすることですよ、」「そうよ。」女はまだいま鍵を下した扉のところに起って肩で呼吸をしていた。「今日はそれをあたしがするのよ、こんな場合に男がすることをあたしがするんだわ、」女の眼は何か敵意のある光で燃えているようなのだ。ちょっとの間僕の立ちすくんでいるひまに女はベッドの側に近づいて、着ていたうすい紅色の着物をぬぎはじめた。帯をとると、するりと着物が床におちる。一糸も纏わぬ裸体は、びっくりするほど艶かしかった。着物を着ているときの女を見ていては夢にも想像の出来ない、その白い肌の柔かさは手を触れたらそのまままつわりついて離れないのではあるまいかと思われるほどだった。恐らく女はこのことを充分に知っているのであろう。そして恐らく着物を脱いだ彼女はどんな男の心をもとらえることが出来るに違いないということを。僕は半ば呆然として、ふいに燃え上って来る喰べ物を見せられたときの動物のような自分の心と闘った。不思議なことであるが、これに似たほかのどんな場合にでも画家である僕の本能は女の美しい肉体をそのまま自分のものにしたいと思ったことはなかった。それだのに、この女の体はほかのどんな欲望も自制も押し殺してしまうほど僕の心を圧倒した。不覚にも僕はこのとき、いつか女が話したことのある女とその家庭教師との恋を妄想したのだった。「何をぼんやりしてるの？　あなたはそんな意気地なしなの？」女の声が鞭のように僕の頰を打った。僕は息をのんでいた。何ということを言うのだ。こういうことを言われた男が何をするか、この女は知っているのだろうか、と思わず僕は荒い気持になって女の体を抱き上げると、ベッドの上へ叩きつけるようにして転がした。ぐさっと音がしたようだった。女は肩で息をしながら眼を大きく瞠いたまま、さあ、どうするのよ、とでも言うようにじっと僕を見詰めていた。僕はもう獣になっていた。片手をふいに女の胴に廻すと、柔かいその乳房の間に顔を埋めた。あ、と女は短い叫び声を立てた。僕は動かなかった。もし僕が声を立てることが出来たならばこんなことを言うつもりであった。「どうするか見ていろ。夜があけたらもうお前の体はなくなっているだろう。」ふいに女は身悶えして両手で僕の体を突き上げようとした。そして狂気のようになって僕の腕と言わず胸と言わずところ嫌わず歯を立てた。何ということだ。さっきまでのあの人を馬鹿にした不良少女の挑戦とこの激しい抵抗とは何を意味するのであろうか。僕は女のなすに任せながら少しも手を離そうとはしなかった。突然、女が首をがくっと後に落して眼を閉じた。見るとその蒼ざめた唇から細い一条の赤い血の線がたれているではないか。「小牧さん、小牧さん、」僕は女の肩をゆすぶりながら呼んだ。どれくらい時間が経(た)ったのか分らなかった。カーテンの隙間(すきま)から白い夜明の光りがさして来た。僕もまた綿のように疲れていた。そのままそこに突っ伏して、眠りこけてしまったのであった。眼がさめたのは翌朝のもう午(ひる)近い時刻であった。女はまだ死んだようになって眠っている。二、三度呼んでみたがなかなか眼を醒ましそうにもなかった。気がついてみると僕の着ていた白シャツはところどころひき裂け、頬にも腕にも爪でかかれた痕(あと)があった。ふいに僕は女が眼をさますのを惧(おそ)れるような気持を感じて、急いで身支度(みじたく)をしてホテルのそとへ出た。灼(や)けつくような七月の太陽の中にかっと毒々しく咲きはびこっている前庭(フロント)のあじさいの花のところまで来ると僕は危うく眩暈(めまい)がしてそのまま倒れそうになった。

○

そのことがあってから僕はときどき小牧高尾のことを考えていることがあった。また呼出しの手紙をよこすだろうとそれとなく待っていたが、一日二日と待っても何とも言って来ない。前にはあんなに一日も欠かさずによこしていた手紙が来なくなるというのは可笑(おか)しいけれどもしかし今日は来てるだろうなどと夜更(よふ)けて家へ帰って来る途中でも考えるのであったが帰ってみるとやはり何にも来てはいなかった。やがて五、六日も経った或る日のこと、女房が一枚の名刺を持って二階へ上って来て、見知らぬ男が僕に逢いに来ていると言う。黒い詰襟（つめえり）の洋服を着た風体のあまりよくない男が玄関に坐っている。僕の顔を見るとすぐに、「ちょっと小牧さんのお嬢さんにお目にかかりたいんですが、」と言うのである。そんな女（ひと）はここには来ていないと言うと、いやほんのちょっとお目にかかるだけで好いんですとまるで僕が女の来ているのを隠してでもいるようなことを言う。「一体君は僕とそのお嬢さんと何か関り合いでもあるというのかね？」男はちょっと頰にうす笑いを浮べた。そして大きな紙入のようなものの中からもう一枚の大型の名刺をぬき出して僕の前へおいた。東邦秘密探偵社何某と書いてある。「実はこちらへ伺う前に御近所でもちょっと聴いて来たんですし、私も一、二度お嬢さんがそのさきの停留場に立っておいでのところをお見受けしたこともあるのです。」と下手（へた）な鎌をかけたりする。「そんなら家の中を探してみてもらっても好いが、しかしここには僕と女房と子供がいるだけですよ。」もしほんとうにあの女が来ているとしても僕は平気でこう言える。こんな男の言うことなどはどうでも宜（よ）かったが、またあの女が何をしでかしたのであろうとそれが知りたかったので、「だが、そのお嬢さんというのは家出をしたのですね、」と訊くと、何を白っぱくれるのかというつもりであろう胡散くさそうな顔つきで、「一週間くらい前にね。しかし湯浅さん、あなたはあの晩、望海ホテルへ御一緒にいらしてからどうだったのです?」「望海ホテル?」僕は平気でとぼけた。「そんなところへ行ったことになってるんですね、何だってまた僕が行ったことになるんです?」男の言うところによると、女のいなくなったあとその部屋を調べてみると、僕の写真の切り抜が床に落ちていた。女中の証言によって女が男のつれと一緒に車にのって出掛けたということが分ったから、車を調べてその運転手に僕の写真を見せると、確かにこの方だと言うし、それからホテルへ行ってボーイに訊いてみてもこの方に違いないと言う。「ちゃんと種が上ってなきゃなかなかこうやっては来られませんからね。」「不愉快な口の利き方をするね、君は。種とは何だい?」僕はわざと大きな声をして言った。「何の権利があって君はそんな刑事のような口の利き方をするんだ。そんな訊問に僕は一言も答える義務はないよ。そりゃあの女は一ぺんここへ訪ねて来たことくらいあるけれど、」そう言っている間に僕はほんとうに腹を立てているような気になったのだ。男はしばらく考え込んでいる風であったが、僕の語気の荒さにけおされたのかそれとも僕の言うことをそのままほんとうだと思ったのか、ではやはり自分の見込み違いであったかな、と言ってやがて帰って行った。

あの女が家出をした。恐らくあの朝ホテルから家へ帰らずにそのままどこかへ行ってしまったものと思われるが、それについて僕に幾何(いくばく)の責任があるとしても僕は平気だった。汽車の中でちょっと男を見たからと言ってすぐその男に近づいて来る、そんな風な女の場合だ。どんな突飛(とっぴ)な行動も悲劇的な結果を伴いはすまいと思われたので、僕は多寡(たか)をくくったのだ。翌日、僕はひとりでヴァイオリンか何かの演奏を聴きに帝劇へ出かけて行った。廊下へ出て煙草(タバコ)を吸っていると、若い令嬢風の女が二人僕に近づいて、「失礼ですけれど湯浅さんではいらっしゃいません？」という。二人とも小牧高尾の友だちだが、彼女のことについてちょっと話したいことがあるから、差支(さしつか)えなかったら階上(うえ)の喫茶店まで来てくれないかと言うのだ。一人はそれほどでもなかったが、もう一人の女のいま咲いたばかりの花のような生々(いきいき)とした美しさは僕の眼を囚(とら)えずにはおかなかった。それは僕が日本へ帰ってから始めて見る美しさで街の女たちの決して持っていない清々(すがすが)しさがその言葉にも表情にも溢(あふ)れていた。この女があの西条つゆ子なのだ。僕という男の一生を支配し、僕の運命をくつがえした、あのつゆ子なのだ。僕はもう決して小牧高尾のことについて昨日の朝あの秘密探偵の男に訊かれたときのようにむきになって否(いな)みはしなかった。それどころか、彼女らと一緒になって高尾の行方(ゆくえ)を探してくれないかと言われたときもすすんでその仲間に加わろうと答えたほどであった。「お母さまがお気の毒なんですの、」つゆ子はそう言った。ちょうどあの晩やはり同じようにどこかへ出掛けていたという高尾の母は、その良人(おっと)の留守中にこのような不始末があったと分ったなら生きてはいられないと言って騒いでいるとのことであったが、僕はしかしそれについては少しの同感もしなかった。僕の心は新しい興奮で一ぱいだったのだ。こんな美しい女たちと一緒になって女の行方を探すということは何という愉快なことか分らない。そう思った僕は何か僕に用事のあるときは電報をくれるようにと言いおいて彼女らと別れた。三日ほど経ったある晩つゆ子から電報が来て、明日の朝の六時に東京駅へ来てくれという。六時というと夜があけて間もない頃ではないか。僕はほとんど眠らぬくらいにして早く眼を醒(さま)し、東京駅へ馳(か)けつけた。つゆ子はもう来てひとりで改札口のところに立っていたが僕の姿を見ると高く手をあげて二枚の青い切符を示した。「とうとう探偵が始りましたわ。」つゆ子はどんどんフォームの方へ歩き出しながら言った。彼女の細い肩はじきに僕の肩とすれすれくらいの高さだった。「居所(いどころ)が分ったんですか?」「ええ。」つゆ子は黒い眼をちらりと流して僕の方を見た。「昨夜お母さまからお電話がありましたの。逗子のホテルにいるんですって、」そういう通知が探偵社から来たのだが、迎えに行くとしてもこの場合探偵社の男やそれから母親などが行ったのでは恐らくあの女の気持を昂らせるばかりであろう、かえって何もかも話し合っている間柄の仲の好い友だちであるつゆ子が行ってくれるならばということになったのだそうな。まだ早い汽車の中はすいていた。「僕まだ何も喰べてないんですよ。」僕はパンとコーヒーとで軽い食事をとりながら、この愉快な旅行が、あの女の行方を捜索するためだとは信じることが出来なかった。涼しい朝の風が汽車の窓を掠める。つゆ子は快活な調子で話しかけた。「あなたのこと、もうずっとせんからお知合いになってるような気がしますわ。たいへんな評判だったんですもの、小牧さんたら、会うたびに話すのでは足りないで電話かけてよこしたりしてあなたのお噂なさるんですのよ。」「あの女のやりそうなことですね、」すっかりつゆ子に囚われてしまっていた僕は、あの女のことでつゆ子から詰らぬ誤解をうけたくないと思ったので、ここであの女との関係をはっきり説明しておきたかったのだ。「風変りなお嬢さんという印象以外には何にもうけとりはしなかったんです。ほんとうですよ。」「随分ね、ではこんなお役目、ご迷惑じゃありませんこと？」「あなたと御一緒でなかったらね。」つゆ子の意を得るためには僕は何でも言ったことだろう。やがて汽車は着いて僕らは自動車でホテルへ向った。

ホテルの帳場ではなかなか埒（らち）があかなかった。宿泊人名簿に小牧高尾の名の見えないのはもちろん偽名で投宿したのだろうと思われたが、それについて彼女の風貌の特長を細かに説明してみても事務員は容易に、「ああ、あの方ですか、」とは言わなかった。若い婦人の滞在客は六、七人もあって果してどの婦人がその小牧さんなのか分らぬと言うのだ。僕らはちょっと困った。「砂浜の方へ出てましょう。いまに運動に出て来るかも分らない。」僕らは露台の側をぬけて海に面した広い芝生の方へ出た。「あそこにいらっしゃるわ。」つゆ子は立留って言った。西洋人の子供らを相手にきゃっきゃっと声を立ててボール投げをしているのだ。ワンピースの短い洋服を着て髪をお下げにしている彼女はまるで子供のようなのだ。僕らはちょっとの間呆気（あっけ）にとられて立っていた。これが行方不明になったという彼女なのだ。しかし考えようによっては如何（いか）にも彼女らしくもある。「駄目よォ、そんな球、」犬ころのように球を追って駆けて来た弾（はず）みに、ふいに眼をあげて僕らの姿を認めた。彼女の大きな眼はちょっとの間青いような色になった。と思うと持っていた球をぷいと投（ほう）り出してそのままつゆ子と僕のいる側を振向きもせずに通り過ぎてずんずん階段を上って行った。「どうなすったんでしょ、」つゆ子は僕の方を見て言った。「きっとあたしが御一緒に来たからよ、」「そんな馬鹿なことがあるもんですか、」僕らはすぐ彼女のあとを追って行った。一ぺん追いかけることに決めると追いつめるところまで行きたくなる。彼女は幾つも廊下を曲って海に面している側の一つの部屋の中へ這入った。僕らも構わず扉をあけた。「あんたたちが来るってことはあたしちゃんと分ってたわ。」暫くだまっていたのちに彼女は言った。あんたたちというへんにぞんざいな言葉の中に軽蔑の調子が感じられる。仮りにも彼女と同じベッドで一夜を明かしたことのある僕だし、またつゆ子も彼女と長い交りのある親友だというのに、彼女の僕らを見詰めている眼の中にはただ敵意と嫌悪があるだけのように見える。つゆ子はやっと低声で言った。「だって昨夜おそくきまったのよ、それに湯浅さんはあたしがお願いしてわざわざ来て頂いたんですのに、そんなことを言うなんて失礼じゃない？」「ちゃんと分ってたわ。」彼女は強情な表情のまま繰り返した。そしてくるりと僕らに背を向けたと思うと開け放たれた窓の方に向って男の子のようにひゅう！と口笛を吹いた。「あたし、ちょっとの間そとにいた方がいいでしょ？」つゆ子は小さい声で僕に言う。たぶん高尾の不機嫌を僕が彼女と一緒にやって来たためだと解したらしいつゆ子は、僕のとめるのも聴かないでそとへ出て行った。ひとりで残った僕は仕方なく煙草に火をつけた。依然として高尾は僕に背を向けたまま、窓から海辺の方へ手をあげたりしている。さっきまで遊んでいた子供らに何か合図をしているのかも知れないが、半分は僕をいやがらせるつもりなのだ。僕はわざと声をかけた。「何だってそんなに怒ってるんです？　あの朝すぐにここへ来たんですね？」「あんなに侮辱されたんですもの、ほかの女だったら自殺したわ。」彼女は始めて口をきった。「侮辱？　僕があなたを侮辱したんですって？」「あれ以上の侮辱があって？　ホテルへひとを置去りにするなんて、」「冗談じゃない。あそこへ僕をつれ込んだのはあなたですよ。あなたはあの晩、そういう言い方で僕に言いましたよ。――それにあの朝だって、あなたの想像してるように僕はあなたから逃げ出した訳じゃありませんよ。あなたはいくら呼んでも起きないんだから、」嘘のような話だが、僕は自分の家をあけて女と一緒にそとで泊るようなことはあまりしなかった。女房のいない外国の生活でも夜は必ず自分の宿へ帰って来て眠る習慣だった。単なる習慣に過ぎないのだが、あの朝、あのまま女の傍にずるずると眠っていたくなかったのはその習慣のためもある。「それにあの日はどうしても手離せない仕事があったんだし、」と僕の言いかけている最中に、「小牧さん小牧さん、」と呼ぶ声がして、一人のまだ中学生のような若い男が飛び込んだ。「支度が出来たから早く来ない？

あ、お客さま？」「好いのよ。いま行くからちょっと待ってね、」言い捨てて間仕切りのカーテンの向うへ隠れたと思うと、間もなく白いセーラーに着替えて出て来たが、僕の方には一瞥もくれないで一緒に手を繋いでそのまま大股に廊下へ駆け出してしまったのだ。さっきから窓に向いて口笛を吹いたり手をあげたりしていたのはきっとあの男へ何か合図をしていたのだろうと、やっと僕は気がついたが、あのスポーツシャツを着た子供のような男は一体何だろう。しかしまだ一言も肝心の話をしない中に逃げられてしまった僕は階下の広間で待っているつゆ子のところへ飛んで行って一緒になって二人のあとを追って行ったが、もう砂浜のずっとさきの方まで駆け出してしまったあとでとても追っつけそうにはなかった。僕らは芝生のところで立留った。見ると岸に帆の赤いヨットが一艘つないであって、たちまちの中に二人は水の中へ押し出して海へ出てしまった。ヨットは一ぱいに風をはらんで走ってゆく。暫くの間僕らは呆気にとられてその行方を見守っているよりほかなかった。「すっかり出し抜かれてしまいましたね、どうします？　帰って来るまでここで頑張ってますか？」「そうね、」いかにも疲れた様子だった。「あっちで少しやすんでても好いですね、」僕はつゆ子の背に手をやるようにしてテラスへ帰ってゆくとそこの椅子にかけさせた。晴れた空の下にどこまでも青い海が続いている。一望のもとに湘南の海が見えるのだが、その青いグラウンドを沖へ出たり戻ったりしている赤いヨットの帆の動きは、思いようによっては僕らを愚弄しているようでもある。しかし恐らくほんとうのところはただの他愛のない舟遊びだと思われるが。「ナンセンスな風景ですね、」僕は明るい声で言った。いつの間にか僕もさっきまでは高尾の家出を悲劇的なものとして考えていたようだったが、お蔭でこのまま笑ってすませそうでもある。それに、晴れた真夏の空の下で汐風に吹かれながら美しい婦人と向い合って話している男にとってはどんな事件についての観察もそう暗くはなり得ない。僕はだんだん愉快になった。思いなしかつゆ子も明るい顔つきで、「さっきまであんなにむきになってたのが可笑しいようですのね、あんまりのんきなんであたし、何だかがっかりしましたわ、」「しかしお蔭であなたとお友達になれたんですからね、たびたび家出してくれると有難いんだが、」「ほほ、――でもあのヨット素敵ね、」「気を利かして、なかなか帰って来そうもありませんね。どうです、少し早いけどお午食にしませんか、」一緒に食事をすませると僕らはしばらく近くの松林を散歩した。僕はもうあのヨットの行方などどうでも構わなかった。僕の気持の中からはとうにそんなものはなくなって、ただ愛し合っている恋人と海岸のホテルへ来ているのだという仮想に変っていた。僕らはゆっくり歩いた。そしてやっとホテルの近くに戻ったとき、まずつゆ子が顔をあげた。「帰ってますわ、」あの海に面した二階の窓に、シュミイズ一つになって両手で数本のゴムを引張るあの何とかいう運動をしきりにやっている高尾の姿が見えた。僕らはもう前ほどに切迫した気持はなかったが急いで階段を上ってノックもせずにその扉をあけた。高尾は振返った。彼女のその服装の略式なことについても僕らはもう何の注意も払わなかった。「随分ね。わざわざ東京から伺ったのにすっぽかしたりして、」つゆ子は穏かに咎めた。「お茶くらいよんで下すってもよかない？」「どうぞご随意に。それよりあんたがた、挨拶もしないでひとの部屋へ這入って来るなんて失礼よ。」高尾の表情はやっぱり石のようにこわばって動かない。「本気なの？　高尾さん、」暫くしてつゆ子は言った。「そんなに怒ったりするの、あなたの誤解よ。」「誤解ですって？　あんたがたのことをあたしが何とか思ってると思って？」高尾のうすい唇にうす笑いの影が浮んだ。すると間仕切りのカーテンの奥から朗らかな唄声が聴えて、さっき高尾と一緒に出掛けた若い男がバスタオルで濡れた頭髪を拭きながら出て来た。恐らくいましがた沖から帰ったばかりで一風呂浴びたところだろう、はっと立留って僕らに眼をとめる、とみるみる赧くなった。「構わないのよ、保さん。紹介したげるからこっちいらっしゃい、」命令するように言って僕らにひき合せた。「安宅保さん。あたしの恋人よ、」あとで分ったことだけれども、この若い男は高尾がホテルに来て二日目に彼女と知り合ってそのまま彼女と起居をともにしていたのだったが、彼女との恋愛事件が原因となって自殺したということだ。慶応の普通部の生徒でまだやっと十八になったばかりの女のように眼の美しい少年だった。僕らは仕方なく挨拶した。しかしこの瞬間から僕らは全く無用な人物になったようなのだ。僕はやっと言った。「ね、高尾さん、あなただって僕たちがただ遊びにここへ来たんだとは思ってないでしょう？　どんな事情があるんだか知らないけれど、話さえついたらまたすぐ今夜にでもこっちへ引返して来ることにして、一応一緒に帰りませんか？」「いやよ。大体あたしを迎えに来るなんて無駄なことだわ。ママにそ言ってちょうだい、ママのためだの、お家のためだのそんなこともう沢山よ。帰りたくなったら自分でさっさと帰るわよ、あたし、」そういう彼女の声を聴いている間に僕はふいに馬鹿馬鹿しくなって来た。恐らく彼女は彼女の言う通りにしかしないだろう。「つゆ子さん、ちょっと、」僕はつゆ子を呼んで階下の事務室へ降りた。そして彼女と相談の上、東京の小牧家へ電話をかけて朝からの成行(なりゆき)をすっかり話したのち、この分なら大したこともないと思うから、彼女を残して一先(ひとま)ず引上げたいと思うと知らせておいてから、そのまま東京へ引返すことにした。

○

そんなことがあってから間もなく或る朝の新聞によって僕は高尾の家の没落を知ったのだ。台湾銀行のパニック。その有力な取引筋に密接な関係を持っていた財界の風雲児小牧与四郎の没落。これは確かに好箇(こうこ)の三面記事であった。好況の潮に乗って有力な背景を控えながら鉄と期米(きまい)の思惑(おもわく)で一挙に巨万の富を積んだという高尾の父は、勢(いきおい)に乗じて手を拡げた各種の事業が、最近世界経済の反動的な不況の余波をうけて甚(はなはだ)しい収拾困難に陥った矢先、最後に銀行のパニックによる決定的な打撃のためにとうとう破産の申請をうける破目になったのだと報じてあった。僕はしばらくの間その記事を前にして感慨に耽(ふけ)らない訳には行かなかった。高尾はどうしたろうなどと思っているところへ或る日逗子のホテルで会った少年の兄になる人だという人品の卑(いや)しからぬ中年の紳士が僕を訪ねて来た。つかぬことを伺うようですが、と言って話し出すところによると、あれから間もなく高尾はその日の中(うち)に引返して来るからと約束してホテルに少年を残したまま東京へ帰ったのであったが、それきり戻って来ないばかりか手紙も来ず電話さえも通じない有様でどこにいるのか居処も分らぬ。始めて女から棄てられたことを知った少年は、しかしなかなか思い諦めることが出来ず遺書を書いて劇薬を嚥もうとしていたところへ折よく行き合せて、そのまま東京の自分の家へ引取ったが、しかしこのままでは一ときも眼を離せぬ不安な有様だ。兄である自分にはどういうことのためにそんなにも思い詰めたものかと思われるが、聞くところによるとあなたは、と僕をさして、高尾のことについてよく知っておいでとのこと、ぜひ弟のために彼女に逢いその気持を訊いてやってくれないかと言うのだ。彼女のことについてはほんとうのところは僕もこりごりだという気持であった。しかしこの兄という人の温和な資質や、あのホテルで見た少年のすぐにも頰を赧らめるような稚げな印象とが僕の心を動かした。とはいえ誰の眼にも明らかに幸福な結末を予想出来ないこの恋について何の助力をすることが出来ようか。僕は半ば客をなだめながら言った。「ですがあなたは二、三日前の新聞に出ていた小牧家の破産の記事をお読みになりましたでしょうね、」「拝見しました。」紳士はどういう訳かちょっと小腰を屈めた。「あれを拝見してと言っては失礼な申出になるかも知れませんが、もしあちらでこの際ただ約束だけでも取極めて下さるようでしたら、」こんなことを自分で言うのは可笑しいけれども田舎の家は四国でも相当知られた旧家である。高尾の将来の生活の保証くらい何とでもするつもりだというのであった。この最後の言葉をもって僕はやはり高尾に話してみようという気になった。そして客とともに家を出るとすぐその足で千駄ヶ谷の小牧の家へ行ってみたが、門は固く釘づけにされ標札のはがされたあとが白く残っている。僕はいつかの夜高尾と一緒に車にのったことのある裏口へ廻ってそこのくぐりをあけると、見覚えのある若い女中があたふたと出て来た。来意を告げると、高尾もその母もここにはいない、主人はずっと以前に旅行に出たきり帰って来ないとのことで、家の中ではいま弁護士が来ていろいろと整理しているところだという。僕はしばらくそこに立っていた。「困ったな、」と低声で呟くと、以前の僕と高尾とのことについて何か思い誤ったのであろうか、お嬢さまはひとりでここに住んでいると言って一枚の所書を僕に手渡した。小田原急行の参宮橋の駅の近くだというので行ってみるとやっと一軒、踏切の堤の上に同じ番地の家を探し出したのであったが、表には標札もなかった。僕は二、三度その家の前を往ったり来たりした。これがあの高尾の隠れ家であろうか。僕は柄にもなく感傷して二階を見上げながら呼んだ。「小牧さん、小牧さん、」すると同じ棟になっている隣家の勝手口があいて、そこのおかみさんらしい女が顔を出した。「いまし方郵便を出しにいらしたんですけど、何でしたら中にお這入りになって待ってらっしゃいまし。もうじきお帰りになるでしょう。」言われるままに僕は格子戸をあけた。構わず靴を脱いであがったが家の中には座蒲団ひとつおいてなくて台所の片隅に出前もののらしい洋食皿が喰べちらしたまま出してあるほかには茶碗ひとつ見えないのだ。僕はちょっとの間座敷のまん中に立っていた。この何もおいてない家の中に若い女がひとりで住んでいられようか。僕はしかしまた二階へ上ってみた。そこにはあの見覚えのあるピアノと大型の緋の長椅子とが置いてある。そんな家の中にあって始めて、それらはどんなに高価なものであったかということが分るくらいに、家の中の荒涼とした感じと甚しい対照をなしていた。高尾はなかなか帰って来ない。僕はまた階下へ降りて玄関の柱に寄りかかり、長い間待っていた。やがて女のらしい跫音が聴えてがらりと玄関があいた。女はすぐに僕を認めた。そのまま凍りつくように僕の眼の上に留まった女の視線の中に激しい動顚の色の渦巻くのを僕は見逃さなかった。しかしそれはただの一瞬間でもなかった。たちまちに憎悪と傷けられた自負心との燃え上る火のような眼に変って、いまにも僕にとびかかって来るかと思われた。「ごめんなさい、お留守のところへ上って、」思わず僕がそう言うと、高尾は低い慄える声で言った。「こんなところまで来て、あたしのことを笑おうというのでしょう？　何だってそんなにひとを追っかけ廻すの？　誰があんたなんぞにお這入んなさいって言って？」「いや、」僕はもう彼女の激しい言葉を惧れなかった。「お隣りのおかみさんがそう言ったものだから、――僕が笑うなんて何を言うんです、」「出て下さい、出てって下さい。」言い捨ててそのまま二階へ上ってゆく背後から、僕はどんどんついて上って行った。どういう訳か僕はこんなに怒っている高尾をちょっと好いなと思った。どんな時の彼女よりもいまの彼女はきれいだった。「出てって下さいってば、聞えないの？」高尾は上唇の右の方を微かに慄わせながら僕をにらんだ。「何の用事で僕が来たんだか知ってますか？　安宅君が死にそうなんですよ、」安宅君という声を聴くと女の頬に、思いがけなくふんと言うような冷笑が浮んだのだ。僕はちょっとの間口を噤んで、その冷笑を見守った。「ご苦労さま、」聞えないくらいの声で女が言った。僕はそれをどう解釈すべきかとちょっと躊躇した。恐らくこの言葉を彼女は、僕にとそれからあの少年とに言うつもりなのだろう。僕はわざと言った。「何ですって？」「ご苦労さまと言ったのよ。ほっといて下さいな。」「しかしどうして行ってやらないんです？　僕らの目から見てもあんなに感じの好い青年だし、あなただって好きだからああして一緒にいてやったりしたんじゃありませんか。」「そうよ。そしてもうそれはすんだのよ。」高尾は挑むような眼つきをして言った。「海岸のホテルで、一週間ほど一緒に遊んだのよ。誰だってそうするわ、砂浜を歩いてきれいな貝殻が落ちてれば誰だってちょっとくらい拾ってみたくなるわ。でもそんなもの拾ったって一丁も歩いてる中にはうっかり捨てちゃうわ。」そういう言い方にもかかわらず彼女の顔は剃刀のように蒼かった。「どうしてそんなに、ひとの顔ばかり見てるのよ、あなたはそうしはしないと言えて？　ね、あなたはそんなもの拾わないと言えて？　こう言ったからってあたし、あなたにからんでるんじゃないことよ。ただよけいなおせっかいをお断りしてるんだわ。」「しかしね、小牧さん。」僕はやっと言った。彼女の論理の中には彼女一流の構えがある。この構えの背後で彼女はいくつでも嘘を、その嘘のために自分を殺すことがあったとしても平気で嘘を吐くだろう。そういう彼女を憐れむ気持がふいに僕の気持の底に湧いたのだ。家もなくただピアノと赤い椅子とを持ってこんな家に隠れている彼女が、前の彼女よりも一層王女さまのような口を利く。僕は注意深く彼女の表情を見守った。そして最後の切札である例の話を始めた。「あなたのことを僕は利巧なお嬢さんだと思うからぶちまけて言いますよ。もしあなたの言ってるようだとしてもね、ただきれいな貝殻だったのだとしてもね、それはただの貝殻じゃないんですよ。露骨な言葉で言うと、中にどっさり真珠がくっついているんですよ。

安宅君の家の方ではあなたが約束さえきめてくれればあなたに物質的な苦労なんかさせないって言っているんです。何でもあなたの思うようにするからって言ってるんですよ。」「やっぱりそうなのね、」低い刺すような調子で僕を遮った。「やっぱりあたしを嗤いに来たのね。さぞ困ってるだろうから喜ばせてやろうというご親切なのでしょ。馬鹿だわ、あなたは、」突然僕は何か彼女に対して意地悪な気持になるのを感じた。始めて彼女に逢った夜、彼女が僕に言ったあの言葉を思い出したのだ。あんなお家にいて画を描いているなんて、彼女はそう言う言葉をもって僕に彼女と仲よしになることの得策について話したことがある。何を言っているのだろう。平気でそんなことを人に言える彼女が今の僕の言葉を言葉以上の悪意をもって解釈するということがあるだろうか。僕はむかむかして言った。「ではずっと前あなたは、僕の生活を保証しようなどと言ったことがあるのを覚えてますか？　あれも僕を嗤ったのですね、」「ええそうよ、お金のある人がない人を嗤うのはあたり前だわ。さあ降りてって、あなたなんぞに平気で嗤わせちゃおかないわ。」「喧嘩ですね、僕は平気で負けますよ、」そとへ出るともう夕暮に近かった。僕は急いで五、六間歩いたが、ふと、あの家の二階に残って高尾は恐らくひとりで畳の上に体を投げ出して泣いているのではあるまいかと思ったのであった。しかしそれも同じことだ。そしてものを考えながら歩いていた僕の心はいつの間にかつゆ子に逢いたいという気持で一ぱいになっていた。逗子のことがあってから僕とつゆ子とは二度くらい逢っていたが、急速に親しさが増していた。僕は駅の前の赤い自動電話の箱に馳(か)け込んで彼女を呼び出すと、高尾のことについて話したいことがあるからすぐ銀座のエスキーモまで来てくれないかと言った。僕の心はもう、高尾の倨傲(きょごう)な涙など何ほどのものでもなかった。

○

エスキーモで待っていると間もなくつゆ子がやって来た。髪をお下げにして白い羅(うすもの)の着物を着ている彼女はほのかな街の灯かげでは夕顔の花のようである。彼女の這入って来るのに気づいたのと同時に僕はそのお下げを見たのであったが、それはいつか、彼女の家の近くまで逢いに行ったとき彼女はそっと裏庭から駆け出して来たのでただ洗い髪を束(つか)ねたままのそのお下げがいかにもさっぱりと清げに見えて彼女の姿に似つかわしかったので、あなたにはその髪が一番いいと思わず言ったことがあったのだ。その僕の言葉を憶えていてくれたのかとそんなことにまで僕は夢中になって喜びながら彼女を迎えた。「よく来てくれましたね、」僕は彼女に会えた喜びで心を一ぱいにさせながら、まるでほかのことを、安宅少年の兄に高尾のことを頼まれた話をしていま高尾のところへ行ってけんもほろろに追い出されたところだと話した。僕とつゆ子との間では話はいつまでも高尾のことばかりであったが、しかしどんなことについて話し合っていてもみな同じことであった。僕はつゆ子の眼と唇を見、それから少し汗ばんでいる白い額を見ていた。それからハンカチを持っている細い手を見ていた。「毬（まり）のように僕は表へとび出してしまったんです。」「はじめから駄目なこと分ってますわ、」つゆ子は笑いながら言った。彼女の言葉によると、小牧の家が没落してしまったいまではどのような縁談も高尾の心を傷（きず）つけることにしか役立つまい。もしたとい高尾の言っていることは全部嘘であって高尾はあの少年を心の底から愛しているのであってもやはり同じ言葉をもって僕の言葉を斥（しりぞ）けたであろうと言うのであった。「あたしにそ言って下すったらそんなお使い、させなかったわ、」と言うのだ。「馬鹿を見ましたね、しかしあの女（ひと）はああして結婚もしないで一体どうする気なのかな、」「生活のこと？　なら大丈夫よ、」つゆ子の話に依ると、以前から今日あるを予知していた高尾の父は、高尾とその母とに一通りの財産は分け残しておいたはずで、直接生活の形の上では変化があったとしても今日すぐに暮しに困るというようなことはあるまい。それに高尾の父という人は実業家には稀しく学殖深く徳望を備えた人格者で、財界に見切りをつけなくてはならなくなったいまでは、ながい間望んでいて得られなかった学者としての生涯に入るために上海の育英書院の教授として赴任して行ったのであったが、もともと貧家に生れて主筋にあたる高尾の母の許に入婿して来ていたのだとのことで、もうずっと以前父が小牧家に来た始めの時からこの夫婦はあまり情愛ゆたかな家庭生活を営むことが出来なかったらしく、父は父、母は母といつでも別々の生活であった。母は稚い頃から何派とかいう歌沢の稽古を積み、隠れたる名取りとして歌舞伎役者などと交りがあって最近は千駄ヶ谷の本邸のほかに赤坂の今井町に別宅があって父の旅行中はほとんどその別宅で稚ない頃からの稽古友だちである何某とかいう役者と一緒に暮しているのであるから、いま小牧家の没落はかえって三人三様の生活をそれらしくきめてしまいあながち不幸とばかり言ってしまえないところがあるというのであった。つゆ子の話す通りであるとすれば恐らく高尾のこれからさきの生活もいま僕らの想像するほど惨めなものではないであろう。どちらにしても僕にとっては、つゆ子と氷菓を喰べながらの話題でしかないのであったが、思いついてそこから安宅の兄という人の家へ電話をかけて、空しく手をつかねて帰って来た顚末を知らせると、受話器の向うに「ああ、」と溜息のような声が聴えて、とにかくちょっとお目にかかって様子を伺いたいからこれからすぐに自動車でそちらへ行きますというのであった。実を言うと僕はこれからつゆ子と一緒に銀座を散歩でもしたいと思っていた矢先だったので会ってもどうにもならないその男を待っているのは迷惑な感じであったがそれも仕方がなかった。間もなく黒い絽の羽織を着たその男がやって来た。僕はもう一度くわしく説明した。男の痩せた肩がまるで呼吸をするように動いているのが何となく気持悪く思われたが、やがて顔をあげて、「ではみすみす弟を見殺しになさろうと言うのですね、」と言うのだ。見殺しにするというのは高尾のことらしいが聴きようによっては僕が見殺しにしているようにも聴える。柔和な性格の者が怒ったときはこんな風なのであろうか、頼まれて使いをした僕のことをさも恨めしく思っているような口吻で、「可哀そうに、こんなことと知ったら弟は死んでしまいます。何とかほかにして下さることもあるでしょうに、」と言うのだ。僕は何だか可厭になった。そこで、どうにでもするがよいという気持になって、それでは直接に高尾に逢いにいらしたら好いでしょう。僕が言ったのでは意地になって拒んだというところも貴方にならば好い返事をしないものでもあるまいからと言うと、男はしょんぼりと起ってそれでもひとりで高尾に逢いに行った。もう七月のおわりで、梅雨(つゆ)に雨の少かったその年はむせ返るほどにむし暑い夕暮であった。エスキーモを出た僕とつゆ子とはもう誰のことも気にかけてはいなかった。

その日の後もときどき僕とつゆ子とは逢っていた。何となく街を歩き茶を喫(の)んで別れるだけのことであったが、たびごとに愛情の増すのを感じるようになった。始めの間はそれもただ僕だけのひとり相撲のように思われていたことが、いまではつゆ子も僕を好きになってくれたのかも知れぬと思えるようなことがある。或るときのことつゆ子は改まった顔つきをして僕に高尾のことをどんな風に思っているのか包まずに話してはくれまいかと言うのだ。つゆ子はその前日高尾に逢って彼女の口から僕のことを聴いたというのであるが、何でもその日の高尾は絶えずつゆ子を冷かすような口吻を止めないで、「あたしまだあのひとと結婚する気でいるんだからそのつもりでね、」と言ったという。そういうことを言った高尾の気持は分るように思われるが、しかし僕と高尾との間にまだそんなことを言われるような関係が残っているのかどうか知りたい。つゆ子はそう言うのであった。高尾が何か言ったということなど僕には何でもなかったが、それについてつゆ子が恋人らしい関心を持ったということが何となく嬉しかった。「あの女(ひと)の言いそうなことですね、」実際わが儘(まま)なお嬢さんというものはときどき人を惑わせるのが目的で思いもしないことを言う。ただ僕はそんなことでつゆ子の愛情を誘い出したような結果になったことを愉しく思いながら、高尾の言い草は単なる捨科白でしかないということをつゆ子に説明した。僕はそのとき僕の肩とすれすれに歩いているつゆ子の細い肩をそっとひきよせたいと思ったほど彼女を愛らしいものに思ったのだ。

〇

四、五日たった或る朝つゆ子から電報で、急用が出来たから参宮橋の高尾の家まで来てくれと言って来た。また何か高尾のことで面倒が起ったのかも知れないと思ったが、そこでつゆ子に逢えると思うと何をおいても行ってみる気になった。風のないかっと照りつけるような日ざかりを歩いて行く僕の頭の中はつゆ子のことだけで一ぱいだった。「ごめんなさい、」声をかけてみたが返事がない。ひっそりとしているけれども玄関の叩土の上には見覚えのあるつゆ子の黒びろうどの草履がぬいであるので、僕はそのまま急いで二階へ上って行った。「どうしたのです、」「お呼び立てしてすみません、」そういうつゆ子の傍には、高尾がピアノの椅子の上に体を投げかけて泣いているのであった。「どうしたのです？」僕はもう一度繰り返した。つゆ子はそばの畳の上に読みすてたまま拡げてあった一通の長い手紙を僕に示しながら、「安宅さんがおなくなりになりましたの。」と言う。僕は思わずどきっとした。死ぬ死ぬと言っていたあの少年ではあるがこんなに脆く死ぬこともあるまいと思っていたのにやはり死んでしまったのだろうか。手紙はあの少年の兄という人から高尾にあてたものであったが、読んでゆく中に僕はこの間エスキーモでその人に逢ったときの奇妙な苛立しさのようなものの次第になくなるのを感じた。「いまとなっては誰を恨もうという心もありません。」そういう調子をもって、僕らと別れた後のことがくわしくしるしてあった。「朝晩眼もはなせぬ有様に私もほとほと疲れてしまいましたし旅行でもさせたら少しは紛れることもあろうかと、故郷の老父母の許へしばらく預けようということになったのですが、その帰国の途中で四国通いの船の上から身を投げてしまいましたのです。風のひどい夜でしたので付添っていた私の妻が肩にかけてやるケープをとりに船室へはいって行ったほんの三十秒ほどの間に見えなくなってしまいましたのです。確かに海に飛び込んだ水音を聴いたと言いますし、現に黒い人影が水の中へ躍り込んだのを見た者もあるのですが、屍体はまだ浮び上って来ませんので……。」僕は手紙をおいて、肩を慄わせながら泣いている高尾の方を見た。こんな女でも自分のために死んで行った少年のことを思って泣いているのだ。そう思うと何だか可哀そうになった。「もう泣くのはお止しなさい。大丈夫ですよ、すぐにみんな忘れてしまいますよ。」高尾は返事もしないで泣いていた。僕はまた繰返して言った。「元気を出さなきゃ駄目ですよ。病気にでもなったらそれこそ馬鹿らしいじゃありませんか、」しんとした空気の中にやがて泣き声が止ってふいに高尾が顔をあげた。涙に洗われた大きな眼と紅色の貝殻のように腫れている瞼とに深い感動をもって僕の眼が止ったと思うと、思いがけない冷笑の影がその頬を掠めたのだ。「思い違いしないでね、あたしあんな子供が死んだからって泣いてるんじゃなくってよ、」僕は呆れて高尾から眼を反らした。この彼女の一言で僕は、また始ったらしい「お嬢さまのあまのじゃく」について彼女の説明を聴いてやるほどの親切をけし飛ばしてしまったのだ。こんな女が何のために泣いていようと構ったことがあるだろうか。むっとして僕の黙ってしまうのを見ると、彼女はなおつっかかって来るような調子で、「こないだ兄さんていう人が来たときにも、あたしはっきりそ言ってやってよ。湯浅さんを使いによこすなんて馬鹿だって。ご存じないかも知れませんけど湯浅さんはあたしの恋人ですって、恋人に恋の周旋を頼むなんて何て間抜なことだろうって、——」何を言い出すのだ。人の意表に出て人を困らせようというのがこの女の腹なのだと思いながらも僕は内心狼狽した。さっきから何となくおどおどしてやっとそこに坐っているという風であったつゆ子は、高尾のこの一言を聴くと援(たす)けを求めるような眼をして僕をぬすみ見た。僕は大きな声をして言った。「馬鹿なことを言うのはおよしなさい。」「馬鹿なことですって？　あなたはあたしの恋人ではないと言う気なのね？　つゆ子さんの前ではっきりその訳が言えて？あたしたちはまだ一度もさよならをしたことはないんですもの。そうじゃなくって？恋人同士でも何でもないものが、どうして一緒にホテルへ行ったりしたんでしょ？　同じベッドの中で一緒に寝たりしたんでしょ？」ほほほほほと狂気のように高い声をあげて突然笑い出したのだ。「何を言ってるんだ。そんな馬鹿なことを言い出して何の得(とく)になるというんです。」故意にそうした訳ではなかったが、つゆ子にはまだあの望海ホテルの夜のことを話していなかった僕は、ふいに高尾の口からそのことを言われると、言葉以上に深い関係のあったもののように思われてもあの時の前後の事情を知らないつゆ子にどう説明しようもなかった。僕はやっと今日高尾が僕らをここへ呼んだのは何のためかということが分ると腹を立てるよりも狼狽した。こんなことを聴いたら、やっとこのごろ僕の方に傾いて来たつゆ子の心もどう動揺するかも知れぬと思うと、僕は全く高尾の思う壺(つぼ)にはまって狼狽するよりほかはなかった。「あの晩のことはあなただって、」

僕はへどもどして続けた。「そうはっきりしたことは言えないはずですよ。何もかも人の意志を無視して、」と言いかけると、その僕の声におっかぶせるような前よりも一層疳高い声をあげてほほほほほほと笑うのであった。こんな場合たとい百の名言を尽して弁解を試みたところで僕の立場はますます馬鹿げたものになるばかりだ。見るとつゆ子はそっとハンカチで顔を隠した。それから声を立てないで泣き始めた。僕は途方にくれながら泣いているつゆ子の手をとった。「誤解しないで下さい。あなたに話さなかったのは誤解をおそれたからなんですからね。この女の言ってるような意味とはまるで違うんですから、」「分ってますわ。」つゆ子は低声で言った。そして、ますます深く顔を埋めて泣き出すのであった。高尾はなお狂気のように笑い募って、「もっとはっきり教えてお上げなさいな。もうそれで言訳はおしまいですの？——実はあたし今日、つゆ子さんに来て頂いてあなたとの関係をすっかりぶちまけてきれいに清算してしまうつもりだったの。でももうそんなことも馬鹿らしくなったわ。今日かぎりさよならにして上げてよ。つゆ子さんにそのままあなたを上げちまうと言ってるのよ。さあ、ご一緒に起ってちょうだいな。行っちまって！　行っちまってってば、」「つゆ子さん、行きましょう。」僕はわざと落付いた声で言った。つゆ子はだまってハンカチを袂に入れると僕の背後から下りて来た。まるで馳け下りるようにして外へ出たのである。「おこってるのでしょう?」「いいえ、」つゆ子はもう泣いていなかった。気のせいかそのきれいな眼はあんなにへどもどした僕を憐んでいるように見える。正直に言うと僕はあの晩高尾があんなに興奮してそのために失心してしまうようなことがなかったら平気で一緒に寝たに違いない。僕がそうしなかったのは僕の潔癖のためではなく疲労から来るへんな腹立しさのためであった。しかしそんなことをいまつゆ子に言うことは出来ない。それは言わないでただ決して深い関係に這入ったのではないということだけはっきり言いたいのだ。「あの女もはっきりそう言いはしなかったでしょう? それは行きがかりで一緒の部屋に泊ったには泊ったんだけど、——ひどい暴風雨で帰れやしなかったんですよ。」「好いのよ、好いのよ。あたし何とも思ってやしませんわ。」「ほんとうですか? じゃこの話は今日きりで忘れてくれますね?」やっと笑ってうなずくのを見て僕はほっとした。そして思い出したように死んだ少年のことを話しながら、「しかし不思議な女ですね、可哀そうとも何とも思わないというのは、」「怒ってらしてよ。勝手に自殺したものをひと、の、せ、いにされちゃ堪らないって、」気がつくと僕らはとうに参宮橋の停留場を通りこして見知らぬ田舎道へ出ていたのであった。そんなことがあってから僕はもう高尾には逢うこともなくなったが、これを境にして油紙に火のついたような勢で募って行ったつゆ子との恋のために思い出すことも少なかった。ただときどきつゆ子の口を通してその後の消息をきくことがあったが、高尾の父は間もなく妻と娘とを残して支那へ発ち、高尾は父の全盛中にその下で働いていた腕利きの若い男と協同して上海鶏卵の輸入を始めたとのことである。いまではどこの田舎にでも売っているようになったが、それを大量に日本へ輸入することを思いついたのは高尾らが始めてであろうとのことで、事業家としての高尾はやはり父のその方での才能をうけついでいたというのか、奇矯な性行は影も見せず極度に質実で着々成功をおさめているとのことである。僕は多分その協力者という若い男と結婚でもしたことであろうと思っていたが、そういうこともなかったらしい。つゆ子の言葉によると、「まるで二重人格の標本のように、」別人物になったのだというのである。その頃から五年をへだてた今年の春僕は銀座の毛皮屋で買物をしている彼女を見かけたが、彼女の方では気のつかぬ様子であった。

○

つゆ子と僕との恋は始めの間ごくあたり前の形の通りに何事もなくすすんで行った。

まだほんの少年であった頃に日本を離れて、ながい間外国で生活していた僕はその間恋をしたというよりも、恋らしい形を具えた生活の必要の中でそんなことを職業にしている女たちとのやや事務的な関係のほかにはほとんど経験がなかったので、ほんとうのお嬢さんであるつゆ子の出現について僕の気持はあの少年の頃の稚い恋心よりも稚くおどおどしたものであったし、つゆ子もまた、外国帰りの画描きという僕の新聞記事的な肩書の華やかさに少女らしい幻影をもって対していたらしく、どこまでも内気な恋人同士の域を出ないような間が、ほとんど秋の間じゅう続いていた。

いまではあんなところはもう許されていないかも知れぬと思うが、そのころ新橋の駅のそばに有有亭というレストランがあって客種はどっちかというと品の好い方であったけれども、這入って行くと少しもの蔭になったところに椅子を二つくらい入れた小部屋が幾つか設けてあって、カーテンをしめると部屋の中の人の姿はそのそばを通っても分らぬようになっているので、よく女づれの客などがそこに腰を下してひそひそと話し合っていたものであった。僕とつゆ子とはつゆ子は四谷から僕は蒲田から省線にのって新橋で落合い、それから有有亭のその小部屋でながい間向い合って腰を下したのであった。窓から埃を冠った青桐の葉などが見える。ときどき階上で鳴らしている下手なピアノの音が聞えて来たりする。わけても昼間はひっそりとしていたのでそこに腰を下していると世間をはばかっている恋人らしい遣瀬なさが胸一ぱいに拡って来るのである。幾度かそこで落合っている中に、そこに働いているお八重という女がときどき僕らのいるところへ顔を出すようになって、「あら、お娯しみね、」などと始めは冷かし半分に挨拶していたのであったが、のちにはそっと自分も腰を下しに来て、「身につまされるわあたし、」などと言って、いまは蒲田で活動の役者をしているというその情夫のことなど話して行くのであった。お八重の話によると、その男はもと慶応の学生できまりのように放蕩に身を持ち崩して故郷からの送金も絶え、ながらくお八重の働きを頼りにして一緒に暮していたが、道楽で始めた活動役者でこのごろ少し名前を知られるようになったと思うと、昔かけた苦労は忘れて寄りついても来ないと言う。「現金なものよ、」ときまって溜息をついたのちに、僕らのためになら何でも力になると言うのが癖で、よく僕の替りにつゆ子の家に呼び出しの電話をかけてくれたり、言伝てを頼まれてくれたりした。

　或る日のこと、いつもは決して時間に遅れるようなことのないつゆ子がなかなか姿を見せなかった。僕はながい間新橋駅で待ちあぐんだ末、今度は有有亭で待って待ちきれずにお八重に電話をしてもらったりしたけれどもその電話も通じない。何事かあったのかも知れぬと心にかかりながら仕方なく家へ帰ってみると、机の上につゆ子からの手紙がのせてあって、「至急に相談せねばならぬことが起ったから、今夜十一時過ぎる時刻に自分の家のそとまで来てくれ。自分はなかなか外へ出かけられそうにもないから。」と書いてあった。

僕はいろいろに悪い場合のことを想像してひとりで心配したけれども結局つゆ子に逢うまではどう手の施しようもないのである。僕はしかしそれでも胸を轟かせて十一時の来るのを待った。そして信濃町の停留場から少し裏手にだらだらと下りて行くとそこにつゆ子の家はあるのだが、もう家の人たちは寝てしまったのであろう、暗い庭の植込の向うにどの窓も閉ざされたままに静かなのである。軒燈のうす明りに腕時計をかざして見るとまだ十一時が二、三分前である。僕は靴音を忍ばせて一、二度家の前を往復した。すると玄関の脇の応接間らしい部屋にぽっと灯りがついたと思うとほんの少しカーテンが動いて、つゆ子らしい人影がじっと僕の姿を見定めている様子がはっきりと見えるのだ。人目を忍ぶために着馴れない黒い服を着ていた僕はそこにいるのが僕だということがつゆ子に分るだろうかと思いながら、その影に向って手をあげた。すると、「あっちへ廻って、」とそんなことを言っているのであろう、しきりに庭の背後の方を指しているので、その煉瓦の高い塀に沿うて裏手に廻って行くと、そこに細い鉄棒をはめた木戸があいている。その隙間から体を斜めにして這入ると、りん、と一つ風鈴のような音がしただけで僕は庭の中に這入ることが出来た。

見るともう応接間の灯は消えてそこの窓からひらりと身をかわしてつゆ子が庭にとび下りているのである。僕は息を殺してそこの植込の蔭にたたずんで待っていると、つゆ子はそっと馳けて来て僕の肩のところで、「ああ、」と低い声を立てた。僕はつゆ子の細い体をそっと抱いた。「どうしたの？」「たいへんなことになったの、あたしお嫁にやられちまうの、」「お嫁に？」深い闇の中だけれども、つゆ子の大きな眼がせき込んだような激しい表情をもって光っているのが僕には感じられる。僕はつゆ子を抱いたまま傍の樹蔭においてあるベンチにそっと腰を落した。こうして逢うことが出来ただけで、いまのつゆ子の報告の重大なことなども僕には理解出来ないのだ。「お嫁になんぞ、やるもんか、」僕はもう一度つゆ子の体を強く抱いた。闇の中に眼が馴れると、さっきあの応接間の窓のところにぼっと白い塊のように見えただけであったつゆ子の体はうす桃色のパジャマを着て細い足の爪さきには赤いスリッパをひっかけているので何だか支那の女の子のようである。「だってもう、何もかもきまっちゃっているんですもの。あたしの知らない間に内緒でどんどんきめちゃったのよ、」

海軍の将官であるつゆ子の父はかねてから私かに部下の若い士官の一人をつゆ子の将来の良人として心に決めていたと言うのであるが、そのことについて今日までに彼女は一度も父から聞かされてはいなかったと言うのだ。それが急に今朝になって、明日歌舞伎座で見合いをするからそのつもりで、と言い渡されたのだと言う。「あたしたちのことが分ったのかも知れないの、ばあやがそう言ったわ。だから尚更、パパはあたしに何にも言わせない気らしいの、」つゆ子はほうと溜息をついた。「軍人の家庭」の冷たさには随分馴れているつもりだけれども、しかしこの父の家を出て新たにつくる将来の家庭をまで「軍人の家庭」に決められてしまうのかと思うと堪らないと言うのである。「ね、助けて。あたしをそんなところへ遣っちゃいや、ね、遣っちゃいやよ。」つゆ子はおびえるような眼をして僕の胸へ縋りつきながら体を寄せて来るのである。つゆ子の気持では、僕という恋人があるからほかの誰とも結婚することは出来ないとか、或いは明日の見合いの相手がこうこういう男だから結婚したくないとか言うよりも、その男が軍人だということだけで身震いがするほどいやだと思っているらしいのだ。とにかくどんな方法をとってでも明日の見合いから逃れたいから何か好い思案をしてくれと言うのであるが、僕にとってはしかし、たとえこれが命をかけた恋であるとしても、世間普通の言葉をもってすれば妻もあり子供もある男だ。その僕がどうしてつゆ子の恋人であると名乗りを上げることが出来ようか。一刻も早く妻との関係をはっきりさせ子供の将来も見極(みきわ)めをつけた上で、尚(なお)その上で、中流以上の生活をする経済能力をもった一人の立派な男としてつゆ子の父の前に現れるのでなければ、僕の出現はただ一つの笑い話になることにしか過ぎないのだ。僕は全く途方に暮れた。

「好いことがあるわ、」僕の言い淀んでいるのを見てつゆ子が言った。「あなたも明日来て下さらない？　ね、来てね？　パパを相手ではあたし負けちゃうけどほかの人なら負けないわ。面白いことがあるの、」「ぶち壊しにしてしまうの？　そんなことをして君、好いの？」「好いわ、」僕はもう一度つゆ子の体を抱いた。細い胴体の柔らかさは赤ん坊を抱いた時のように頼りなく哀れである。「では明日ね、」「おやすみ。」僕の腕から離れるとつゆ子はまた飛鳥のように身をかわして応接間の窓の中に消えた。僕はながい間その樹蔭に立って、どの部屋が彼女の寝室であろうかと見るともなく眼をあげてどこかの窓に灯のつくのを待っていたが、いつまでも灯はつかないでやがてしんと静まった。ほっとした気持で僕はまた家へ帰った。

○

翌日僕は時を計って歌舞伎座へ出かけて行った。うす暗い場内へ足を踏み入れるとすぐにまるで吸い込まれるような速さで平土間（ひらどま）の前の方の右側に陣取っているつゆ子たちの一行を探しあてたのだ。つゆ子とその母か伯母（おば）か或いは仲人（なこうど）らしい四十くらいの二人の女の人とそれから今日の見合いの相手らしい男との四人づれで、いかにも平穏に舞台を見詰めているのを見ると、僕は自分の座席がそこからは大分離れていることに何となくほっとしながら、恋仇（こいがたき）とも言うべきその男の風貌に貪（むさぼ）るような視線を送った。海軍中尉の制服制帽に身を固めたその武骨な後姿は、つゆ子のいま咲いたばかりの白い百合（ゆり）の花のような楚々とした艶（あで）やかさに比べるとおよそ似つかないものの対照のように思われた。僕はゆうべのつゆ子の言葉を思い出した。そんなとこへやっちゃいや、ね、やっちゃいやよ。つゆ子の後姿はいまでもそう言っているように思われて僕はそっと席を起（た）つと彼らの背後に近づいて行った。舞台ではお軽の道行（みちゆき）か何かをやっているらしいのであるがもちろんそんなものを見るはずのない僕には、ただ舞台の明るさによって一そう暗い座席の間をほっと助かるような気持で近寄ると、はっとしたようにつゆ子が背後を向いた。

そして僕の姿を認めるとそっとそこから脱けて廊下へ出て来た。「一緒に来てるのママ?」「伯母さんとパパのお友だちのおくさん。お仲人なの、」つゆ子はくすりと笑うような表情をした。この表情は僕には少し意外であった。しかしゆうべの続きのような暗さがつゆ子の眼にないことは僕にも嬉しかった。或いはこれはただのおどけた出来事として何でもなくすんでしまう種類のことかも知れないと僕は何となく安易な気持になり、今夜の自分の役割をもただの喜劇の一役として許すような気持になった。「どうするの? お婿さんをすっぽかしてどっかへ行っちゃう?」「こうしているのよ。いまに伯母さんが出て来てあなたを見つけるまで、」つゆ子はそう言って悪戯そうに笑いながら僕の方へ体をよせて来た。その中に幕間のベルが鳴ってどやどやと観客が廊下へ出て来たと思うと、果してつゆ子の伯母さんらしい女の人がその人混みを搔き分けるようにして僕らのそばへやって来た。「こんなとこにいらしてたの? お客様に失礼じゃありませんか、」「だってとてもくたびれたんですもの、」つゆ子はそう言って一そう僕の方へ体を寄せるようにしながらちらりと上眼をして僕に眼くばせした。「お友だちにお逢いしてちょっとお話ししてたんですの、」「今夜はどんな場合だかあなた分ってるんでしょう? 少しは伯母さんの身にもなって下さいな、」押えた低い声で言ってから、僕の方へ硬い笑顔を向けた。「ごめん下さいまし。たいへん失礼ですけれど、あちらで客を待たしているもんですから、」そう言いながら、つゆ子の体を押すようにして連れて行ってしまったのだ。僕はその後姿を見送った。一体どうすればよいと言うのであろう。ここまで来て僕はただ手をつかねて見ているだけで好いのだろうか。それとも「つゆ子さんをよそへやることは僕が不賛成です。」とでも言ったものだろうか。それともさっきつゆ子のしていたように彼女のあとを追ってその傍にすり寄って、「つゆ子さんにはこの僕がついている。」というような気配を見せて今日の見合いを根こそぎ駄目にしてしまったものだろうか。僕にはどの決断もつかなかった。ただ、いまのつゆ子の芝居で僕という男を見た伯母さんがつゆ子についてどういう処置をとるかということが気になった。いや応なしに今夜の中にも話を決めてしまうか、或いは万一のことを惧れてこのまま中止にしてしまうか、何れにしても僕はただつゆ子がこの見合いを喜んでいないという一事にせめてもの慰めを見出すよりほかなかった。扉の中では僕にはよく聴き分けられない役者の科白がピンポンの球のように壁から壁へ響きわたっているのが聴える。僕にはしかしつゆ子らのいる一角の座席だけがぼっと頭に浮んで来る。僕はいまにもそこへ出掛けて行きそうになるのをやっと踏止まるようにしてながい間たっていた。やはりひとりでこのまま帰ってしまおう、そう決心してやがて帽子をとりにもう一度座席へ戻ってから廊下へ出ようとすると、扉のそとにつゆ子が蒼い顔をして立っていた。「早く出て。あたしまた脱けて来たの。」そのまま劇場のそとへ馳けて出たと思うと、折よく通りかかった自動車を呼びとめてそれに飛び乗った。僕も続いて飛び乗った。「新橋。」つゆ子は運転手にそう行先を言ってから僕の方へ向いてにっと笑った。「ちょっとあそこへ行っても好いでしょ。あたしよっぽど我慢してようと思ったんだけど、」「簪が落ちますよ。」僕はつゆ子の髪に挿してある白い薔薇の簪を見ながら、湧き上って来る歓喜の心をもってやっと言った。「今夜はまるでよそのお嬢さんのようですね、」「まるで高尾さんのようでしょ？　あんまり伯母さんが疑ぐり深いんですもの、とんでもないことをして吃驚させてやりたくなっちゃうの、」そんなことを言っているつゆ子はほんとうにいままでのどんなときの彼女よりも陽気で悪戯っ児らしく見えたのだ。僕もすぐにその空気にまき込まれた。いまあの劇場に残して来た人たちの狼狽しているであろう有様が何か途方もなく愉快なことに思われて来たのである。

　有有亭は珍しくこんでいた。「まあ、こんなに遅くどうしたの？」少し酔っているらしいお八重がカーテンの間から顔を出した。「まるで駆落でもするような恰好ね、」「その通りなんだ。今夜はぜひともお八重さんの知恵を拝借したいと思ってやって来たんだぜ、」僕は陽気な調子で応酬した。この小部屋の中で見ると今夜のつゆ子はまるでどこかの花嫁ごのように美しく着飾っているのである。そのつゆ子を見詰めながら僕はさっきから何だか酋長の妻にされるきれいなお姫様をその婚礼の宴席から掠奪して来た野蛮人の若者のような気がして愉快になるのである。僕は少し酒をのんだ。「どこか暫くのあいだ隠れている処はないかな、」「まあたいへんな元気なのね、いつになったらそんなことになるのかと娯しみにしていたのよ。」お八重は僕がただ冗談に言っているとしか思わぬのであろう、何となく僕らの逡巡しているさまを見ては嗤ういつもの癖で馬鹿にしたように言う。僕はちょっと真顔になって実はこうこうなのだと今夜の事を話した。「きっと僕がつれ出したという目星はついているだろうと思うんだけど、」「駄目だわよ、そんな事、」お八重は意外な表情をして言うのである。「せっかくこれまで波風たたずにうまく行ったものを、そいじゃ元も子も失くしてしまうわ。」「不賛成かい？」「だってそいじゃあんた、婦女誘拐ということになりゃしない？　大家のお邸のことだから万々一そんな馬鹿な警察沙汰なんかにしっこないと思うけれども、やっぱり今夜のとこは大人しく帰しといた方がよかあない？」少し酒にも酔っていてこんなことを言うお八重を僕はやはり相談相手にするよりほかなかった。僕は少し困った顔をしてつゆ子の方を見た。「来てからどれくらいたったかしら？」「帰るのいやよ、あたし、」つゆ子はまだ笑っていた。「帰るくらいなら脱けて来やしないわ。――譲二さんまでその気になってるの？」「僕が？」僕はつゆ子の眼の上で風のように動いている長い睫毛をそっとぬすみ見た。もし僕につゆ子をこのまま離さない決心を鈍らせるものがあるとしたらそれは何であろう。僕はただ僕の生活上の無力を惧れていた。しかしこの場合つゆ子に何を言うことがあるものか。僕はさっきの野蛮人の若者の勇気をもち続けていなければならない。「つゆ子さんが帰るったってもう帰しゃしないよ。あとはどうにだってなるさ。とにかく好いとこはないかな、」僕は起ってお八重を蔭に呼んだ。「とにかく後には退けないからね、君どこか知らない？」「どこだってあるじゃないの、そんなことそっちの方が大知りでしょ？」「だけど、待合だのホテルだのは駄目だぜ、」僕は真顔で言った。つゆ子をつれてそんなところへ行きたくないという気持もあったが、ながい間東京を留守にしていた僕にはそういう場所からお八重のさっき言った警察沙汰云々の騒ぎによって引立てられるかも知れないということが滑稽なくらい気になった。「汚いとこでも好い？」「好いさ、明日になればまた何とかなるから、」お八重はそこで短い手紙を書いてくれた。

麻布の仙台坂の下にある寺の境内の二階に間借りをして住んでいるというお八重自身の宿を僕らに提供しようというのである。僕は幾度も礼を言った。急いでつゆ子を促して有有亭を出るとまっすぐに仙台坂へ車を走らせた。寺のところまで来るとびっくりするくらい暗かった。街の中にこんなにしんとしたところがあるのだろうかと思うくらい淋しいところだった。僕らはお八重に描いてもらった地図をあてにしめっぽい落葉を踏みながらその家を探して歩いた。「後悔してやしない？」「いいえ、」肩掛も羽織も劇場へ残したまま出て来たのであろう何もかけていない肩のか細さがさむざむと僕の眼に映る。「こんなところへ連れて来て何だか悪いと思うんだけど、」「そんなことないわ。」さっきまでの陽気さに較べてつゆ子の声は元気がなかった。僕はしかし勇気を失わぬように自分の心を踏みしめながら歩いた。ようやくお八重の言った家を探しあててお八重の手紙を出すと、老ったおばあさんが出て来て、「どうぞ、」と言う。僕らは二階へ上った。八畳と六畳と二間続きの部屋に多分朝のままなのであろう敷き放しにしてある寝床のぐるりには着物が脱ぎ捨ててあったり喰べ荒した蜜柑の皮などがちらかっていたりする。いかにも女給をしている女の部屋らしいと言えば言えるけれども、さてどこへ坐ったら好いのかと思うくらいである。窓をあけると闇の中にざわざわと鳴っている樹々のおいかぶさるような枝がすぐ鼻のところまで来ていて、うっと湿っぽい空気が這入り込む。昼間でもひどく暗い部屋なのに違いないと思われた。「困ったな、」僕は低い声で呟いた。こんなさむざむとした部屋の中ではどんな恋の花も萎んでしまうことであろうと思うと、なぜせめて帝国ホテルかニューグランドかへ出かけて行くほどの勇気を出さなかったのかと悔まないではいられなかった。この宿の雰囲気から明日の生活について何の予想をすることが出来よう。恐らくつゆ子の心にも同じような考えが去来していることであろうと思うと、僕は味気ない気持になった。「坐らない？」「ええ、」つゆ子は寝床の端を少し寄せて坐った。「寒かない？」「いいえ、」「もしかしたら僕送ってっても好いと思うんだけど、」つゆ子はだまって僕の顔を見詰めた。血の気のない頬には僕のまだ見たことのないよそよそしい冷たさが、その冷たさによってやっとこの部屋の中の婬りがましさに反抗しているような、そんな冷たさが浮んでいた。彼女は呟くように言った。「もう遅いわ。」それは時間が遅いという意味なのか、帰るにしてはもう手遅れになってしまったという意味なのか分らぬ。ただ僕は味気なさの底にいて、どうしていつものように彼女を抱きその唇に接吻することが出来ないのであろうかとそれが腹立しかった。恐らくこのまま夜が明けてしまうことであろう。そんなことを思っているときに、窓の下の石畳に騒々しい下駄の音が聞えてお八重の酔っているらしいお俠な声といっしょに男の濁み声が近づいて、やがて荒々しく玄関の格子戸をあけたと思うとそのままどたどたと階段を上って来た。「お楽しみの最中を済まないんだけどさ。」男の肩にぐたりともたれかかりながらお八重が顔を出した。「ちょいと湯浅さん。この色男があの薄情者なのよ。ちょいと顔を見てやって頂戴ってば、ほんとに湯浅さんの爪の垢でも煎じてのましてやりたいよ。」「ばか、何言ってやがる。」蒲田の活動役者をしているというお八重の情夫なのであろう、派手なチェックの外套に鳥打帽子を冠った若い男がにやりと僕の方を見て笑った。「失礼します。酔ってるもんですから始末が悪くて、」「ふん、」お八重はべたべたと畳の上へ坐った。「何だってまたそんなとこに坐ってるのさ。ほほ、蒲団ならそこの押入にもう一組あるわよ。まるで喧嘩でもしたような恰好でさ、」「自分で出して上げたら好いじゃないか。」するとお八重はよろけながら起って次の部屋に僕らのための寝床を伸べてから、そっと僕の肩を押した。「何をぼんやりしているのさ。まさかあたしが帰って来たからって怒ってるんじゃないだろうね、」「いや構わないよ。どうせ、」僕は何かむしゃくしゃした気持を言葉に出そうとして、やはり心の中へ押し込めた。そしてつゆ子を促して次の部屋の方へ移るとお八重たちに挨拶して間の唐紙をしめた。波のような鬱憤が心に押し寄せる。しかしそれもみんな自分に戻って来るものばかりである。今更席を蹴立てて夜更けの街へ出て行ったとしてもそれが何になろう。観念した僕はやっとつゆ子をなだめてそこに寝させた。「眠った?」「いいえ、」坂の上を走っているらしい自動車の音が風に送られて聞えて来る。その音はみな坂の上で停ってそれから何か騒がしく話しているらしい人声が聞えて来るように思われる。あれはつゆ子の追手の人たちではあるまいかとまんじりともしないでいると、また新しい車の音が坂の上で停ったように思われる。僕らは二本の棒きれのようになって横わりながらこの不幸な夜のあけるのを待った。ほとんど夜通し続いていたお八重たちの人を憚らぬ睦言は僕らの恋を全く涸らしてしまったのであった。

翌朝、窓の白むのを待って僕らはお八重たちのいぎたなく眠りこけている枕許をまたぐようにして外へ出た。朝になってつゆ子は父の家へ帰りたいと言い出したからである。それならばそれでもよい。僕にはもうつゆ子を引止めるどんな勇気も残ってはいなかった。明日、あさって、或いは一週間ののちに僕らはまた逢うであろう。そして僕はもう一度新しい気力と自信とをもってこの恋をとり戻すことであろう。「ここで好いわ。ここからひとりで帰った方が好いの、」信濃町の停留場の前でつゆ子は立留って言った。

彼女は始めてにっと笑った。「さよなら、」「さよなら、」つゆ子は僕に背を向けて二間(けん)ほど歩き出した。そしてもう一度振返ってそこで立留った。「どうしたの?」「やっぱり御一緒に行って頂きたいの。思いきってパパに逢って頂きたいの。」「パパに?」僕は反問した。一緒に行ってつゆ子の父に逢い、自分の軽挙を詫びる。それによって少しでもつゆ子の気持が安まるならば行っても好いと思ったが、しかし僕らの将来については僕は少しもつゆ子の父をたのむことは出来なかった。僕は病人に附き添っている看護婦のような気持でつゆ子と一緒に歩いた。僕の頭の中にはいくつもの言葉が浮んだ。僕はただ何かの言葉のあやによって彼女の父を或いは説得することもあるかも知れぬとそんな愚かなことを考えたのであった。「ばあやがいるわ。」つゆ子は立留った。そこから見える彼女の家の裏木戸の前に一人の老女が立ってこっちを見ていた。そしてつゆ子の姿を認めると小走りに走って来た。「まあお嬢さま。」「パパいる?」「みなさまおいでになります。よくまあお帰りになって下さいました。よく、」老女は涙をためた眼で貪るようにつゆ子を見詰めた後に僕の方を向いた。柔(やわら)かい鳩(はと)のようなその眼(まな)ざしは母の眼に似ている。そう思うと僕の意識の底をながいあいだ逢わないでいる老(としと)った母のことが掠(かす)めた。この老女はしばしばつゆ子の話の中に出て、僕は知らなかったがつゆ子の家の中でのただ一人の味方だということであった。「お騒がせして申訳ありません。」「いいえ、あなた。あんまりお喧（やかま）しいことを仰言（おっしゃ）いますものですからお嬢さまがお可哀そうで。でもよくお帰りになって下さいました。さあこっちからお這入りになって下さいまし。ばあやがどんなにでもお申開きはしてお上げいたします。」老女はそう言ってつゆ子の手をとるようにして裏木戸の戸をあけた。こっそりと老女の部屋に隠して、それから何とか穏（おだや）かなとりなしをするつもりだから今日のところは僕にもこのまま引取ってくれと言う。それを押して一緒について行く勇気は僕にはなかった。老女の言葉をきくまでもなく、家中のごった返している雰囲気の中に僕が顔を出すということは火に油を注ぐようなものだということは分っていた。それに僕はこの老女のやさしい鳩のような眼ざしを信じた。そしてつゆ子をひとりで帰す決心をするとそこの煉瓦（れんが）の塀にぺったりと背をよせて二人の姿がその中に消えるのを見送った。「ではすぐあとからご様子をおしらせ致しますから。」老女はもう一度木戸から振り返って低声（こごえ）で囁（ささや）いた。僕はちょっとの間そのまま起（た）っていた。ちょうど朝日がのぼって立っている僕の足許を照らした。その生温（なまぬる）い温度が僕の洋袴（ズボン）を通して、何かそのままべたべたと地べたへ這いつくばってしまいたいような、そんな気力のなさを感じさせる。僕はそんなに疲れていた。

○

毎日僕は家にいてつゆ子からの便りを待った。三、四日待ったが何の知らせもない。僕はだんだん不安になった。その後の成行も心配であったがあんなに気まずい別れをしたのちのつゆ子の気持がどうであろうかとそれが心配でならなかった。僕はどうしてもつゆ子に逢わなければならないような気持になって、いつか一、二度渋谷の金王にある生花の師匠のところへ稽古に通うつゆ子を待合せて逢ったことのあるのを思い出すと、思い立って渋谷駅へ行ってみた。次の日も次の日も時間をはかってはフォームに立っていたがつゆ子の姿は見えなかった。考えてみると生花の稽古などそんな平和なお嬢さんの生活はつゆ子の上にはなくなっているのかも知れぬ。それにしても僕に一本の手紙も書けぬほど厳しい看視をうけているというのであろうか。思い迷った末に僕は決心してつゆ子の家の近くまで行ってみた。二、三度行ったり来たりして、つゆ子には逢えないまでも、もしかしたらあの老女の姿でも見かけはしないかと立留っては門の蔭から庭の植込をとおしてそっと窺ってみるのであるが、まるで住む人のない家のようにひっそりとしているのだ。僕はまた遠くまで歩いて行った。そして四谷の電車通りから右へ折れてまた坂を下りた突き当りから細い露路を曲って、静かな邸町からふいにごみごみした裏店の一角に出ると、ちょうどそこからつゆ子の家の斜め裏が見える。僕はながい間立ってそこからあのいつかつゆ子と逢った夜のつゆ子の部屋かと見える灯の洩れている二階の窓をじっと見上げたが、うす青いカーテンが垂れていて人の気配もなかった。朝も晩も僕は飽きずに歩いた。こんな僕の姿を誰か見咎めてなおのこと誰も姿を見せぬのかとそんなことを考えながら、或る日またごみごみした裏店の続いている道へ出ると、ふとそこの取りつきにボール箱製造という看板を出した家があってその軒さきに「かし間」と書いた木札の下っているのが眼についた。この二階を借りよう。咄嗟の間にそう思いついた僕はそのままそこの店さきへ寄って二階の部屋というのを見せてもらいたいと言った。部屋代は月三円と言う。「でもとても旦那がたのお住いになるようなとこじゃありませんよ。」そんなことを言いながら人の好さそうなお婆さんがさきに立ってうす暗い階段を上って行く。遠い昔には百姓の家ででもあったらしく太い梁を横えた陰気な屋根裏にところ構わずボール箱が積んであって紙の裁ち屑のために足の踏み場もないほどであった。「だがこの節こんなにやすい部屋はめったにないから、」僕はそんなことを言ってそこの往還に向いている低い窓をあけた。するとそこから斜めに僅か十四、五間くらいのところにつゆ子の家の二階の窓が見え、女竹の繁みの向うに玄関から門までの玉砂利を敷いた径までも見えるのであった。僕はもうあの風の吹く町をほつき歩くことなしにただこの窓口に坐っていさえすれば誰にも見咎められないであの二階の部屋の様子もそれからまたあの家からいつ誰が出て行くかということも知ることが出来る。そう思うと何か声を立ててその喜びを言い現わしたいと思うくらいに嬉しかった。すぐに話をきめてその日から四、五冊の本を詰めた小さい旅行鞄を一つ持ってそこに陣取ると、手はぱらぱらと本の頁をめくりながら絶えず眼をあげて窓の向うを見ていた。日が暮れると家へ帰って行く。眼がさめると支度をして出掛けて来る。そんなにして十日くらい暮すうちに、僕はただつゆ子の父らしい老紳士が朝九時きっかりに自動車に乗ってどこかへ出て行き三時きっかりに帰って来ることを知っただけで、つゆ子の姿を見ることはおろかその在否さえも確かめることは出来なかった。「あの二階の西洋館は何ていう人の家だか知ってる？　お婆さん。」或るとき僕はそんな風に言って階下の人に訊いた。「ああ、あれですか。あれは旦那、西条さんという海軍大将さんのお宅ですよ。」お婆さんはそう言ってつゆ子の家について何かと話してくれたので、それとなくつゆ子のことを訊いてみると、あのお嬢さんならよく知っている。いつでも真っ赤な帽子を冠って学校へ行っていたとそんなとりとめのない答えをする。たぶん赤いベレーのようなものを冠っていたのであろうが、赤いベレーを冠っている女学生などその頃の風俗としてはまるで別人のような印象をもって想像されるつゆ子である。僕はそのつゆ子の姿を心の中に思い浮べて僅かに自分を慰めるよりほかはなかった。つゆ子の在否はお婆さんにもよく分らぬらしいのであったが、或る日のこと僕はいつもより遅くまで二階にいて向いの窓にほのかな灯のつくのを見、さて窓の雨戸をしめて帰ろうとしているとふいにその窓からピアノの音が洩れて来た。はっとして耳をすますとショパンのノクターンの同じ楽章を繰返しては弾いている。ああ、つゆ子だ、つゆ子のほかの誰であると思えよう。僕はじっと胸をおさえるようにして暫く立っていた。カーテンにはただピアノの蔭だけがぽっと映って部屋の中の有様をうかがうことは出来なかったが、しかし僕はそのつゆ子に心の中で声をかけた。この半ヶ月ほどの間に僕にはどんな忍耐も続けられるような気持が出来ていた。僕はまた明日の晩やって来よう。明日の晩わからなかったらまたあってての晩やって来て、あのピアノの主に声をかける機会をとらえよう。僕はそんなことを思いながらその音のやむまでそこに立っていた。そして翌日からは昼間来ることをやめ、日の暮れるのを待って出かけて来るのであったが、いつでも同じ時刻にピアノの音が聴えて来るだけでなかなか姿を見ることは出来なかった。僕はその間にいろいろなことを考えていた。ここから見える露路の奥に向いの家の裏庭の外囲いが続いている。その煉瓦とからたちの生垣の繋ぎ目のところに無理をすれば体の這入り込めそうな隙間のあるのをとうから僕は知っていた。あそこから庭に這入って行こう。そしてあの灯のついている窓の下にひそんでいてつゆ子がピアノの前を離れるのを待ってそとから硝子戸を叩こう。そんな考えが決定的なものとなって僕の心を動かすのであった。ある夜のこといつもは深くとざされているその窓のカーテンが少しあいてそこから明るい灯影が五寸ほどの棒になって庭の芝生の上に落ちているのが見えた。僕は躊躇なく露路の奥へ這入って行った。垣根の隙間からそっと庭に這入り込むと地面を這うようにして窓に近づいた。その窓はいつかの夜つゆ子がスリッパを穿いたまま庭に下りて来たところである。僕はそとの壁にぴったりと胸をよせてちょっとの間呼吸をした。そしてちょうどカーテンのあいているところから斜めに部屋の中を窺うと、ピアノの前にいて無心に鍵を叩いているのはつゆ子ではなくて妹の誰かであろう、どこか面ざしの似た十五、六の少女であった。這いつくばるようにして僕は地べたにしゃがんだ。ピアノの音は僕のすぐ頭の上をぬけた。何ということであろう。何のために僕は人の家の庭に忍び込んで来たのであろう。僕はいまにもこの窓を叩いてつゆ子の安否を訊きそうになる自分をじっと押えていた。僕はもう思慮を失している。そう思うと一時もそこにじっとしているのが怖かった。急いで庭を横切ってもう一度ボール箱屋の二階に戻って来ると、そのまま仰向けに畳の上に転がった。ながい間僕は天井を見詰めていた。涙が顳顬を伝って流れた。「あとからすぐにご様子をお知らせいたしますから、」と言った老女の言葉が幾度も思い浮ぶ。僕は知りたかった。このままつゆ子と別れてしまわなくてはならぬとしてもほんとうのことが知りたかった。どうしてさっき思いきってあの窓硝子を叩かなかったかとそんなことを考えるのであった。たぶん僕はあんまり長い間狭い陰気な部屋の中で時間を過ごしていたために気持がどうかなっていたのであろう、もう起上るのも可厭であった。階下で何か争っている声が聴える。続いてどやどやと階段を上って来る荒い足音がしたと思うと、法被を着た男が二人僕の寝ている枕許にぬっと立ったのまで僕は呆心して見ていたのだ。「おい河原！」男の一人がどなった。はっとして僕は起き上った。僕は自分の名を知られることを怏れて変名してこの二階を借りたことを思い出したのであった。男たちは躍りかかって僕の両手を取った。「ちょっと用事があるから署まで来てくれ。」刑事なのだ。刑事が僕を捕えに来る。僕の頭の中を一繋ぎになって一つの考えが掠めた。僕は訴えられたのだ。あんなに用心深く考えていたつもりでいたのにやっぱり無駄であった。僕がここにいることも毎日つゆ子を見張っていたことも今夜あの庭に忍び込んで行ったこともみんな知られていたのだ。僕は両手をとられたまま起った。「何だって言うんです？　僕が何を、」「だまれ！　言うことがあったら署で言い給え。」明るい街の中を僕はひかれて行った。この二人の男たちの間に挟まれて歩いていると僕はだんだん自分で自分の惨めさを信じるようになった。僕は他人の眼に映るのと全く同じように女のことで常識を失している途方もない馬鹿な男でしかなかった。なるようになれ。そんな荒んだ気持をもって僕は歩いて行った。四谷署の刑事部屋につくといろいろな風体に変装した刑事たちがそれぞれに身装は違うけれども共通した一種の鋭い眼を一せいに僕の方へ向けた。「やあご苦労ご苦労。」そんなことを言いながら主任らしい男が這入って来た。そして遠くから何か仮綴になっている印刷物を僕の方へ投げてから、「河原！　お前これに覚えがあるだろう？　これは君の手で配付したんだね？」と言う。その印刷物を見た瞬間に僕は人違いであることを感じた。僕は河原某という社会運動をしている男と間違えられたのだ。そういうことが分ると僕は胸一ぱいに嬉しさがこみ上げて来た。僕は大きな声で笑った。そして出来るだけ落付いて僕の本名と職業とを語り自宅では思うように仕事が運ばないので離れた仕事場をもつつもりであのボール箱屋の二階に通っているのだと説明した。「しかし仕事場を借りるのにどうして変名をつかう必要があるかね?」「どうしてと言う訳じゃないんですが何となく本名を言いたくなかったのです。」たとえつゆ子を見張るためにあそこを借りたのであったとしてもわざわざ偽名するほどのことはなかった。ただ誰の心の底にも隠れている自尊心のようなものが僕にそうさせたのであった。主任はなかなか僕の言葉を信じようとはしなかった。そのうちに刑事たちの中に画(え)かきとして僕の名を朧(おぼ)ろ気(げ)に記憶していると言う男があって、僕が外国から帰って来たときの新聞記事のことから、その記事に載っている写真と僕とを対照して見たらすぐ分るということになって、やがて古い綴込みの新聞が探し出され、僕の説明は漸(ようや)く信じられた。「では一つ記念に似顔でも描いてもらうかな、」そんなことを言うものも出て来て、僕はやっと夜更けの街に解放されたのであった。おもてに出ると喩(たと)えようのない憤懣(ふんまん)の心が再び僕の胸に拡(ひろが)った。人違いだとわかったときのあの瞬間の喜びも、それから乞われるままに描き散らしたあの似顔絵のことも唾(つば)したいほどに腹立しいものであった。

○

翌日から僕はもうあのボール箱屋の二階へ通うことをやめた。警察の門を出ると突然僕はあのながい間の霧を冠(かぶ)ったような気持から解放されたような気がして、昨日までの愚かな自分の所業が信じられないほどであった。いまになって僕はつゆ子は四谷のあの家の中には決しているのではないこと、老女といっしょにどこか遠くへ監禁されているのに違いないことをはっきりと確信したのであった。僕は機会の来るのを待つよりほかはなかった。四、五日、不安の中に蟄居(ちっきょ)して暮しているうちに或る夜のこと妻が一通の電報をもって二階の僕の部屋へ上って来た。「電報よ。」彼女はそう言って硬い動かない顔を僕に向けてからすぐ下りて行った。僕と妻との間にはもう半年くらいの間同じような生活が続いていた。僕らはお互(たが)いの弁護士から離婚届を作成して届けて来るのを待っているだけであった。そんな生活の中に僕らはもう馴れていたと言っても好い。僕はだまって電報をよんだ。「ハコネゴーラ・タニグチベッソウ・ツユコ」とだけ記してあった。つゆ子が居所(いどころ)を知らせて来た。僕はもう一度よんだ。僕の想像はあたっていた。つゆ子は強羅(ごうら)にある谷口という人の別荘に監禁されていたのだ。不思議な感じで僕はもうとうからそんなことは知っていたような気がする。明日の朝眼がさめたら逢いに行ってみよう。そう思うと僕はあのながい間苦しかったことも忘れて和やかな温かさをもった湯のようなものが体の中を廻っているような気がした。「明日の朝早く行こう。」電報を手にもって僕はもう一度口の中で呟いた。するとふいに何か激しい渇望のような思いが咽喉にこみ上げて来た。こんなに夜遅く電報を打って来たのは何か異常な突発事件があって僕を呼んでいるのではあるまいか。これまではとにかく折を見て知らせをしようとその機会を待っていたものが突然何か待ちきれない状態に陥ちてしまったというのではあるまいかとそんなことを考えると一時もじっとしてはいられなかった。時計を見るともう十一時を廻っていた。急いで行けば十二時何分かの小田原行きの終列車にのりこむことが出来る。僕は帽子をとってそのまま東京駅に馳けつけた。

強い風がフォームの屋根を掻っさらうような音を立てて吹いていた。汽車が横浜に着いたころから雨がまじって烈しい吹き降りになった。やがて小田原に着くとひどい暴風雨になって、真っ暗な町の中はもう水が出ていた。客引きの男どもはみな口を揃えて、この雨ではとても強羅までは行けまいと言う。僕を泊めようと思ってそういうのでもあるが、また実際この豪雨を衝いて山に向おうというのは気違いじみている。僕はそう思いながらやはり出発するつもりでいた。とにかく車を探して来いと言って男の一人に銭を握らせると、間もなく駅前のガレージから一人の運転手を引張り出して連れて来た。「とても道がありませんや。」運転手は僕の顔を見るとすぐにそう言う。朝になればとにかくこの夜道ではわざわざ車をぶっつけに行くようなものだとそんなことを言って、なかなか動きそうにもなかった。「行けるところまでで好いよ。」僕はそう言った。こんなときに僕は自分のしようと思っていることのほかは何も考えないのでその一念のようなもののために相手もまた僕の思っている通りになるはずのように思う。「道が崩れてたら君はそこから引返して構わないよ。とにかく車を出し給え。財布の底をはたいてでも料金は君の言いなりに支払うから。」「旦那僕が行きましょう。」同じガレージの中からほかの若い運転手が雨外套を冠りながら出て来た。「強羅のどこです？ 旦那、」「谷口の別荘だ。」若い運転手はガレージに引返して一台の幌自動車を出して来た。幌しかないのかね。僕はそう言いかけて、しかし車のことなど何とか言ったためにこの若い運転手が出かけることを止めはすまいかとそれを惧れたので自分で扉をあけるとすぐに飛び乗った。恐らく誰か店の者に止められて一番悪い車をひき出して来る気になったのかも知れぬ。自動車は泥水の中を走り出した。疾風に叩きつけられる棒のような雨脚が幌の隙間から僕の頬（ほお）を打った。僕は外套の襟を立てた。暗黒の中に断続する恐しい風の音が聴える。それから樹々の枝の折れる音や幹の裂ける音が聴える。山にかかると道というよりは激流の川底のように濁水の流れる下を大きな岩石が転り落ちて来る。「旦那、」何か言っている運転手の声が風に奪（と）られてよく聴えぬ。僕にはそれがこの上押し切って登ることは諦めてくれないかと言っているもののように思われたので、大きな声を出して続けざまに怒鳴った。「大丈夫だよ。もうすぐだよ。」「谷口さんは丘の上の一軒屋ですよ。どうしても崖（がけ）の下で車をとめなくちゃなりませんがね。」「分ってるよ。行けるところまで行ってくれればあとは歩くよ。」もしも僕にこのとき箱根というところについてもう少しはっきり予備知識があったならば或いはそのまま山を下りていたかも知れないと思う。ながい間外国で暮していた僕は誰でも一、二度は行くはずのところにさえ行かずにいた。それにこういう場合の僕には事態が困難であればあるほどその困難に抗（さから）いたいという気持が強く働いて、この狂暴な天候はまるで僕の行動を唆（け）しかけているもののように思う。自動車は幾度も転覆しそうになり転落する石と折れた木々の枝とを組み轢（ひ）きながら走った。破れた幌は恐しい音を立てて風にはためき土砂を混ぜた雨はそのまま横なぐりに座席を浸して幾度も雨の中へ埋没してしまいそうになった。大きな樹が鉛筆のように折れて根こそぎに押し流され、何かごうごうという地響きのような物音が谷に木魂して聴える。「旦那、ここまでですよ。」ようやくのことで運転手は車をとめて言った。ヘッドライトの中に若い運転手の兵卒のように光っている顔が見え、その顔の上を流れている雨が見えた。僕はだまって車を下りた。そして眼の前に続いている勾配の急な径をもった高い崖を見上げたが、そこからは別荘らしいものの灯も見ることは出来なかった。僕はしかし決心してその径を上った。小半丁も上るとその小高い丘の上に確かに谷口の別荘であろう、低い木柵に囲まれた質素なコッテージ風の建物の立っているのが朧ろ気な影をもって感じられる。何気なく振返るといま別れた自動車のヘッドライトが暗黒の中に明滅しながら低く這うように山を下りて行くのが見えた。もう時刻は二時を過ぎているだろう。僕の頭は閃光のようにそのことを考えた。そして両手で木柵を探りながらその外廻りをぐるぐると廻ったがもちろん人の起きているらしい気配はなかった。門はあいていた。僕はそこから庭の中へ這入って行った。そして低い松の植込を分けて裏手へ廻ると下見板を手探りにして一、二度ぐるぐると家の周囲を廻って見たが中の様子を窺うことは出来なかった。僕はちょっとの間物置の蔭に身を隠した。傍の高い貯水タンクに叩きつける雨の音はまるで太鼓の音のようである。僕は始めて自分の体が帽子も外套もワイシャツから靴下までぐしょ濡れに濡れてしまっていることを感じた。けれども僕はこの海のような暗闇ともの凄い風雨の音とのために僕の身の安全であることをどんなに喜んだか知れなかった。僕は幾度も大きな呼吸をした。そしてもう一度下見板にぺったりと胸をつけるようにして廻っている中に、高い落葉松の植込の中に隠れていた一つの窓から微かな灯りの洩れているのを発見した。僕はその窓へ近づいて行った。その中に誰がいるのかということも、よしまた誰かいたとしても何と言って声をかけたら好いものかということも僕は考えてはいなかった。というよりも僕は東京駅を発つときから自動車に揺られて来る間中ずうっと続けてそのことばかりを考えていたのであるが、つゆ子に逢いたいという狂暴な飢餓のような気持だけが僕のすべての思惟を押しのけてしまいほかには何も考えることが出来なかった。何故か僕はその窓の中につゆ子がいるように思うとこの風雨にもかかわらずもしそこにつゆ子がいたならば声をかけてそとに誘い出し一緒にここから逃亡しようとそんな途方もない考えが僕の心を掠めるのであった。僕はその窓硝子に頬をつけるようにして一、二寸ほどあいているカーテンの隙間から部屋の中を窺った。するとやはりそこにはつゆ子が窓の方に背を向けてベッドの上に横わり何か本を読んででもいるらしい気配が枕許の夜卓の上においてある低いスタンドのうす灯りに朧ろ気ながら感じられるのであった。僕はそっと窓を叩いた。「つゆ子さん、」「つゆ子さん、つゆ子さん。」続けて三、四度呼んでみたが僕の声は僕自身の耳にさえも戻らずに風雨の中にさらわれてしまう。僕はまた走ってベッドに近い窓の北側によった。そこからはつゆ子の本を持っている白い手が見え枕の中に埋れている横顔の子供のような頬が見えたがたちまち窓硝子に叩きつける雨脚に洗われて見えなくなるのであった。「つゆ子さん、つゆ子さん。」僕はもう一度呼んでみたがもちろん起きて来る様子はなかった。そのとき崖の下の道の方からがやがやと話しているらしい人声が聞えて来た。だんだんに家の方へ上って来る。僕は本能的に窓から飛びしさって背後の低い小松の繁みの下に身をひそませた。顔にも肩にも背にも小枝や石を含んだ雨が痛いほど叩きつける。僕はその雨に身を任せてじっと呼吸を殺していた。人々は庭へ這入(はい)って来た。だんだん僕の隠れている繁みの方へ寄って来る。手に手にカンテラを持って蓑(みの)のようなものを着た四、五人の男が何か大きな黒いものを抱えるようにして運んで来ている。この深夜に何事だろうと胸を轟(とどろ)かせていると突然凄(すさま)じい風が吹いて来てカンテラの灯がばあっと横ざまにあおられたと思うと、一瞬間その閃光の中に僕の全身がさらし出されるのを感じた。僕は繁みの中から躍り出た。咄嗟(とっさ)の間の考えで、彼らの眼によって発見されるより前に自分から飛び出して行った方が得策だとそんなことを考えたからである。「どうしたのですか？」僕は人々が僕に浴びせかけるであろう問いを自分で発した。彼らの抱えているのは雨外套を着た若い男で酒に酔ってでもいるのかぐたりと首を落して死んだようになっている。「馬鹿な奴ですよ。この雨に車を飛ばしていたのですからね、」彼らの一人がそう言う。彼らは今夜この山の非常警戒にあたっていたのであるが、いまそこの下の何とか橋の下まで来ると轟々という凄じい音がして崖が崩れ落ちたと見る間にヘッドライトを輝かして向うから疾走して来た一台の自動車があっという間にその崖と一緒になって転落した。人々が馳けつけたときはもう遅かった。車は玩具のようになって叩き潰され運転手は車の下に投げ出されて大きな岩石の下敷になって虫の息でいた。ようやくのことで人々はその男を救い出したのであるが、さてこの界隈にはこの谷口の別荘がぽつんと一軒丘の上に建っているだけなのでこの家の迷惑は知れているが一先ずここまで担いで来たところだと言うのである。あの自動車であろうか。僕はぎょっとしてその若い男の顔を覗いた。別人のように蒼ざめてはいるがまぎれもなく僕をのせて来た自動車のあの運転手なのであった。僕の眼にさっき別れたときのあの兵卒のように光っていた顔とその顔の上を流れていた雨とが浮んだ。僕は心が転倒してこの他人の庭に忍び込んでいる自分の身のことを忘れていた。「何ていうことだ。」とそんな馬鹿なことを口走りながら、この男を殺したのは自分だという考えに追い詰められて人々の前に眼も上げられぬのであった。「一体どなたですか？　あなたは、」思いついて中の一人が訊いた。僕ははっとして自分に返った。咄嗟の間に思案をめぐらすと、自分はこの奥の方に住んでいる者だが道を間違えてこの庭へ踏み込んでしまったのだ。こんなところで落合うのも何かの縁と思うから一緒になって自分もこの男の介抱をしようと思うがと平然として言うことが出来たのである。幸に誰ひとりも僕の言葉を怪しむ者はなかった。僕は人々のさきに立って表に廻った。カンテラの灯りによって、石を積んで建てた山荘らしい表構えが見え丸太で組んだ厳重な扉が見えた。「ごめん下さい。」僕はどんどんとその扉を強く叩いた。「ごめん下さい。ごめん下さい。」やがて家の中に微かな灯りのつくのが見えた。誰か起きて蠟燭の灯でもつけたのであろう、ゆらゆらと灯が近づいて中から扉があいた。髪の白い老爺が出て来て僕らの来意を聴くと、一度家の中へ引返してから「どうぞ、」と言って招じ入れた。僕らは玄関の次の間の応接室らしい部屋の中に導かれた。質素な飾り付けの広い部屋である。人々はその一隅の長椅子の上に怪我人を横えた。蓑をとると同じようにカーキ色の詰襟を着てゲートルを捲いている。町の青年団の団員なのであろう。老爺に頼んで薪を運ばせると傍らの煖炉にどんどんと火を焚き始めた。焔のあかりが怪我人の蒼ざめた顔の上を這った。外にいた間は雨に洗われて少しも見えなかった血が、後頭部の傷口から滾々と湧き上るようになって流れ、まくれ上った皮膚の間から砕けた頭蓋骨が白く見えている。「医者が呼べると好いのだが、電話はないんだね？」「駄目だよ。あの山崩れでは小田原まで下りて行こうにも道がないからね。」彼らは低声で囁き合った。間道はあるけれどもそこを通って行くのはなおのこと危険だ。それに医者を呼びに行ってつれて帰ったとしても怪我人はそれまで医者を待っていることは難しいだろうと言う。老爺のつれ合いらしい老婆も起きて来てバスタオルや晒し木綿をあてて傷口を覆うのであるがたちまち鮮血に染ってしまってぐしょぬれになるのであった。僕は人々の間にまじって甲斐甲斐しく胸のボタンを外して洋服を脱がせる手伝いをしたり濡れた漆喰のようになって固くこびりついている靴を脱がせたりするのであるが、靴下を脱がせたあとの紙のように白い色をした裸の足やその足の凍りつくような冷たさは僕をぞっとさせた。僕はながい間この若い運転手の大きく開いたまま痙攣する唇や汚れたワイシャツの下で忙しく波うっている胸を呆然と見詰めていた。「もう駄目だな、」誰かが呟くような声で言うのが聞える。この男は死ぬのだろうか。ただ僕を乗せて来たということのために見知らぬ家の中で医者も呼ばれずにむざむざと死ぬのだろうか。男たちはもう何も手段を施そうとはしないように見えた。人の死ぬまでの数分を待っている気味の悪い沈黙が続いた。窓のそとは絶えず吠えるような風の音が続き樹々はへし折れる音とともに黒い大きな影になって揺れながら倒れ雨は窓の桟を洗うように流れた。一瞬間僕はこの窓のそとの風雨も煖炉の中に燃えている火焔もそれからこの部屋の中の光景もながい間見馴れているもののように思った。そして僕がこのようなものの中にいることも当然であるように思った。突然僕は寒くなった。ぞっと水を浴びるような悪寒が僕の背中を走る。僕はがたがた慄えた。僕の耳に自分の歯のがくがくと鳴っている音がきこえる。「もうおしまいです。」老爺の声らしい低い声がきこえる。「そうだ。あの男が死ぬのだな、」僕はそう思った。そして力をこめて眼を瞠くとそこの長椅子の上にもう誰の手にも支えられずに横っている若い運転手の開いた口が見え、たちまちがくりとクッションから首を落すのが見えた。僕は両手で顔を覆うた。「お爺さん、蠟燭を、」「可哀そうに、」そんな声が聴えた。僕は死人の枕許に蠟燭の立てられるのを見たと思う。その微かな焔がゆらゆらとゆらめいているのを見たと思う。僕は今度は燃えるように体中が熱くなった。「僕も蠟燭を立てるのかな、」僕はそう思ってそれを老爺に頼むために顔を上げると、次の部屋との間の扉が二寸ほどあいてそこに紅い縞の部屋着のようなものを着たつゆ子の細い体が立っているのが見えた。僕はそのまま人事不省に陥ってそこに昏倒した。

○

ながい時間の間雨に打たれていたために僕はひどい急性肺炎に冒(おか)されたのであるらしい。あとで聴くと僕はあのときのまま昏睡を続けてまる二日の間眼を醒(さま)さなかったのだという。眼をあけると僕は明るい窓に近いベッドの上に横(よこた)わり枕許には白い仕事着を着た医者が腰をかけて僕の胸に聴診器をあてていた。「いかがです？　お気がつきましたか。」僕の眼をあけたのを見て医者の問いかけるのが分る。僕は何かそれに答えようとしたが、僕のすぐ真上におおいかぶさっている医者の白い仕事着の白さがぱあっと僕の眼の奥で拡がる。僕はすぐ疲れて眠った。そのときからまた二日くらい間があった。窓にもベッドの上にも部屋の中一ぱいに暖かそうな日光がみちていて何だか僕は赤ん坊になってそんな日向(ひなた)にねている。そういう感じの中で眼がさめた。窓のところに誰か立ってカーテンをひいている。僕はそれをつゆ子だと思った。明るい紫色のその着物を僕はよく知っているように思う。僕は笑おうと思った。しかし僕は非常に疲れていてすぐ眠った。また眼をあける。といつでもそこにつゆ子が腰をかけていた。僕はそれを自然なことに思った。自分がこのベッドの上に眠っていることも自然なことであるように思った。つゆ子は真面目な表情をしていた。「よく眠れて?」僕は彼女の長い睫毛(まつげ)をじっと見ていた。「この部屋はとても暖かいね、」「あ、」つゆ子の高い声が僕にきこえた。彼女は跳び上るように起って背後の扉を振返った。彼女のうすい頬に恐怖のような血の色の上るのが見えた。「だまって! まだ誰もあなただとは知らないの。」「つゆ子。つゆ子。」奥からしわがれた老人の声がよんでいる。

○

「はい。」とつゆ子は大きな声で奥の声に答えてから急いで僕のそばを離れた。そして扉のところでちょっと立留って、「だまって、」と言うように僕を振返って唇に指をあてて見せてから、奥へ向いて再び、「おじいさま。お客さまがお気がおつきになってよ。お話もお出来になれてよ。」と言うのである。あとで分ったことであるが、この谷口の別荘というのはつゆ子の母方の祖父母のいる別荘で、つゆ子はあの朝僕と別れて自分の家へ帰ったと思うとそのままここへ送られて来たのだそうである。「おじいさま。」と呼んだので僕ははっとあのひどい暴風雨の夜のことを思い出し、その一瞬の間に、無断でこの家の庭に忍び込んで来たことや、そこへ怪我をした運転手がおおぜいの人に担ぎ込まれて来たことや、皆でこの家の応接間に導かれてそこで怪我人の手当をしたことや、間もなく怪我人は死んでしまい、その恐怖と自責の念とに駆られながらながい間雨に打たれていたためにそのままそこに昏倒してしまったことなどの記憶が稲妻のように僕の脳裡を掠め去ったのであるが、おじいさまと呼んでいるのはあの夜怪我人のために薪やバスタオルや蠟燭などを運んで来た老爺のことであろうかと混乱した心の中で思い惑いながら、ままよ何とでもなるようになれと強いて自分を落ちつけて待っていると、その老爺とは似もつかぬ白髯を長く垂らした品の好い老人が温和な微笑を浮べながら部屋へ這入って来た。「お気がつかれたかな。」「いろいろご迷惑をおかけしまして、」僕はようようの思いで言った。明るい日がさして老人の少し垂れ下った瞼にうすあかく紅のさしているのまで僕は感じながら眼を上げることも出来ないような気持である。老人は冷い手を僕の額にのせてみた。「熱も下ったようだな。何と言ってもこんな山の中だから手当が届きませんでね、」そんなことをゆっくりした口調で言ってから思い出したように、

「おう、それからな。まだお名前も分っておらぬものだからどちらへもお知らせがしてないのですよ。誰かがそんなことを言うものだからこの奥の別荘をそれとなく問合せてみたりしたのだがどうも分らぬ。何しろ突然のことだから何もかもあとさきになるのは当然だけれど、お住いはどちらで？」僕を詰問するというよりは、かえって僕の病気のことをまだどこへも知らせてないことの手落を詫びるような言葉つきなので、僕は心の中でほっと呼吸をして、そうだった、あの夜運転手を担いで上って来た男たちに問われて咄嗟の間の言い逃れに、ついこの奥の別荘のものだと出鱈目を言ったのだったなと思い出したのであるが、今はそんなことに拘泥してはいられぬくらい僕の気持は混乱してどん底まで追いつめられていたのである。構うことがあるものか。しまいには僕だということが分るまでのことではないか。それまではどこまでも白をきって呆けていてやれと僕は最後の腹をきめて落付いて答えた。「東京です。」「東京。ほう、それでお名前は？」当然訊かれることなのに僕はぐっと詰ってしまい一つ呼吸をした。そしてどういう頓馬な頭の働きのためか、「西条賛二郎という音楽家です。」と言ってしまってからはっとして口を噤んだのである。西条というのはつゆ子の姓なのでここでは決して口にしてはならないものであるのにその西条を言ってしまったのだ。しかし老人はそのために少しでも僕を疑うような気振(けぶり)はなく、「西条さんと仰言(おっしゃ)る。それは不思議だな。ここの近しい縁家にもそういう名前のものがあるのだが、やはり何かのご縁というものかも知れませんな。とにかく一つお宅へ電報を打たせにやりましょう。」「いや、」と僕は狼狽(あわ)てて遮(さえぎ)った。そしてこれも口から出まかせに、自分のほんとうの家は九州のずっと南の方なのだから病気をしているからと言ってわざわざ親たちを騒がせるのは心許(こころもと)ないし、また東京の住居というのもただ勉学中の仮寓に過ぎないのだから四、五日うちをあけたからといって誰も気にとめて待っている者もないはずだからと言ってごまかしてしまったのであるが、それから暫(しばら)く四方山(よもやま)の話のあとで老人はまた思い出したように、あの暴風雨の夜あんな夜更(よふ)けにどうしてこんなところを歩いていたのかと訊くのであった。老人のつもりでは僕が眼をさましたらあれもこれも訊いてみようと思っていたことなのであろうが、僕はもう矢尽き刀折れた有様(ありさま)で気のせいかさっきからの老人の質問はすべて僕の身許(みもと)を探り出そうとしているもののように思われてならぬので、せっかくここまで言いぬけて来たけれどもこの上まだ何かうまいことを言い拵(こしら)えては答えるほどの気力を失(なく)してしまったのである。僕はぐっしょり汗をかいていた。まだ熱があるのですぐに疲れてしまう。僕は根気もなく顔を枕の中に埋めて眼をとじたが、半分はわざとにもそうしなければならなかったからである。「いけないわ、おじいさま。」そう言っているつゆ子の声がきこえる。「やっといまお気がおつきになったばかりなんですもの、あんまりいろんなことを伺ったりしちゃいけないわ。」「そうだったな。わるいことをしたな。」そんな声をきいてうとうとと眠りにおちながら僕はつゆ子のそのさかしい言葉を頼みに思わずにはいられなかった。それにしても僕がほかの病気ではなく、このような場合にもそのまま眠りにおちてしまうこともある熱病にかかったということは僕にとってもっけの幸である。

　こんなことのあったのちで僕が眼をさましたのは同じ日の日暮れであった。枕許にはやはりつゆ子が腰をかけていて僕の眼をあけるのを見ると低声で、「いまおじいさまたちは散歩よ。」と言う。つゆ子の祖父は祖母とともに朝と日暮れとに時間をきめて散歩に出る習慣であるとのことで、家の中にはいま召使のじいやとばあやとがいるだけだと言うのである。僕はさまざまな思いをこめて眼で笑った。窓からさすうす日をうけて半眼に開いているつゆ子の瞼は廂のように濃い睫毛の影を頰に落し唇や顎の柔い翳が何とも言えず美しかった。けれどもまだ熱の去らぬ僕の胸にはつゆ子に対するあの飢餓のように狂暴な恋心は眠っていて、静かな喜びが水のように溢れて来る。「さっきはどうも有難う。おじいさまはもう僕のことを分った？」「いいえ。どうして分らないのかと思うくらい。とても滑稽（こっけい）よ。」つゆ子はくすりと眼で笑った。そのいたずららしい眼は僕を誘い込む。僕は長閑（のどか）な気持で何か悪いことの出来ることを想像した。そうだ。誰も彼もみんな瞞（だま）してやれ。そう思った瞬間に僕は少し大胆な気持になった。そしてあの昏睡の間中僕を脅していたように思われるあの事から、まかり間違えば逃れられるかも知れぬという気がして来たのである。僕は試すようにつゆ子の顔を見た。「ねえ？　あの晩どうやって僕がここまで上って来たのか分った？」「分ったわ。」つゆ子は前と同じようにいたずららしい眼をして僕を見た。「分ってたわあたし。みんなあたし分ってたわ。」「僕があの自動車に乗って来たことも？」「ええ、」「その帰りにあの自動車がおっこったことも？」「ええ、」僕はだんだん大胆な気持になった。そしてどういう気持の変り方であるか知らぬが、さっきまではあの運転手を殺したのは自分だと思い詰めていたはずであるのに、ままよ、それがどうしたのだ。僕をのせて来た車がその帰りに何かあったからといって僕の知ったことかというような不敵な気になった。「だけどどうして外の人には分らなかったんだろう？　小田原のガレージの奴が来たら当然分ったはずなんだけど、」駅の前であのとき大声で僕は行先を怒鳴ったことをはっきりと覚えているが、あの声も風雨の音にさらわれて死んだ運転手のほかの誰の耳にも残ってはいなかったのであろうか。つゆ子の話によると翌朝になって検視の役人や屍体引取りの人たちの来たときには僕はもうこの部屋に担ぎ込まれたあとのことであったので、誰も僕を見た者はなく僕とあの自動車とを結びつけて考えた者もなかったというのである。つゆ子は僕に一枚の地方版の新聞を示したが、その社会面の一隅にようやく、「何々ガレージ運転手何某は昨夜豪雨中強羅方面への乗客を送り、」云々という三行ほどの記事となっているのを発見しただけである。事件は僕の眠っていた間にこんなに巧く片附いてしまっている。僕はこの家の中では西条賛二郎という音楽家になりすまし、あの自動車の事故については何も知らぬ一乗客としてそれもただ神さまだけに知られているというだけになっている。ああ、と僕は心の中で喜びの声をあげた。そしてこんな危機をも脱し得た僕の恋には何か邪まな魔神の加護のようなものがあるのだとそんなことを考えたのである。

つゆ子の祖父と祖母はそれからのちもしばしば僕の病室へ姿を見せたけれども、もう前のように僕から何かを訊き出そうとはしなかった。僕の病気は薄紙をはがすようによくなった。つゆ子は大抵の場合だまって僕の枕許に坐っていたが、朝と夕方との老人夫婦の散歩の時間にはちょうど隠れん坊をしていた恋人同士のようにふいに呼吸をのんで何か話し出すのである。この遊戯は僕らを刺戟した。その上にこの短い時間の間に何もかも話し合っておきたいという急き立てられた気持によって僕らの話題はひどく最後的なものになる。僕らはひそかにこの別荘をぬけ出すことを相談したのである。「おじいさまが悪いんだわ。きっとお前の好きなようにしてやるからってあんなに固い約束をしてここへつれて来といた癖に、やっぱりパパが恐いんですもの。待ちきれなくなってあたしあなたにあの電報を打ったのよ。」僕はつゆ子をつれて逃げてのちの僕らの生活のことを、目まぐるしい速さで心に思い浮べた。いつかの夜の苦々しい経験をもう一度くり返すことに終らぬようにしなければならぬと思うと愉しい空想よりも前にそれが気にかかった。大阪へ行こう、と僕はそう思った。大阪には古い友達で向うの有名なレビュウの総指揮のようなことをしている男がいる。その男に頼んで何か仕事を見つけてもらおう。まかり間違えばオーケストラのピアノ弾きでもギャグマンでも何でもやろう。僕はそんなことを考えた。そして東京の家のことは少し落付いてから弁護士の手を通じて片を附けようなどと思った。但しこの最後の一項はただつゆ子に対する義務の気持から実に事務的な影をとって僕の考えの中に浮んで来ただけである。僕らは僕が少し歩けるようになるまで恢復するのを待つことにした。

この相談がきまってからは僕らはあまり話をしないように、つゆ子もほとんど僕の病室へ来ないようにしていた。ときどき奥の茶の間で祖父母を呼んでいるつゆ子の声が聞えて来たり僕の室のそとを歩いているつゆ子の草履の音が聞えたりした。ひとりで寝ていても僕にはいつでもつゆ子がどの部屋にいるということが感じられる。これまでに一度も感じたことのない安堵の気持であった。「這入ってもよくって？」つゆ子はいつも扉を半分あけて顔を見せた。老人たちの散歩の時間を計って僕はひそかに歩くことの練習をしていたのである。片手はつゆ子の肩に摑まり一足ずつ踏み出すようにしてベッドのぐるりを歩くのであるが、五日くらいの中にほとんど手を離しても歩けるようになった。やがて明日の朝はいよいよ出奔しようという日が来たのである。

「とてもどきどきするの。」つゆ子は胸に手を重ねて言った。老人たちが朝の散歩に出るのを待って、つゆ子は一足さきに裏の山道から廻り僕は崖下の間道をぬけて別々の道をとって町へ出るバスの終点のところで待合せるはずであった。うまく行けば老人たちの帰って来るまでに僕らはバスで小田原近くまで出てしまうことであろう。僕は手をのばしてつゆ子の胸からその両手をとった。そして部屋の中のいつでも新しい花のさしてある一輪挿しやさきおといまで使っていた氷嚢の空気を入れて膨らませたまま手摺の桟にくくりつけてある窓や、その窓から見える落葉松の植込やそのまばらな枝の間から覗いている高い空などに眼をやると、この家からつゆ子をつれて脱け出そうとする僕の行為はどのくらい大きな背信であるかと思わずにはいられぬ。「僕は泥棒よりもたちの悪い男だ。でも僕はもっとひどいことでもしたかも知れなかったけれど、」「そんなことを言っちゃいや。」「いやこれからだって僕は何をするか分らない。」冗談のように言ったけれども僕の気持は冗談ではなかった。たぶん僕は少し硬ばった表情をしていたのであろう、つゆ子はそっと僕のそばから体をひいて言った。「帰ってらしたようよ。」鈴の鳴る音がして玄関の敷石にかたりと杖をおく気配がした。老人たちが帰って来たのである。「じゃあ明日ね、」つゆ子も立って扉のところでいつもよりは少し長く立留って低声で言ったのであるが、これが僕への別れの言葉になろうとは二人とも思わなかった。

その夜僕はなかなか眠ることが出来なかった。明日のこと、これからさきのことを考えると亢奮してだんだん眼がさえるばかりである。睡らないと明日は熱が出るかも知れぬ。そう思って眠ろうとすればするほど眼の底が乾いたようになって、まだ充分に恢復しきらない体はまるで暗示にかかったようにぼうっと熱っぽくなって来てベッドの上に横ったまま浮き上るような気がする。眠れなければ眠れないままで好い。どうしても眠らなければならないという考えに固執しない方が好いと僕は出来るだけ気持を落付けるようにしていたが、その中にだんだん窓のそとが明るくなって来てやがてばあやが起きて来たのであろう、きいきいとタンクに水を汲み上げている音が聴えて来た。僕はもう眠ることを諦めた。せめて時間の来るまで体を楽にしていようとじっと横になっていたが、間もなくつゆ子と約束した八時に近くなった。僕は起きて椅子に腰をかけた。つゆ子はもう裏木戸からぬけ出してせかせかと山道を駆け下りているところか、もしかしたらもうバスの終点のところに立って小さなトランクを提げて僕の来るのを待っているところではないかと思うと僕はじっとしていられなかった。僕はそっと起ってそこの衣裳簞笥の中に靴下やシャツまでちゃんと乾かしてしまってあるのを出して洋服を着始めたのであるが、心配したほど元気を失ってはいなかった。僕はちょっと窓のそとを見廻した。そして誰もいないのを見ると玄関で靴を穿いてサンルームの横からベランダへ出てそこから庭へ下りようとしたのであるが、ふいにそのベランダの明るい陽の中へ出たせいか、ふらふらと眼が眩んではっと思う間に片足をふみ外してそこの煉瓦の床の上にべたべたと這いつくばってしまったのである。そのとき僕の眩んだ眼に、何か朝の買物に出て帰って来たのであろう洋風の野菜籠を提げて裏木戸から帰って来たばあやの声を立てて駆けよって来るのが見えた。「まあ西条さん。あなたまあお靴をお穿きになって、」とそんなことを言っているのが聞える。しまった、見付かってしまったと思う瞬間に僕の両腋から冷い汗が流れた。そのまま僕は意識を失ってしまったのである。

○

気がつくと僕はやはり以前の部屋のベッドの上に横（よこたわ）っていた。僕はうつけた頭の中でぼんやりとあの朝の失敗した脱走のことを思い浮べた。僕はここにいるがつゆ子はどうしたろう。僕は家の中のもの音によっていまどの部屋には誰がいるという僕ひとりの判断をしようと聴き耳を立てたのであるが、気のせいかことという音も聞えぬ。その中にぎいと扉のあく気配がしたと思うとそこにはばあやが気の弱そうな微笑をうかべて立っているのである。「お目がさめまして？」「ああ、」と僕は答えた。僕はだまっていた。何かばあやが話し出しはせぬか、或いはつゆ子が姿を見せはせぬかと思ってそれを待っていたのであるが、ばあやはそれからもたびたび僕の部屋へ来て何くれと世話をしてくれるのであるが、僕の聴きたいと思うことにはわざと触れぬようにでもしているような風である。しかしその中にはと思っていたつゆ子もまるで姿を見せぬばかりか、朝夕庭に出て植木の世話などしながら窓から声をかけてゆくこともある老人までしわぶきの音もさせぬ。僕はもう待つことに負けてそれとなくばあやに訊いてみた。「お嬢さまはあの日のおひるに大旦那さま方とご一緒に東京へお帰りになりましたのですよ。」そしてこの別荘に残っているのは僕とばあや夫婦だけだと言う。あの日のおひるに東京へ？では何もかも分ってしまってつゆ子はまた父の手に渡されてしまったのであろうか。僕は気力もなく眼をとじた。するとばあやは慰めるような口調で言った。「大丈夫ですよ。いまに東京からお友だちの方がお迎えにいらして下さいますよ。」「お友だちですって？」「ええ、あなたのお友だちがいらして下さいますからね。お元気におなりになりさえすればすぐにお帰りになれますからね、」友だちが僕を迎えに？　僕には何のことなのかよく分らなかった。ただ僕の意識を失していた間に何事かが起ってそのためにすべてのことが露れてしまったのだということだけははっきりと感じられた。僕は諦めた。そしていまは何のもの音もきこえぬ家の中の広さに堪らないほどのうすら寒さを感じて、一日も早く東京へ帰りたいと思った。僕は裸になったまま谷底のようなところに落ちている気持で暗澹とした幾日かを送ったが、しかしその気持の惨めさとは関係なく体はどんどんよくなった。たぶん僕はあの出奔の日をもう数日ののちに、せめて僕がいまほどに恢復しきるまで待つべきだったのだ。もしそうだったらただ一晩の不眠ぐらいのことにあんな不覚をとらなくてもすんだであろうに、と何か遠い昔のことを思い起すような気持で、あの朝持ち出したステッキがいまもちゃんとベッドの足許の板によせかけてあるのを見ながら思ったりするのであった。

或る朝、珍しく崖下の道に自動車のとまる音がしたと思うとやがて袴を穿いた小柄な男がばあやに導かれて僕の部屋に這入って来た。見るとそれは僕の先輩でもあり古い友だちでもある画家の楠本であった。どうして楠本がと思うのと同時に僕には一切のことが明瞭になった。たぶん僕の想像していたよりももっと多くのことがつゆ子の家の者たちに知られてしまっているのである。「やあ、」と楠本は人懐っこい微笑を浮べて僕の顔を見た。この微笑は楠本独特のもので、いまも袴など穿いて来た自分を苦笑しているような、何とも言えず親しみ深い感じを抱かせるものなので、僕は一時にながい間の暗澹とした気持がけしとんでしまうのを感じた。「やあ、」「どうしました。早くよくなってよかったな、」楠本は窓をあけてそとの景色を見ながら、「なかなか好いところですね、こんなところで二、三日ゆっくりしていたら好いだろうな、」と言ってから僕の耳に口をつけて、「どうです？　一緒に東京へ帰りますか。一時間ぐらいしたら迎えの自動車が来るはずになっているんだけど、」と言うのである。やがて僕は楠本に伴われてこの別荘を去ったのであるが、のちに楠本からきいたところに依ると、あの朝ベランダの床の上に僕の倒れたのを発見したばあやは、僕をじいやに任せてそのまま老人たちのいつもの散歩道を追いかけてその事を報告すると、一方ではつゆ子の姿が見えないのと病気の僕が洋服に着替えて出かけようとしていたこととを考え合せて、もしやという疑念からみんなで手分をして探すと、つゆ子は山下の橋の袂(たもと)のバスの停留場で柱に背をよせて立っていたと言うのである。たぶんつゆ子は老人の理義を分けた追求を拒むことが出来なかったのであろう、そのまま一緒に東京へつれ帰られたということであるが、そののちのつゆ子の消息については楠本にはもちろん僕にも想像がつかなかった。たぶん、前のときよりももっと厳重な看視をつけられてどこかに閉じこめられていることであろうと思うと、僕はそれについて自分の無力を憐れむほかはないのである。「しかし、どうして僕がここにいるってことが分ったの？」「どうしてって、」楠本は曖昧(あいまい)な表情で笑った。「四谷から手紙が来てね、」早速西条家を訪れると家令のような男が出て来て、強羅での出来事を細かく話して僕を引取りに行ってくれるように頼んだと言うのである。楠本は話さぬけれども西条の家では僕のことから楠本にもあまり快い遇し方はしなかったであろうと想像して楠本に気の毒に思った。

再び僕は自分の家に坐って、妻との口を利(き)かぬ生活を始めた。僕は終日どこへも出掛けなかった。つゆ子のことは出来るだけ考えぬことにしていた。けれどもやはり考えないというのではない。ただ冬の間は穴ごもりをして暮す蛇があるように僕の恋もじっと動かぬままに燃えていたのである。楠本はときどき来てくれた。そして僕が家に落付いているのを見て安堵(あんど)しているようで、或るときのこと「君ももう平静になったようだから、」と言って僕につゆ子が残しておいたのだという封の手紙を渡した。それはいつか僕らが強羅の別荘をひき上げるときに、ばあやが楠本を物蔭に呼んで、東京へ帰ってから僕に渡すようにと言って言伝(ことづ)けたものだそうである。僕はひとりになってから急いで手紙の封をきった。あの騒ぎの朝祖父母の眼をぬすんで急ぎ認(したた)めたらしいその手紙は何か腹を立てているのかと思うくらいに荒々しくせかせかしていてその荒い言葉の中に投げやりなもの哀れさが混っていかにも乱れた調子である。「これでおしまいよ。もうお別れよ。そう決めてしまってちょうだい。そう決めて、ね。今日からつゆ子はあなたのものじゃないわ。つゆ子はつゆ子です。あなたはあなたよ。あなたひとりよ。こんな酷いことを書いてどうぞ許して下さいまし。そう思わなかったらこれからどんなことになるのかはっきり分っているのですもの。つゆ子はいけない女ですわ。つゆ子がいたらあなたはめちゃめちゃになっておしまいになってよ。ねえ、それが分って？　一緒になりたいと思ってはいやよ。もう二人は何でもないんですもの。何でもありゃしない、つゆ子だってあなたのことなぞ今日かぎり忘れてしまえるんですもの。」僕はしばらくただぼうっと手紙の文字を拾って読むだけで何が書いてあるのか分ろうとはしなかった。それほどに思いがけない文意である。「あたしあなたのことがこわいの。僕は何をするか分らないって、あたしあなたがどんなことをするひとかちゃんと分ってるわ。あなたはだんだん底へおちて行くの。つゆ子はそんな気持ではないのに、どうしてもあなたを底へおとすのはつゆ子なのですもの。どうしてそうなるのか分らないけれども、でも二人は一緒になりたいと思えば思うほど二人のことをいけなくしてしまうんですもの。だんだん自分の穴を掘ってるのよ。ねえ、それが分って？　あたしそれがこわいの。いまにどんなことが起るかそれが分って？　二人とも死んでしまってよ。でもつゆ子のこわいのは死ぬことなのではないの。その前のいろんなことがこわいの。ね、よく分るでしょ。だんだんだんだんいけなくなって来るのが分るでしょ？　ねえ譲二さん。でもつゆ子のことを臆病だと思わないで下さいね。ここで踏止(ふみとどま)らなくてはさよならにしなくては。大丈夫よ。大丈夫さよならが出来てよ。さよなら。つゆ子は十一月四日の龍田丸でアメリカへたちます。みんなさよならよ。もう決してあたしを探しに来てはいや。」僕はもう一度くり返して読んだ。狼狽(あわ)てて読んだために意味をとり違えて読んだのではあるまいかと思ったり、何かこの手紙の面(おもて)には現われていない言葉がどこかに隠れているのではあるまいかと思ったりしたのであるが、どこにも読み違いはなかった。僕は騒がしい心の中で慌しくあの朝のことを思い浮べた。つゆ子は確かに僕と一緒に出奔するためにあの坂下のバスの終点で僕を待っていたというのに、それから祖父母たちに見つかって東京へつれ帰されることに決まるまでの一時間か二時間の間に、こんなにも気持が変ってしまったというのであろうか。もし変ったのだとすれば何のためであろう。僕は矢のように早く心の中に湧き起るさまざまな答を一つ一つ吟味した。つゆ子ははじめから僕と一緒に逃げようという気持などはなくて、ただ毎日僕と話をしている間にだんだん僕の言葉を避けることが出来ないようになって心ならずも出奔に同意したというのであろうか。つゆ子はいま僕から逃れることが出来てほっと息をしているというのであろうか。そうなのかも知れぬ。もうあの歌舞伎座の騒ぎのあとで、どんなに僕が生活に対して無能力な男かということを知り尽してしまっているはずだから、一時の気紛れに同意したのだとしてもすぐに醒めたというのかも知れぬ。僕はそう思いながら、しかしまだそう思いきれぬ未練の気持から、もしかしたらこの手紙は祖父母に強いられてその眼の前でわざと書いたものなのではあるまいかと考えたりして、たとえいまのつゆ子の気持がこの手紙の通りであるとしてもどうしてそのままの気持にさせておくものかとそんなことを思ったのである。どうしてアメリカへなぞやるものかと僕はどこにいるのか分らないつゆ子に向いて心の中で呟いた。いつであったか僕はつゆ子から従兄がニューヨークの三菱支店に勤めていて、つゆ子はその従兄と一緒になるように母から言われているという事など聴いたのを思い出したのであるが、何となくアメリカへ行くなぞということは僕を遠ざけるための一つの嘘であるかも知れぬとそんな気がしてならぬ。それにしてもこの手紙一つで僕はすっかりつゆ子の心を見失ってしまったのであった。僕はもう少しも、つゆ子のこの手紙の言葉をさえも信じることが出来ぬようになっている。いままでのどのつゆ子がほんとうのつゆ子なのであろうか。僕はそれを知りたかった。すぐにもつゆ子に逢ってつゆ子の口からそれを聴きたかった。再び僕は一ヶ月前の僕と同じようにつゆ子を探すことに夢中になり始めた。僕のその様子ははたから見たら気違いじみていたことであろうと思う。僕はまたあの新橋の有有亭のお八重にたのんで嘘の呼出しをかけてもらったり、夜おそくまで四谷のつゆ子の家の前をうろついて誰かを送って来た自動車の出て来るのを待ってその運転手に家の中の様子をききただしたり、何の役にも立たぬことに日を暮してしまい全く自分を忘れていた。その中につゆ子の消息は皆目（かいもく）知れぬのであのアメリカ云々（うんぬん）ということも或いはほんとうのことで、せめてその日波止場ででもよそながらの別れがしたいと思ってああして知らせる気になったのかも知れぬと僕はだんだんそう思うようになって、その龍田丸の出るという十一月四日の来るのをただ一つの望みとして待っているよりほかはなかった。

晴れた寒い朝であった。僕は一週間ほど前から幾度も郵船に電話をして問合せておいた時間よりも少し早く東京駅から桟橋行きの汽車に乗って横浜へ着いたのであるが、もうそこには出船の用意をすませた船が待っていて甲板も桟橋も人で埋っていた。僕はその人波を掻き分けて船に上って行った。一等のプロムナードから中甲板へ出てサロンから食堂と隈（くま）なく眼を配ってつゆ子を求めたが、どこにもそれらしい姿は見あたらぬ。僕はちょっとの間人混みの中に立っていた。血眼（ちまなこ）になるというのはこういう時の僕の眼のようなもののことである。どこに隠れていても探し出さずにはおかぬと僕はだんだんそんな激しい気持になって、とうとう船の事務長を探し出して船客名簿を見せてもらったのであるがどの頁（ページ）にも西条つゆ子の名を見出すことは出来なかった。「申込だけでもしてはありませんか。」「いや申込もありませんでした。」事務長は不愛想に答えた。そのうちに見送り人に下船を促す銅鑼（どら）が鳴りひびいた。僕は無数の別離の光景の中にもまれながらひとりで桟橋へ下りた。出帆の汽笛が空気を裂くような音を立てて鳴った。「ばんざい。」「さよなら。」無数の呼び声が船から響く音楽に混ってこの一瞬の間に何もかも言いつくしてしまいたいと思っているようなのである。僕は何のために船が音楽を奏するのかよく分った。早くお探しなさいとそう言っているのである。僕はテープの間を右往左往した。たとえつゆ子は隠れてしまったとしてもつゆ子を見送るためにつゆ子の父母か祖父母かあの歌舞伎座で見た伯母の誰かがこの人波の中にいるに違いない。そう思ったのであるが、僕の眩（くら）んだ眼のせいか誰の姿も発見することは出来なかった。その中に船は眼に見えぬくらいの速力で岸をはなれて行く。無数のテープを船側になびかせながらたちまち甲板の人影も誰か見分け難くなった。僕はしばらくそこに立って船を見詰めていた。もしかしたらつゆ子は僕の眼をさけるために変名して乗っていたのかも知れぬ。あの夥（おびただ）しい船の中の人混みに一人の女が隠れて乗るくらい何でもないことであろう。僕はみじめな気持になってもう人影のまばらになった桟橋を歩いていたが、いつの間にかあのつゆ子の手紙を読んだときの激しい気持は失っていた。なるようになれ。僕は何にも抵抗する気力のない自分を哀れみながら心の中で呟（つぶや）いたのであるが、とめどもなく涙が頬を流れた。

　その日から僕はしばらく家の中にこもっていた。考えるともなくつゆ子のことが心に浮んで来ると、何故かつゆ子はまだ日本にいるように思われて来るのである。どこにいるのか分らぬがどうしてもまだ日本にいるように思われる。或いはそう思うことによって自分を慰めているのかも知れぬが、僕はふと思い立ってまた街へ出てみる気になった。或る日のこと駿河台（するがだい）の町角で明治大学の方へ上って行く一人の少女の髪をお下げにした後姿がつゆ子に生写しであるのを見て、思わずはっと声をかけそうになりながらあとを追って行くと、僕の靴音に気がついたのであろう少女も立留ってこっちを振返った。見るとつゆ子だと思ったのも道理で紛（まぎ）れもなくあのいつか四谷の家の裏庭に向いた部屋でピアノを弾いていた少女である。ほっそりとした肩つきも翳（かげ）の深い眼（まな）ざしもまるでつゆ子のもののようでありながら、その薄い唇に浮んでいる稚（おさな）げな驕慢（きょうまん）のうす笑いが気のせいか人の心の底まで見抜いて人を憐れんでいるようなのに眼をとめると、僕の耳にはすぐにあの頃の夕暮に毎日きいたショパンの音がきこえて来るような気がするのであったが、しかしこの失望はすぐに、こんな町角でせめてつゆ子の肉親の者にでも逢うことの出来た喜びと入り混った。「もしもし、」と僕は声をかけた。「失礼ですが、西条さんのお嬢さんですね、」少女はだまって僕の顔を見た。その少女の眼から僕は僕が誰であるかを知っているのを感じたので、むきつけにつゆ子のことを訊いてみた。「やっぱり発たなかったんでしょう?」「いいえ、発ったわよ。」少女ははっきりした声で答えた。「龍田丸で発ったわ。」「龍田丸で? だって僕は船まで行って見たんですよ。」少女の眼にあの怜悧な大人のような表情が浮んだ。「だっておねえさんは神戸から発ったのよ。」と言ってそのまま喫茶店のあるそこの町角を曲って行ってしまったのである。呆然として僕はその後姿を見送った。何ということであろう。つゆ子は僕の追跡を惧れて神戸から発ったというのか。僕はそのまま風の吹く街の中でうずくまってしまいそうになった。それほどにまでつゆ子は僕を惧れていたというのか。それほどにまで僕から離れて行きたかったというのか。今朝までは何となくまだ日本のどこかにいるように思っていたつゆ子が、恐らくもうアメリカに着いてその従兄とかいう男の傍に迎えられながら汽車にゆられてニューヨークへ行くところだというのか。思いもかけず僕はあのさかしげな少女の言葉から、つゆ子を囲むその一族の僕に対する根強い蔑視と嫌悪とを知ると、何かこのままにしてはおきたくないというような気持の湧いて来るのを制(おさ)えることが出来なかった。だが僕に何をすることが出来よう。恐らく僕はただつゆ子を失った記憶のためにだけ僕に残っている力を費さなければならぬことであろう。

○

僕の失恋したという話は僕の知らぬ間に仲間の間で噂(うわさ)の種になっていたそうな。彼奴(あいつ)、自殺するかも知れぬと言う者もあり、しかし失恋なんてするような柄じゃないぜという者もあるという話を楠本がひょうきんな調子を混えてときどき僕に伝えに来た。楠本のこのひょうきんさの中には多分に僕に対する友情がこもっていた。男が恋をするなんて滑稽(こっけい)なことだぜ、君もそう思うだろう? と楠本はそんな口吻(こうふん)で、僕自身にこの破れた恋のことをほんのちょっとした遊び事の結末であったように思い込ませようとしているらしいのである。そういう楠本の調子に僕はひょっとひきこまれることがある。或いは意識的にひき込まれてみることがある。そうだ、俺は失恋なんてするような柄じゃないな。僕はそう思ってみるのである。八年前に妻と一緒になったときのいきさつも、それから外国で一緒に暮したことのある女たちとのこともあんなものはみんな恋じゃあない。

ではそのほかに一度でも恋らしい気持になったことがあるだろうか。何にもない。恋をするなんて、俺は全くそんな柄じゃないからな。恋をするような振りをすることの巧い西洋仕込みのただのならず者なのだからな。そんな男が、ただつゆ子のことに限ってむきになって恋をして失恋なんぞするなんて、しかも仲間のものから自殺するかも知れぬぞと言われるなんて馬鹿げたことだ。僕はそんな風に考えてみた。すると何となくあの息苦しかったつゆ子との結末も一つの滑稽な出来事に過ぎなかったように思えて来る。俺はあの女に惚れてなんぞいたんではなくって、ただあの女があんまり遠くへ逃げるのが巧くて遠くからおいでおいでをするのが巧くて、それに吊られてみたのだからな。あんなに親たちが箱入にしたがっている娘を手に入れるというのも俺のようなならず者にとっては一つの興味だからな。僕はそんな風に考えてみた。この考えは何となく愉快であった。僕は久しぶりでながい間の息苦しさから救われるような気がして、つゆ子に対して持っていた僕の気持の一つ一つを解釈しなおしてみた。「たかが女のことじゃあないか。」僕は声に出してそう言ってみた。すると今日からでも以前の自分と少しも違わない自分になれるように思えて来る。街へ出て酒ものむしダンスもするし女とも遊ぶし、女とはただ面白く遊ぶことだけしかしようとしないあの以前の自分になれるように思えて来る。こういうものの考え方の方向はちょうど失恋して自暴になる気持と全く同じ方向であったので、たやすく僕は自分をそこにはめ込むことが出来そうだ。しかし僕はこんな場合に自暴酒をのむのよりももっと虚無的な気持になる。自分では全くあのならず者の習慣に戻って来たと思いながら、街へ出て友だちと騒いでみても面白くは行かなかった。いっそアメリカへでも行ってみたらどうかな、とふいにそんなことを考える。メリケン・ジャップと呼ばれている邦人の浮浪人のことを僕はよく聞いていた。あんなものになって生活の目的もなくふらついて暮す気になれたら存外面白いではないかとそんなことを思いながら、僕はいつの間にかどこかの都会の街角で偶然につゆ子に会うかも知れぬというようなことを漠然と空想する。そしてまるで咽喉が渇いたような気持になって古いトランクを掻き廻して船の時間を調べたり旅費を調べたりしている自分に気がつくのである。だが旅費なぞは一銭だって出来そうなあてはないし、そんな自分の気持も僕にはほんとうのものかどうか分らなかった。第一アメリカと日本とではお話にならないじゃあないか、と自分で自分を嗤ってみるのである。いまに何か、かあっと自分ではまり込むようなことが起りでもしたらすぐに片附いてしまう気持なのだから、と僕はそうも思った。そしてそのかあっとはまり込むようなことをあれかこれかと考えてみたりして、だんだん街へ遊びに出てみるようになった。

冬になってもうクリスマスもじきだという或る朝、やはり同じ仲間の遊び友だちである馬場から電報で面白いことがあるから遊びに来いと言って来たことがある。馬場とは外国にいるときからの友だちで、仕事の上の友だちというよりも陽気に騒ぐときの仲間である。牛込の高台に洒落れたアトリエを持って評判の美しい妻君とともに住んでいたが、夫婦ともに拘束のない新しい風の生活をしているのでいつでも何かごたごたと家庭がもめていて、それを面白がる連中や遊び好きな仲間が夜昼となく集って来ていた。そういう馬場のことであるからたぶん変った女でも呼んでおいて、僕に一種の病気見舞の役目を果すつもりなのだろうとそう思って出掛けて行くと、窓のそとからもう蓄音器の鳴る音と若い女の疳高い笑い声とが聞えている。僕はステッキで窓硝子を叩いた。「這入れよ。」と馬場が中からどなった。扉をあけると一人は髪を桃割か何かに結った日本娘のようなのと、一人は断髪にしてホールで着ているダンサーの着物のような思いきり派手ななりをしているのと、もう一人はミッションスクールの生徒のような目立たぬ洋服を着ているのと、それぞれの雰囲気をもった三人の若い女たちの中に馬場と同じ遊び仲間の津村とが混って談笑しているのである。「このお嬢さんたちはみんな君のファンなのだよ。ぜひ君に会わしてくれってもう三月も前から頼まれてたんだぜ、」笑うと糸のように細くなる眼の中から津村は津村一流の皮肉をこめて僕に言った。新宿の書店「津の国屋」の息子である津村はいまでは「津の国屋」の店の支配のほかに文芸・美術雑誌の出版を試みたりして納っているが、その頃はまだ独身でいつか「津の国屋」の階上で僕と馬場との絵画展覧会をやったことがあってから一しきり僕らの仲間をひきまわして遊びまわっていたのである。「あら、三月じゃないわ、半年だわ。」と断髪の女がまぜっ返すように言った。ストーヴのあたたかさとウイスキーをまぜた紅茶とで女たちの頬はぽっと紅かった。僕らはしゃべったり踊ったりした。その間にミッションスクールの生徒のような洋服を着た女だけはいつも足を床に投げ出すようにしてみんなの騒ぐのを見ていた。「ちょっと貸して下さい。」僕はその女の持っていたマンドラをとって蓄音器のジャズに合せて弾いているとたちまち馬場が振返って叫んだ。「おい、その女殺しのジャズをやめてくれ。」「何を言ってやあがる、」楽器を女の手に返しながらふと僕は、そのころの流行であった膝までしかない短いスカートの下から覗いている女の足に眼をやった。それはちょっと日本人には珍しいきれいな形のほっそりとした足である。僕が眼をあげるのといっしょに女もちらと僕を見上げて眼で笑った。あとできいたことであるがこの女はもうずいぶん以前から肺を患っているのだとかで、その病気に特有のぼうっとむくんだようにぼんやりしている眼鼻立ちが美人というのではないがいかにも女らしい柔和な感じで、眼鏡はかけていなかったけれども強い近視眼であると見え、ほんの少し離れたものを見るときにもその大きな眼をすうっと猫の眼のように細くする癖があって、奇妙に色っぽい印象を与える。僕はほかの二人の女にはまるで興味がなかったが、この女には何となく興味を感じた。しかしそんな気持も自分で自分をけしかけるようにしていたその頃のことであるから、どれくらいほんとうであったかということは分らぬ。その日は日暮れまで面白く遊んでみんな別れたのであったが、それから三、四日たった或る日僕は津村に用事があって新宿の駅前の広場を通りぬけようとしていると、バスの発着所のそばにこの間の洋服の女がひとりで立っているのに気がついた。僕はちょっと立止って、「やあ、」というように気軽な挨拶をしようとしたのであるが、まっ直(す)ぐにこっちへ向いていながら僕に気がつかぬようなのだ。おやおや、こんなに眼が近いのかなと思っていると、そこへ慶応の制服を着た背の高い学生がバスから下りて来て女のそばに近よったと思うと一緒に声高に談笑しながら腕を組むようにしてすぐ僕の立っている傍(そば)を通り過ぎて行ったのである。「いまそこであの女のランデブウを見て来たよ。」と僕は用談をすませたあとで津村にその話をした。「彼奴(あいつ)がかい？」と津村は眼を細くして笑った。「しかしとも子はあの中でもまるで恋患いでもしそうなくらい君に憧れてるという触れ込みだったんだがな、」「というのが手なんだよ。あんなのが面白いぜ、」と一しきり冗談を言い合って帰って来たのであるが、どういうものかそれから三、四日たって銀座へ出た序(つい)でにデパートで何かの買物をしていると、すぐそばの売場にとも子というその洋服の女がしきりにネクタイを選(よ)っているのにまた出会った。やはり五尺とは離れていないくらいなのに少しも気のつかぬ風で、ようやく赤い格子のひどく派手なのを一本ぬきとって包ませているのである。僕はそばへ寄って肩を叩いた。「まあ、」ととも子はあの猫の眼のようなうす眼をたちまち大きく瞠(みひら)いた。「いまの赤いネクタイは君の好きな人にやるんでしょう？」「いやな湯浅さん、あれ弟に買ってやったのよ。」と言ってから、その弟というのも僕の絵が好きでとても会いたがっているから一ぺんとも子の家へ遊びに来ないかというのである。「明日は駄目？　日曜だから明日いらっしゃらない？　弟もうちにいてよ。」そこで僕はとも子に洗足(せんぞく)にあるというとも子の家の番地を聴いて、その翌日訪問する約束をした。

もはや押迫った年の暮(くれ)であるが僕らのような生活をしているものにはやはりただの冬

の日と変りはない。翌日支度をして家を出ようとするといつもは送りに出ようともしない妻が僕の靴を穿いている背後から声をかけた。「こないだの契約書に判をしてくれて?」「あんなものは駄目だよ。」僕はうしろへ向かないままで答えた。契約書というのは二人が離婚しようと話し合うようになってから幾度となくそのどちらかが考え出しては書いてみた僕から妻に支払うことになる子供の養育費その他についての約束で、幾度書いてみても双方の承認しそうなものにならなかったのであるが、今度も妻がその知合いの弁護士に相談してつくったというその契約書には子供の成人するまで毎月百円ずつの養育料を云々と書いてあるのである。「じゃあ、まるで認めないのね?」「考えてみろよ。百円だなんて、いまの俺にそんな金が毎月出来るかい?」「出来なきゃ好いわ。」そのまま押しだまってしまった。僕には妻の考えていることがよく分る。子供を抱えてまる七ヶ年のあいだ僕の帰って来るのを待っていた。帰って来たら離婚するのだということが分っていたら妻はあの七年の間にもっとほかの暮し方をしていたはずである。とり返しのつかない七年間。その妻の失われた歳月のためには僕は当然、たとえ少しくらい無理があるとしてもこの契約書に従うべき義務があるではないか。そう思っているのである。「理屈を言っても駄目だよ。俺に出来ないことを約束させてみたってしようがないじゃないか。」せめて五十円とでも言うのだったら何とかなるかも知れないがな、と僕は心の中で思った。お互いに一日も早く別れたいと思っていながら金のことでうまく相談がまとまらないというのは馬鹿らしいことだと思うがどうにも仕方がなかった。弁護士とか訴訟とか契約書とかそういう言葉の好きな妻のことを僕は少し滑稽（こっけい）に思いながら町を歩いていると停車場まで出る中にそんなことも忘れていた。

　とも子の家は洗足の駅から近いところにこの頃新しく出来た半洋風の静かな一区画の邸町（やしきまち）の中にあった。外構えも家の形も純粋なアメリカ風であるのに玄関までの敷石の敷いてある小径（こみち）の両側の植込もその蔭に見える庭のつくりもどことなく日本風で、その不調和がいかにも現代的な感じを与える、そういう家の一つで、ポーチの天井にも中国風の吊燈籠（つりどうろう）が下げてあったりした。案内を乞うととも子があの短い膝までのスカートでばたばたと子供のように駈（か）けて来た。「ママあ、湯浅さんがいらしたわよお、早く早く、」そう急（せ）き立てるとすぐあとから続いてとも子の母らしいまだ四十になったかならぬくらいに見えるよく肥った女のひとが出て来た。「ようこそ。」と柔和な愛嬌のあるものごしで応接間へ案内してくれた。古風なシャンデリアのある壁に支那の画幅がかけてある。煖炉の上の棚にも卓子にも何かごたごたと花や置物が飾ってあるのだけれど、それがかえってよく住みこなした家の中だというような気易さを感じさせる。僕は不思議な安楽さを感じてそこに腰を下した。「とも子がまた我儘（わがまま）なお願いをして、」「ママは湯浅さんはとても来やしないってそう言ってたのよ、」「何を言うんですよ。だってあなたのやんちゃのお相手をさせられては堪（たま）らないじゃあないの。ちょっとそう言って由（よし）やに薪（まき）をどっさり持って来させなさい。」「いやよ。ママ行ってらっしゃいよ。その序（つい）でに何かおいしいもの拵（こしら）えて、」「しようがないのね、」とも子の母は笑いながら起（た）って行った。「好いママだな、」どういうものか僕はこのありふれた母親と娘との親愛を羨（うらやま）しいもののように感じた。これが家というものだな、とそんな気がしたのである。外国にいたながい間も帰って来て自分の家に腰を据（す）えるようになっても、何だか仮の宿の続きでしかない僕には考えてみれば家というものがなかった。自分で僕はその家というものの空気をこわして来ていながら、いま突然、何かずっと子供のときに見失った懐しいものに会うような気がしたのである。この感じはこののちしばしばとも子の家に出這入（ではい）りするようになってから、僕をとらえて離さなかったものである。「もうあれで来やしないわよ、ママ。」「ママのことなら何でも君にわかる?」「ママがあたしのことをわかっちゃうの。」「どんなやんちゃなこともね?」「ええ、」と答えてからとも子は低声（こごえ）で、「あたし病気なんですもの、」と言った。「知ってるよ、」と僕はごく自然な声で言った。そしてとも子の手から薪をとって煖炉に投げ込みながらちらとその顔を見た。「病気だから君の顔、そんなにきれいなんだよ。君の顔はこんな火のそばにいても蒼いんだね、」「蒼いの好き？」「好きだよ。」ぼうっとはれぼったい輪郭のままるで色のない写真のように唇の色までうすいとも子の顔は、うまく描けたら面白い絵になりそうな気もする。暫く話し合っている間に僕はとも子の声にも表情にも話をする雰囲気にも、その顔の色に現れているのと同じような「無色の面白さ」を発見した。「ねえさんは気取ってるんですよ。」そこへ顔を出した弟が冷かすように言ってもとも子は笑っていた。間もなく僕は暇をつげた。とも子の言ったようにしまいまで姿を見せなかった母親が狼狽てて奥から出て来て、いまに主人も帰って来るからとしきりに引留めるのを断って表へ出ると、そこの植込の蔭に急いで出て来たらしく広い毛布のようなショールを肩から冠ってとも子が立っていた。「駅までね？」「スペインの女のようだよそのショール。寒かない？　それだけで、」とも子は軽く首を振って、しかしやはり寒そうに僕の体の蔭に身を隠すようにしてついて来た。風はなかったが近くに池のある郊外の日の暮れらしい冷たさが肌に感じられる。僕は歩きながらそっととも子の体に手を廻した。「やっぱり寒いんだね、」「ええ、」うす暗がりの中で見ると尚更おぼろ気なとも子の表情はどうにでも男の言いなりになる女のような与し易さをもって僕の心を捉えた。僕は立留ってショールの上からとも子の羽毛のように軽い体を抱き上げて接吻した。「ね、」ととも子の聴きとれないくらいに低い声が言った。「もう一度。」僕はもう一度抱き上げて接吻した。さっきまであの部屋の中で僕を包んでいた煖炉の温かさや居心地のよい家の中の空気がまだそのまま僕の心に残っていて、こうしてとも子を抱いていることもその続きの愉しいことのようである。「もうお帰り。」僕は赤ん坊に言うように言った。「風邪をひくよ。」「今度はいつ?」「いつでも、」そしてまた翌日もやって来ることを約束して僕は電車に乗った。

僕はひどく明るい気持になった。翌日もその翌日も午後になると家を出てとも子の家へ遊びに出かけたのであったが、それはとも子に会いに出かけるというよりもとも子のいる家のあの居心地の好い椅子の一つに腰を下してやすみたいというような気持であった。とも子のあの柔和な眼顔よりもさきに、その母親の愛想の好い声や温い珈琲や明るい灯かげやそんなものが僕の胸に浮んで来るのである。そしてその家の煖炉の前に坐っていると、ながい間旅を歩いていてやっといま帰って来たという風な安堵の気持になるのであった。たぶんあのつゆ子との恋のような息苦しい圧迫のあとではとも子のような女との間柄なぞ恋という言葉さえ浮ばぬほどに安易で、そのためだけにでも僕はとも子が好きであったのかも知れぬ。その中に僕はだんだんと家の者にも馴れて来た。始めの間は若い娘のところへ出這入りする男としていくらか警戒するような眼を向けていたとも子の父もやがて友だち同士のような親しさを見せるようになって後にはただこの父とだけ話をして帰って来るようなこともあった。若いときにながい間アメリカで暮したことのあるとも子の父はその家庭生活も全くアメリカ風で、子供たちに対してはよい父であるというよりはよい友だちであるらしかった。何でも子供の好きなことをさせる。子供の考え本位で何でもそれから割出して考えてやるという風であるらしかった。「わたしの生命はほんとうならもうその時にないものなのですからね、」というのが口癖で、若いときに患ったひどい肺患が或る心の一転機によって奇蹟的になおった。それは全く奇蹟的である。自分の命はその時までのものであったはずなのだからその後の自分の生活というものは全くの「儲(もう)けもの」である。その「儲けもの」を生かすためには自分は能(あた)うかぎり人のためになることをしなければならぬと言うのが口癖で、そういう自分の処世訓を自分で書いた小冊子を自分の会社の部下の者たちに配布したりして喜んでいる一種の明るい好人物であったのだ。僕はこの父のいるとも子の家庭の朗らかな空気をどれくらい有難いものに思ったか分らぬ。ふいに僕はついこの間まであのつゆ子の家庭から僕のうけた乞食のうけるような冷遇を思い浮べて慄然(りつぜん)とすることがあった。

年があけて僕はしばらくぶりで津村のところへ出かけた。「とも子と結婚するんだってほんとかい?」津村は僕の顔を見るとすぐに言った。「そんな馬鹿な、」「しかし専(もっぱ)らそういう評判だぜ。君はそんな気はなくてもとも子の方じゃすっかり結婚する気でいるっていう話だぜ、」相変らずにやにやしながらその細い眼の中に多少の非難の色を浮べて言うのである。「うるさいぞう、あとで。」「うるさいも何もそんなことになりっこありゃしないよ。いまの女房のことだって片附かないで弱ってるのに、」「だけどとも子は君の家庭の事情なぞ知らないんだろう?」「知ってるさ、とも子もよく知ってるしおふくろさんだって知ってるはずだよ。」僕はそう答えたが、しかしそうばかりも言えないような気もしたのである。とも子は始めから僕に妻子のあることも、それからつゆ子のことも知っていて、つゆ子のことは、「一緒にアメリカへ行ってみない?」などと言ってみたりするくらいであるのに、妻のことというとまるで気にもかけていない様子なのは、一つは僕が妻との関係を実際よりももっと簡単に解決のつくもののように話しているからである。自分ではとも子と一緒になろうなどとは夢にも考えてはいないのに、もしとも子が多少でもそういう考えを浮べる事のある場合は実際簡単に結婚し得られるのだという事を暗示しなかったとは言えないからである。しかし僕はそのときはそれほどはっきり自分を解剖しはしなかった。津村の言ううるさい事などがもし起ったとしてもどうにでもなると思った。「大丈夫だよ、そんなへまはやらないよ。」「しかしあんな不良少女のように見えてても若い女は厄介だぞ。こんがらがって来るととんでもない馬鹿を見るよ。それに第一、妻君と別れるなんてことは僕はとにかくとして、ほかの先輩連中は好い顔はしないぜ。」津村はしきりに僕がもう一度家庭へもどることをすすめるのである。気持はとにかくとして形式だけでもいまの家庭をこわさぬようにする方が得策だという津村の意見は僕に対する世間の思惑を心配してくれる者の同じようにもっている考え方なのである。長い間良人の帰国を待っていた妻ではないか、とそう言っているのであるが僕にとってはそのことはもう問題ではなかった。ただとも子のことでは面倒をひき起したくないと思ったのでそれから暫くの間とも子の家へ出かけて行くことを見合せた。一方、そのこととは少しも拘りのない気持ではあるが、妻との離婚の手続きも一刻も早くすませたいと思い、細目にわたる条件はあとで適当に協議するとして、離婚届だけは出しておこうということに妻も同意したので、早速届書を書いて妻もそれに署名したのであるが、妻の側の保証人に署名してもらうという段になって、「どうも離婚届の署名をするのは寝ざめが悪くて、」などと言って断られたと言うのである。僕はいやな顔をした。「それくらいなら始めから保証人になるなどと言わなければ好いのに、」「わたし柴山さんとこへ行ってみるわ、あの人なら事情もよく知ってるし、」妻はそう言ってまた出かけたが間もなく戻って来て、その柴山という妻の友人もいま旅行中で二、三日しなければ帰らぬと言う。僕は何だか妻が故意に保証人の署名だけの残っている手続を遅らせる気でいるような気もしたが、それでも幾分ほっとした気持になって久しぶりで二階の窓から見える風景のスケッチなどしていると、階段の下から声をかけながら妻が上って来た。「ねえ、」と言って妻はちょっと笑顔をした。「あたしたち別れても親類づきあいだけはするんでしょ？　何か困ったことがあったら相談しに行ってもよくって？」「好いよ。」何を言ってるんだと僕は思った。ときどき思いついたようにこんなきれいなことを言ってみるのが癖で、ほんとうはまるで反対のことしかしないようになる妻のいつものやり方を知っている僕は、そのために幾度も不快な思いをしたからである。

白けた気持で僕は十日くらい家にひきこもっていた。すると或る日の午後珍しく馬場が訪ねて来て、「たいへんだよ、とも子がカルモチンを呑んだんだって、」と言う。馬場のところへとも子の友だちであるあのいつかの派手な着物を着た断髪の女の桃子がそれを知らせに来て、すぐに僕をとも子の家へ行かせるようにしてくれと言ったと言うのである。「そんな馬鹿なことはないよ。カルモチンはカルモチンでも自殺しようとしたりしたんじゃ決してないよ。とも子はひどい不眠症だって言ってたからね、」僕は半分は何となく狼狽（ろうばい）している自分にそれを言いながら支度（したく）をして家を出たが、どうしてもとも子が自殺しようとしたということは信じられなかった。とも子の家へつくと気のせいかいつもよりはひっそりとしているように思われた。「お嬢さんは？」と訊くと「お部屋でおやすみになっていらっしゃいます。」と言う。いつもならばきまって母親が玄関へ出て来るのであるがとそんなことを思うのも、暫く来なかった間にこの家の空気に何か変ったことのあったせいかも知れぬ。とも子は蒼い顔をしてベッドに横（よこた）わっていた。「どうしたの？　また体がわるくなったの？」とも子は大きな眼をあけて、ええ、と言うようにうなずいた。まだ昼の中なのにカーテンの下してある暗い部屋のせいか、とも子の大きな眼はまるで二つの黒い穴のようになって、うすぼんやりとした柔（やわら）かな頬（ほお）の翳（かげ）も何となくげっそりと落ちていた。「ながいこと来なかったのね、」「僕？」と僕はわざととぼけて何かとも子の気に入ることを言ってやりたいと思ったので、「仕事をしてたんだよ。君の顔も描いてるよ。」「そう、」ととも子は笑った。僕はこのとも子が自殺しようとしたのではなくても何か僕のことでとも子を悲しませるようなことがあるような気がして来て、出来るだけいたわってやりたいと思ったのであった。間もなく母親が這入って来た。そしてとも子に気づかれぬようにして僕を部屋のそとへ呼んで、「あなた、今夜はお忙しい?」「どうしたんです?　とも子さんがどうかしたんですか?」「ええ、ちょっと。少し喀血したのよ。もしお忙しくなかったら今夜少しお話ししたいことがあるんですけどね、」と言って女中の手から黒い毛革の襟巻をとって肩にかけながら、「あたしこれからちょっとほかへ廻って来るんですけど、そうね、あなた昭和通りの裏にある青葉っていう支那料理を知ってらして?　あそこへ六時ころにいらして下さらない?」と言うのである。僕は何となくどきりとした。何か話すことがあるとしてもわざわざおもてで会って話すほどのことがあるだろうかと思ったが、何れにしても会って訊けば分ることだ。僕は簡単に母親の申出を承諾した。すると一度玄関まで出て行ってからまた戻って、「とも子にはだまっていらしてね、気にするといけないから、」と言った。母親が出て行ってから僕はしばらくとも子の部屋で遊んでいたが、とも子の何となく脾弱げな痛々しい様子はやはりさっき母親の言った通りに喀血したあとの衰弱のせいで、カルモチン云々というのはただあのお転婆娘の桃子の思いついたおせっかいな芝居であるらしいと解ったので、安心して時間が来るとその昭和通りの青葉という支那料理屋へ出かけて行った。

とも子の母親はもうそこで待っていた。「あなた御酒はいかが。少し老酒でも召し上る？」などと言ったりして料理が運ばれてからもなかなか話を切り出そうとはしなかったが、やがて何気ない調子で、「あなた、もうおくさんの方のことはじきにお片附きになるんでしょう？」と訊くのである。僕は正直にこの間からのいきさつを話したが、こんなことを訊いている母親の気持がどこにあるのかおぼろ気に察しられると、僕と妻との間にいつまでも片附かないで横っている金銭上の問題なぞ、おくびにも知らせたくない気がした。「手頃の家があれば僕は自分で越して行きたいと思っているのですが、」というかにも簡単に話しながら何となく軽い惧れを感じないではいられなかった。果して母親の用談というのはとも子のことであった。「パパはそう言うんですよ。あの子は病気なのだから人並みに結婚させるようなことは考えないで、英文簿記の勉強でもさせて気が向いたら自分の会社の仕事をさせてやったり、ゆくゆくは気楽な女実業家みたいなものにでもしてやるんだって言うんですけど、でもあたしパパのその意見はどうかと思うんですよ。病気って言ったってあの病気でも結婚する人はよくあるでしょう？　それにあれっきり治らないときまったものでもなし、そういうパパだって立派に丈夫な体になってるんですものね、」僕はだまって酒をのんでいた。そしてだんだんと母親の言葉の中にまき込まれて身動きの出来なくなって来そうな自分を感じながら、まだしかし充分に考えをまとめる余地があるように思っていた。母親はまた続けて、「そうでしょう？何かの境遇の変化でそれがきっかけになってだんだん丈夫になるかも知れないんですものね。よしんばまた悪くなったとしても、」と言いかけて母親はちょっと口をつぐんだ。「悪くなって、そのまま死んでしまうくらいなら、いっそあの子の思ってることを叶えてやりたいと、そんなことを思うのが親馬鹿なのかも知れませんけど、もしかしたらあの子はじき死ぬかも知れませんわ。二月か三月かせいぜい半年くらいの間かも知れないと思うと、せめて、その間だけでも好きなようにして暮させてやりたいと思いますの。あなたはあの子の病気のこともよくご存じなんですし、ね、湯浅さん、ほんの二、三ヶ月くらいの間かも知れないんですもの、その間いっしょに暮してやって下さるでしょう？　ね、いやだなんて仰言りはしないでしょう？」柔和な眼は何かきらりと光るような表情を帯びて僕の方を見たが、見る見る涙が浮んで来てその光りをかくしてしまった。

僕は狼狽てて眼を反らした。とうに僕はこの母親の問いに答える言葉を用意しておいたはずであるのに、思いもかけぬ涙がたちまち僕の考えを混乱させたのであった。「そんなにとも子さんはいけないのですか？」「よくは分らないんですけどね、」と言ってから母親は人の好い微笑をうかべて、「でもあの子のことだから、どんな具合でひょっとまたよくなるかも知れないでしょう？　ね、湯浅さん。だからどうしてもあなたに助けて頂かなくちゃならないの。あなたの心配してらっしゃるのはただおくさんの方のことだけなんでしょう？　おくさんの方さえお片附きになればとも子をもらってやって下さるんでしょう？」「しかし僕はいまのところ、そんなご相談にのる資格がないと思うんです。別居でもしてるんならとにかくですが、」「それだってただ時日の問題だけなんでしょう？」「無論そうなんですけれど、」と僕は言葉を濁して口を噤んだ。とうとう、いつか津村の言った「あとでうるさくなる」ときが来たなと思ったが、この母親を前においてはきっぱりした態度をとることが出来なかった。やがて母親は僕のだまっているのを見ると何と思ったのか、ふいに気を取り直したような明るい調子になって、「じゃ、あなたもよく考えといて下さいね。今夜のことはとも子にも誰にも仰言ってはいけませんよ。」と言って、その太った手首をまげて時間を見ながら、「もうそろそろお医者さまのいらしてる時分ですからこれで失礼しますけど、じゃ二、三日中にまたいらして下さるでしょう?」「ええ、伺います。」僕らは同じ自動車で京浜蒲田まで来てそこで別れたが、ひとりになると僕は自分の気持が少しもあの母親の申出を拒んでいないのに気がついた。と言うよりも僕はとうから今日の来るのを知っていてぼんやりと待っていたような気がするのである。「とうとう俺はとも子と結婚するのじゃないかな、」と考えてみても、そこから何か身慄(みぶる)いのするような惧れも湧いては来なかった。

家へ帰ると妻は茶の間で子供のジャケツか何かを編んでいた。僕は自分で自分の靴を下駄箱に片付けてからそのまま二階へ上りかけたが、ふと足を返して妻に声をかけた。「柴山さんはまだ帰って来なかったのかい?」「まだよ、」妻はこっちを見ないで冷淡に答えた。「だけどあたし、やっぱりいろんな契約をしてからにするつもりよ。」「何だって?」「契約をすましてからにするのが順序だって言うのよ。柴山さんはじきに帰って来るでしょうけれど、」「とにかくここは解散するから手頃な家を見つけとくと好いぜ。君が越してかなきゃあ俺が出て行くよ。」妻はだまって答えなかったが、その翌日になるとどこからか夜おそく帰って来て、とんとん二階へ上って来た。そして何か思惑(おもわく)のある顔つきで、にやにや笑いながら人の気をひくように言うのである。「ね、あなたはほんとうのところいくらくらいなら毎月よこせると思って?」「とにかく百円なんて駄目だよ。」僕は妻の心の中に何か変化の起ったことを感じたが、気のつかぬ風でむっとしていた。「だから、いくらくらいなら間違いなく出せると思って?」「五十円だな、五十円くらいならどうにかやれるよ。」妻はしばらく考えていたが、しまいには五十円でも好いと言い出した。五十円ではただ家賃を払って喰べて行くだけの金であるが、考えてみればこのままいつまでも喧嘩のようにして二階と階下とで暮していては、子供もいじけてしまうし、自分もやりきれない気持だからとそんなことを言って、「あたしこれでまた始めからやり直すつもりよ。洋裁のお稽古をしてお友だちと一緒にお店を出すの。じゃとにかく、明日にでも小さい家をめっけるわ。」と言いながら生々とした足どりで下りて行った。たぶん今日逢って来た誰かにそんな智恵をつけられて来たのだろうと思うと、まるでこっちの思っていた壺の中へ向うからはまって来たような形であるだけに僕には滑稽に思われた。

○

それから二、三日たった日の午後、とも子の家へ出かけて行ってみると珍しくおもての庭でとも子の父親が庭いじりをしていた。「やあ、」と言って立上ると、手にしていたスコップを捨てて急いで縁側から僕を招いて、いつもの応接間の方ではなく自分の居間の方へ案内した。「この間はやす子が何かお話ししたそうだが、君がとも子をもらってやってくれれば実際たすかるよ。君ならあの子の病気のことも分っててくれるんだし、実を言うとあの子をもらってくれるようなものはあるまいと思って諦めていたんだからね、」「とも子さんはもう好いんですか？」「きょう君が来なかったらこっちから行ってみようかと思ってたとこなんだよ。病気なんぞどこかへ飛んでってしまうさ。善は急げだからね、ほんの内輪の者だけよんで、それこそ形ばかりの結婚式をしたらどういうものかね。おうい、誰か二階の書斎から暦をとって来ておくれ。」と奥へ声をかけるのであった。とも子の母親はもう僕がとも子との結婚を承諾したもののように報告したのであろうが、いま父親の口からこんな言葉をきいても僕は驚きはしなかった。いつの間にか僕は自分の曖昧な態度でとも子の両親にそういう考えを抱かせてしまっていたし、また自分でもこのぬくぬくとした温かそうな家庭の一人となるかも知れぬとふと思うことがあった。どっちでも同じことだ。あの腐りかけた女房との縁をきってとも子と二人で新しい家を構え、ときどきこの父親と母親とが訪ねて来る。そうなっても構わぬような気がして来た。やがて父親は女中の持って来た暦をめくって、何日はさんりんぼうだとか友引だとか僕にはよく分らぬことを口にしながら、気早やにももう結婚式の日取りをきめようとしているのであるが、それも十四、五日さきの日からだんだん間近かの日にさかのぼって来て、最後に「二十三日にしよう。少し早過ぎて気忙(きぜわ)しいが、二十三日が一番日が好いから、」と言ったその二十三日までは、その日から五日しか間がなかった。僕は困った。その五日の間に何もかも辻褄(つじつま)の合うように運ぶことが出来るだろうかとそれが心配であったが、この父親のせき込んだ調子をとめることは出来そうにもなかった。「改まって式をするにも及ばないと思うんですけどね、」と言ってみたが、「ほんの申訳だけのことにしておくさ。会社の方の手前もあるからね、」と言うのである。間もなく母親もやって来て、会場はどこの何屋にしようとか、仲人(なこうど)は誰になってもらおうとか、ばたばたときまってしまってみるみる中(うち)に僕はこの家の花婿ということになったのである。「湯浅さんちょっと、」と母親はあとで僕を小蔭へよんで心配そうに言った。「おくさんの方のお宅はもうおきまりになって？」「何だか今朝さがしに出かけたようですよ。」「そう？　そいじゃもう安心ね、」といかにも安堵(あんど)したようなその顔付を見ると僕は妻のことなど何でもないと繰返して言わずにはいられなかった。もしどんなに面倒になったとしてももうこうなった上は是が非でも押し通さねばならぬのであるから。

僕は何となくせき立てられる気持で明るい中に家へ帰ってみると、妻はまるで門口に起っているような感じで僕の帰るのを待っていた。「ね、とても好い家があったのよ。六畳と四畳半と三畳とで十三円なの。」「もう決めて来たのかい？」「だから一緒にちょっと行って見てよ。よかったらあたし、すぐに明日の朝越しちゃうの、」何というまいことだと僕はひそかに喜びながら妻のあとから行ってみると、省線の線路に近いけれども庭には梅の木などが植えてあって、それでもちゃんと門構えになっている。古びた家ではあるが居心地は悪くなさそうに見える。「好いじゃないか、」「ね、好いでしょう？　家賃が十三円ていうのが気になるけど這入ってからあたし十二円にまけさせるつもりなのよ。」とそんなことを言ってはしゃいでいる妻は僕の心の中など疑ってみたこともなさそうであった。あくる朝になると早くから階下ではばたばたと荷物を片附ける音がした。僕も起きて一緒に引越しの手伝いをしてやったが、新しい家に障子を貼り茶簞笥長火鉢と列べてみるとそれでもちんまりした好い家になった。「ああ、うれしい。ね、きっと五十円ずつよこしてよ。どうしてあたしもっと早く越さなかったかと思うくらいだわ。一緒にいたんじゃ、あなたはあたしにお小遣もよこさないんですもの、」と言って笑っている妻の顔は心から嬉しそうであった。やがて僕はひとりで古い家へ帰ったが、もう灯りのつく頃なのにまっ暗なまま家財道具の全部を運び出したあとの家の中はまるで洞穴の中のように寒かった。僕は二階へ上ってそこに残っている画架やカンバスの中にごろりと横になってながい間ぼんやりと寝ていた。とうとう俺はひとりになった。そう思ってみても何の喜びも浮んでは来なかったのである。

翌日僕は二、三枚の絵を携えてそのころ僕のパトロンであった麴町の或る書房の主人を訪ねた。そしてありのままに今度の新しい結婚のことも話したが、つゆ子とのあてのない恋愛を不安がっていた主人はかえってこの境遇の変化を喜んでくれたらしく、だまって金を五百円渡してくれた。僕はその金を持ってすぐに家を探して歩いた。あの洞穴のような寒々とした家の中には一日もいたくないと思いながら大森の山の手を歩いていると、ついこの間まで西洋人の夫婦が住んでいたという手頃な洋館を見つけてすぐにきめてしまった。そしてその足ですぐ洗足のとも子の家へ行って家のきまったことを知らせた。「まあ宜かった。パパが呑気だからどうなるのかと思ってたんですよ。じゃちょっとご一緒に行ってどんなお宅か拝見させて頂きたいわ。」と言ってもうコートを着ようとしている母親のそばから、とも子も一緒に見に行くと言い出した。「駄目よあなたは。また悪くなったらそれこそ困るじゃないの。」「大丈夫よ。ねえ譲二さん。風にあたらなければ大丈夫ねえ、」と言いながらまだやっとベッドの上へ起きられるようになったばかりだというとも子は、肩で荒い呼吸をしながらさきに立って自動車にのった。僕はそのとも子の細い足に毛布をまいてやった。「あんまり好い家じゃないよ。」「好いわどんなお家でも。あたしお家の中であの木履を穿くのよ。ね、ママ。」などととも子はまるで遠足に行く子供のように愉しそうであった。木履というのはとも子が誰かの帰朝土産に貰ったのだとかいうものである。洗足から大森のその家までは車で行くと七分とはかからなかった。古い樹立に包まれた尖った赤い屋根は二階の窓の白いペンキを塗った鉄扉に陽をうけて遠くからも見える。「まあ好いお家ですこと。この垣根はとも子ちゃんの好きな薔薇よ。」母親はとも子を顧みて笑った。思ったよりも気に入ったらしく二人は熱心に部屋々々を見て廻り、この窓の下にはピアノを置くのだとかベランダには犬を繋ぐのだとかそんなことを相談していた。「案外日あたりも好いでしょう?」僕は低声で母親に囁いた。いつの間にか僕はこんなことになっている自分自身に馴れていたのである。

翌日僕は蒲田の家から僕の絵などを運んで来た。家の物はみな妻の方へやってしまったので、何も彼も新しく買い調えなければならぬ。僕は一日かかって洋家具の古道具屋をあさって長椅子や飾り棚を買い入れたり、窓かけを張ったりした。洗足の家からもとも子のいかにも女の物らしい派手な調度が届けられた。やがてあさってはいよいよ結婚式だという日になって僕はそれでもごく僅かの今度の事情をよく知っている友人たちに向けて簡単な招待状を出した。A、B、C、それに楠本、馬場、津村とその宛名を記しながら、その一人一人の顔つきを思い浮べて彼らの中の一人でもこの結婚式に列なるものはあるまいことを感じた。「結婚式だって？　一体誰とまた結婚しようと言うんだい？」「なあに二重結婚でも三重結婚でも彼奴は平気でやるよ。いまに面白いことになるぜ、」「とにかくあの妻君と別れるなんてそんな不道徳なことは世間が許さんよ。」彼らの思っているらしいことが僕にははっきりと分るような気がしたのである。構うことがあるものか。どっちにしても僕はあのままの生活を続けていることは出来なかったのだ。誰も来ない結婚式に僕は平気で坐っていられるだけの覚悟をきめていよう。やがてその日が来た。僕は支度をして会場である芝の如水館へ出かけて行く前にとも子の家へ寄った。「いらっしゃい、」と母親はさすがに隠しきれぬ喜びを頰に浮べて、「たいへんなんですよ。まるで戦争のような騒ぎなの、」とも子の学校友だちらしい美しく着飾った娘たちが花束を抱えておおぜい祝いに来ていた。家の者たちはその中を右往左往して、どうかすると僕の来ていることも忘れてしまう有様であった。おもてにはもう迎えの自動車が来ている。「とも子さんはどうしました？」「とも子。とも子ちゃん。まあどこにいるんでしょうねえ、」僕はひとりでさきに靴を穿いて玄関に起っていたが、とも子はなかなか姿を見せなかった。何気なく前庭の植込を廻って内玄関の方へ行きかけると、そこの部屋のあいている窓かけの隙間から内玄関の上り框のところにとも子と一人の背の高い慶応の制服を着た若い学生が立って何かひそひそと話し合っているのが見えた。はっとして僕は植込の蔭に体を隠した。いつか、それはまだとも子と知合になった始めのころ、新宿の駅前のバスの発着所のそばでとも子と落合って一緒に腕を組むようにして僕の前を通りすぎて行ったあの慶応の学生であることを僕は思い出したからである。うす桃色の華やかな婚礼衣裳を身につけたとも子は大きな花束を抱えたまま眼にハンカチをあてて泣いている様子であった。「やってるな、」僕はひそかにそう思った。そしてまるであのアメリカの写真に出て来る家庭を馬鹿にしている洒落者の良人でもあるように妻のローマンスをも見て見ぬ振りをして馬鹿にするつもりでいたのであるが、そっとその窓口から離れてひとりで自動車の中に身をかくすと、それでも何か穏やかでない気持であった。あの女が泣いている。僕と一緒になりたいと言ってカルモチンまでのんだということになっているあの女が泣いている。僕はちょっと白(しら)けた気持になって煙草(タバコ)を吹かしていた。しかし考えてみるまでもなく僕は始めから、このとも子との結合によって人生の新しいスタートに立つというのに適(ふさ)わしい明るい希望とか愉(たの)しい期待とかを抱くような気持とはまるで遠いところにいたのである。とも子を愛したというよりもとも子の家のあの温和な雰囲気に心を惹かれて、そのためにただ僕の生涯の将棋の駒を一つすすめてみる気になっただけのことであった。やはり僕にはあの洒落者の良人の役が一番自然だな、とそんなことを考えているところへとも子が母親に助けられながら出て来た。「困った赤ちゃんなんですよ。お嫁に行くというのにやっぱりこの家を出るのが悲しいんですって、まあごらんなさい、こんなにお眼々をあかくして、ほほほ、」母親は明るい調子で僕にそう言ったが、もちろんそう思っているのではないことが僕にはよく分った。会場にはもうおおぜいの人々が来ていた。ほんの内輪の者だけを五、六人と言っていたが、もうそこには四、五十人の人たちが集っていた。それらは全部とも子の家の親戚の人たちか、とも子の父親の会社の人たちかで一人も僕の知っている者は来ていなかった。父親はその一人一人を僕に紹介したのちに幾度も低声(こごえ)で僕に囁いた。「どうしたんだろう、誰方（どなた）も見えないようだね、」「みんな呑気な奴ばかりですからね、結婚式なんて冗談くらいにしか思ってないんですよ。」僕にははっきりと誰も来ぬことが分っていたが、父親はこのときになってもまさかと思っているらしかった。「もう少しお待ちしてみましょうよ。」と母親も言った。とも子はまださっきの涙のためにぼっと腫（は）れぼったい眼をしておおぜいの友だちに囲まれながら、ときどきちらりと僕の方を見た。三人とも言葉には出さぬが何か失望を感じているのである。ああは言ってもいまに自動車がとまってどやどやと友だちたちがやって来るであろう。そしてどこからか嗅ぎつけた新聞社の写真班がやってきて、あっちからもこっちからもぱちぱちとフラッシュをたくであろう。そう思ってでもいるらしいのであるが、僕の方ではまた親類縁者にはもちろん、新聞社にも雑誌社にも友だちにさえもそう大きな声では知らせたくなかったのだ。やはり僕は世間の人の思惑（おもわく）を惧（おそ）れていたと見える。あの馬鹿げきった長い間の芝居の科白（せりふ）である妻子を捨てたの捨てないのという言葉がいつの間にか僕の頭にもしみ込んでいたとみえる。とにかくここで一先（ひとま）ずとも子と一緒になっておいて、それからだんだんと世間の明るみへ出て行こうと思っていた僕ははじめから人を招ぶ気はなかったのであるが、しかしいまになってみると、何というへんなことになったのだろうと思った。花婿の側の客は一人も来ない。こんな結婚式があるだろうか。或いはこれがこれから始めようとするこのとも子との生活の上に何か不確かな可笑しなものを感じさせる一番はじめの事になるのかも知れないな、と僕はひそかに考えたが努めて平気を装うようにしていた。「何しろあんまり急だったからね、いつ君は招待状を出したの?」「おとといです。」「おととい?」と父親は穏やかな調子で訊き返して、「おとといじゃまだ招待状を見ない人もあるさ、」とそれをただ一つの重要な理由ででもあるかのように言って、ではあんまり時間が過ぎぬ中に始めた方が好いだろうと言っているところへ、津の国屋の若主人である津村が羽織袴に身を固めて生真面目な顔をしてやって来た。「やあ、」と僕らは眼で挨拶した。この津村が僕の側のただ一人の客である。ほっとして僕は津村を父親に紹介すると、やっとまるでそれを合図のようにして式を始めたのである。人々は卓子についた。そして型の通りに祝辞が述べられ花婿花嫁の紹介がすんで式は無事に終った。そして僕が津村の姿を眼で探したときにはもうどこにも見えなかった。「じゃあたし、ちょっとお宅へよってみましょうね、」母親はほっとした表情をして僕ととも子との車に一緒に乗った。暗い京浜国道を僕らは言葉少く車を走らせた。僕らはどこからこんな奇妙なところへ這入り込んで来たのかよく分っていたが、しかし誰もそれを口に出すものはなかったのである。

家へ曲る坂の上から、どの窓にもあかあかと灯りがともって何かクリスマスの夜のように見える家の様子がうかがわれた。留守の間に洗足の家から、とも子について僕の家へ来ることになった女中がもう来ていてすっかり家の中を片附けておいたのである。靴をぬいで上ると、「もうみんなお支度はすんだのね？」と母親は迎えに出た女中に訊いている。これが半日前に僕の出て行ったあの同じ家の中とは思われぬほどにきちんと片附いていて、つい二、三日前に古道具屋から掻き集めて来た家具の類が、もうずっと前からそこにあるもののように落付いているのである。部屋の中は瓦斯ストーヴで適当にあたためられ、卓子の上には花が生けてあった。風呂も沸いていた。それはまるでもう幾月も前からそんな風に生活して来た家の中のことのように極めて自然にそうなっているのを見ると、僕は何とも言えず不思議な気持になった。この半日の間に、僕の家の中にあの洗足の家の温和な空気が流れ込んで来たのである。これが家というのだ。そして家というものは良人が何を考え、また妻が何を思っていようともそのことには関係なく平和にあたたかに営んで行くべきものなのだ。僕はそんなことを考えた。女中が温かい紅茶を運んで来た。「さあ、そろそろお暇しましょうね。もうお邪魔になる時分でしよ?」とそんなことを言って母親はやがてひとりで帰って行った。

二人きりになるととも子は何となく憂鬱そうに見えた。「どうしたの?」と僕は穏かな調子で訊いた。白いガウンに着替えてベッドに横わりながらじっと暗い眼をして遠いところを見ているとも子の気持は僕には何となく分るような気がする。とも子は今夜の式のことを若い女らしい気持から、もう少し違ったもののように考えていたのである。結婚式、外国帰りの新しい画家である湯浅譲二と結婚する。その湯浅譲二はたとえどんな男であってもその譲二の名前をもった男と結婚する。おおぜいの名士が列席して明日の朝の新聞には花束の蔭で笑っているとも子の大きな写真がのるはずであった。そういうとも子をとも子のおおぜいの学校友だちたちは見に来たのであったのに。そして恐らくとも子はそのあとであの洗足の家で別れて来た若い学生のことを思い浮べているのである。「どうしたの?」と僕はまた繰返した。とも子は鈍い眼ざしを僕の方へ向けた。「とても疲れちゃったの、」「じゃあおやすみ。明日の朝はゆっくり寝るんだよ。」僕はもうすっかりあの洒落者の良人の役に馴れたもののように優しくそう言って、起って窓のカーテンを下した。そして傍によってとも子の熱っぽい額に軽く接吻すると、手をのばして夜卓の上の灯りを消したのである。

○

僕ととも子との生活はその翌日から始った。式のこともあの若い学生のこともまるで忘れてしまったかのように朗らかな朝であった。僕らは連れ立って洗足の家へ行った。二人が来たら帰りに父親の会社へ寄るようにと言いおいて出かけたと言うので、僕らはまた京橋のその会社へ父親に会いに出かけた。父親は上機嫌で昨日も如水館へ来てくれた会社の重役たちにまた改めて一人一人に僕を引合せたり、「文化人の新家庭にはぜひとも必要だから。」と言ってその会社の商品である電気器具電気装置のカタログを卓の上へ拡げて一つ一つ肩のところに印をつけ、「これだけのものを今日の中(うち)に君たちの家へ届けさせることにしよう。」と言ったりした。そしてそのあとで僕だけをそっと別室へよんで、母親からきいて心配しているのだが、と僕の別れた妻のことを訊くのであった。「こんなことを言っては失礼かも分らないが、少しくらいの金で話がつくものなら僕の方で何とかするから、戸籍の方もはっきりと片を附けたらどうかと思うんだが。とにかくここまでせっかく漕ぎつけて来たんだからね、何とか巧く舵(かじ)をとって行かなくちゃあ。」「そのことならもう大丈夫なんです。」と僕はその瞬間に心に浮んだ一抹(いちまつ)の不安を押えて事もなく答えた。「もし何か面倒なことが起ったとしてもお父さんとは関係のないことですよ。僕の方だけのビジネスで済むことですから決してご心配をかけるようなことはないつもりです。」「そうかな。君の口からそうはっきり聴くと安心するようなものだが、」とまだどこか得心(とくしん)の行かぬらしい顔付であったが、とも子にそんな話をしているところを知らせたくないのであろう、すぐに気を替えた様子で、これから三人で三越へ行ってみようと言い出した。「新世帯(しんじょたい)の買物のおつきあいをしてあげよう。二、三十年も昔にやす子とアメリカで歩いたのを思い出すよ。」などと言って三越へ行くと鍋釜の類からお座敷天ぷらの道具まで自分でさきに立って買ったりするのであった。父親には何と言っても娘が結婚したという始めての経験が愉(たの)しくて堪(たま)らぬという風なので、僕らもそれに調子を合せるようにつとめていると、いつの間にか新婚生活者らしい明るい気持になるのであった。

とにかく二人の生活は思ったよりも平和であった。あの若い学生のことなど或いは僕の思い違いであったかも知れぬと思うくらいにとも子は快活であるし、僕もまたどこまでも洒落者(しゃれもの)の良人(おっと)として若い妻を愛撫することを忘れなかった。これでも好いのだ、と僕は思い始めた。このままで巧く行けば僕は案外落付いた気持になってだんだんと仕事をする習慣をとり戻すようになるかも知れぬ、とそんなことを思い始めた。生れて始めて僕は煖炉を囲んであたたかい珈琲(コーヒー)をのむことの出来る家庭を持ったのだというような気がして、しばらくの間その幸福感の中で過ごしていた。すると始めの間は僕らの新しい生活を敬遠していた僕の友だちたちも、ここまで僕が横車を押し通して来たのを見ると一人また一人と近づいて来て、何時(いつ)の間にかまたもとの通りにしげしげと往復するようになった。僕らはよく馬場夫妻に誘われて帝国ホテルの踊りに出かけて行ったりした。或る夜も一緒にそこで落合って、いつもの習慣の通りに馬場はとも子と僕は馬場の妻君の夏枝と組になって踊っていたのであるが、手を夏枝のほっそりとした胴に廻していると薄いイヴニングの布地の下に背中の骨の分るくらい痩(や)せているのを感じて僕は何気(なにげ)なく、「ずいぶん痩せましたね、」と言った。夏枝は返事をしないで微(かす)かに、はあ、と溜息(ためいき)をついてから、「ねえ譲二さん、あなた一緒に行ってくれない？　何だかあたし体の具合が悪いのよ。」「どこへ行くんです？」「どこでも好いの、温泉場かどこかでしばらく休養したいの、」夏枝の低い声は騒々しいジャズと靴音との中でもはっきりと聞える。このごろになって馬場の家庭はその家庭らしくないまでの自由さのために、もうじきに破壊されそうなところまで来ているという噂(うわさ)があって、馬場はこのごろ近づきになった年の若い新しい恋人に夢中になっている。その夜も夫妻と一緒にその恋人も来ているのであるから、この夏枝の低い溜息もそんな家庭の雰囲気をかこっているためのものかも知れぬと思われたが、しかしもともと好んでそういう自由さの中で暮して来た夏枝が、ただ今度の馬場の恋人のことに限ってくよくよしているのだとも思われぬ。「温泉も好いな、」と僕はあたらず触らずに答えた。「僕のところでもとも子が少しいけないようだから、何なら一緒に出かけても好いな、」話すことを忘れていたが、とも子は僕の家へ来てからもときどき体が悪いようだからと言っては医者のところへ出かけて行った。とも子の従兄(いとこ)にあたるとかいう男が伝染病研究所へ出ているのでとも子は二日おきぐらいにそこへ出かけて行き、帰って来るといかにも気力のない顔をしてぐったりとベッドの上へ体を投げたまま口も利(き)かれぬくらいであった。それでもすぐに翌日は元気になって僕をせき立てるようにしてこんなところへ踊りになどやって来るのであったが、体のためにはやはり東京を離れてどこか山の温泉へでも出かけてみる方が好いかも知れぬと思ったので、その帰途の自動車の中でとも子が夏枝のことを、「ずいぶん仲よく踊ってたのね、」と言い出したときに、僕は温泉ゆきの話を持出して、「一緒に行かないかってそう言ってたのさ。いやかい君は？　みんなで一緒に行って騒ぐのも気が変って面白いぜ、」「あなたったらほんとに勘が悪いのね、」ととも子はきらりと光るような眼を向けて僕に、「一緒にってのはあなたと二人きりで行こうっていうことじゃないの、」と言って酷(ひど)く不機嫌になったことがあった。

この頃からとも子は眼立って浮かぬ顔をするようになった。もともと無口な方ではあるが、前にはその無口の中に柔和な蔭のようなものがあってそのためにかえって人の心を惹いたのに、いまではそれがむっつりとだまっている風に見えた。一緒になってまだ二ヶ月にもなるかならずでこのとも子の変化は何から来るのか僕にもぼんやりと解(わか)っていたが、僕との生活について若い女らしい華やかな幻想を抱いていたものとすれば、何(いず)れ一度は来なければならぬものであったかも知れぬのだ。或る日のこと僕は何気なくおもてから帰って来ようとすると家のポーチのところに別れた妻のまつ代が何かとも子と言い争っているらしいのを見たのである。留守だからまた来いととも子が言っているのに、いや帰って来るまでここに立って待っているとそんなことを言い合っているらしかったのであるが、はっと思う間にまつ代がこっちを振返ったので僕は構わず這入って行った。「とにかく上ったら好いじゃないか。」「もう少しで玄関払いにされるところだったわ。」濃い化粧をした頬にひき吊るようなうす笑いを浮べてそう言うまつ代を尻眼にかけるようにして僕はとも子に、「ちょっと話をつけるからその間君は居間で待ってい給え。」というとも子も蒼ざめた神経的な顔をして、「いやよ。あたしもご一緒にお話を伺うわ。」というのである。僕は肚をきめた。一緒に応接間で向い合うとまつ代に、「話は何だ?」「素敵なお住居ね、」人形の飾ってあるピアノや燃えているガストーヴや窓掛けなどの上にまつ代は視線を移しながら、「こんなご殿のようなお家にあなたは住まってて、あたしは鼠の巣のようなとこに住んでるのよ。」「ふん、」と僕はわらった。「君が鼠の巣のようなところに住んでれば俺も鼠の巣のようなところに住まなきゃならないっていう訳はないじゃないか。用事ってのは何だい?」「頂くものを頂きに来たのよ。」「頂くもの?」と思わず僕は声を立てて、「そんなことはちゃんと片が附いてるはずじゃないか。それで好いって承知しときながら、いまになって何を言うんだ。」「何か証拠があって?」とまつ代は冷やかな低い声で言うのである。証拠だと? 僕にはまつ代がどんな考えをもってここへやって来たのかということがはっきりと分って来た。毎月五十円ずつの金をやるという口約束だけで僕とまつ代とはまだ一札の法定的な証文をも取交していないそのことをまつ代は言っているのである。「下らぬことを言い出すと馬鹿を見るぜ、」僕も負けぬ気になって言った。「あの時の約束が気に入らないと言うのなら止めにするばかりだよ。俺の方じゃ別に困ったことはないからね、」「そんなおどかしには乗らないわ。あの時といまとではまるで事情が違ってるんですもの。ええ違いますとも。東京へ出る電車賃にもこと欠いていた頃のあなたと、こんなお金持のお嬢さんと一緒になってるあなたとでは月とすっぽんほどの違いよ。あなたはわたしが今日までだまってたのをただうまうまとあなたの手にのって瞞されていたのだと思って？　あのまま瞞されて泣寝入りになっていたのだと思って？　そんなにあたしお人好しじゃないことよ。」「とうにそんなことは知ってるよ。しかし念のために言っておくが、どんなお金持のお嬢さんと一緒になったところでそれで俺が金持になったとは限らないからね、一体何万円くらいほしいと思ってるんだい？」僕はまるで茶化してしまうつもりでそう言うと案外単純な性質のまつ代はそれを真にうけて、「そうね、」と言ってからふいと固い表情をくずしてうす笑いを浮べた。「ちゃんとあたし調べたのよ。とも子さんのお宅がどんなお宅かっていうことも、どんなつもりであなたがとも子さんと一緒になったかっていうことも、だから分ってるわ。あたし一万円は頂くつもりよ。」「冗談じゃないよ。」僕は呆れて答えた。「一万円はおろか千円も出せやしないからそのつもりでいるが好いよ。第一こんなことをここへ言いに来るなんて、やっぱり君は君のお母さんの娘だよ。」まつ代の母というのは一種の訴訟狂とも言うべき型の女で、もう死んでしまったがその一生の間弁護士を手離したことがないと言われるくらいで、まつ代自身も何かというとその母のことを笑っていたものであるが、腹立ちまぎれに僕はそんなことまで言ったのである。「好いわ、お母さんの娘でも、」まつ代は蒼い顔になった。「あなたがその気ならあたしとも子さんに聴いて頂くわ。ねえ、とも子さん。」とも子の方へ椅子をいざらせるようにして向直って、「あたしいまお聞きになったようなことを平気で言える厚かましい女なんですけど、でもあなたには同情して頂けると思っているんですよ。あなたはまさかこのひとがただの独身者だと思ってらした訳じゃありませんでしょう？あたしのことも子供のこともちゃんとご存じの上で一緒におなりになったんでしょう？」「馬鹿！」僕は思わず大きな声を立てた。「そんなことを言い出して何になるんだ。そんなに金が欲しいんだったら勝手に訴訟でも何でもしろい！　訴訟でも何でもだぞ。ふ、厚かましい女がきいて呆れらあ。さあ、出て行ってくれ。二度とこの家へやって来たら承知しないぞ。」まつ代は反射的にショールを持って起上った。そして二、三歩あとしさりをしながら冷笑して、「やっぱり痛いところは痛いのね。そんな恐しい顔をして見せたって駄目よ。どんな顔して見せたって通用しやしないわ。」とさも憎さげに言い捨てて出て行ってしまったのである。

まつ代が帰ってしまうととも子は居間へ這入ってベッドの上へ体を投げ出したままいつまでも泣いているのである。「分ってるじゃないか。あんなことを言ったって何にも出来やしないよ。あいつの言うのは形式的なことだけなんだから、形式的なことなんぞ君は笑って聴いてくれると思ってたんだが、」「だって、」ととも子は顔を上げないで泣きじゃくりながら、「法律的にはそれが一番大事なことなんだもの、」「法律的にはだって？」僕は途方にくれてわざと子供をあやすときのような口調になって、「そんなことが気になるの？　よしよし、じゃあいまにそれもすっかり解決してあげるよ。ふいにそんな分らず屋になって僕をまごつかせるなんて吃驚するじゃないか。」「いや！　いやよあたし、」とも子はなおのこと悲しげに肩を慄わせて泣いているのである。その細い肩や波打っている下げ髪を見ている中に何故ともなく僕は、いまとも子が泣いているのはまつ代が来てあんなことを言ったからというのではなく、この僕との生活の全体を何かに訴えているのだという気がして来た。まつ代が現れるまではっきりと姿を見せなかった生活への不満が形をとって見えて来たのだ。しかし何とかなるだろう。僕はとも子が悲しんでいるということよりも自分でそれに気がつくのを惧れて狼狽ててそれを打消すのであった。これくらいのことでへたばってしまうほどならこんな危い橋を渡ることはいらないのだ。危い橋。しかしその危い橋には何の目的があるのだろうか。この橋を渡ったら橋の向うは気の楽な安全地帯だとでもいうのだろうか。僕のやることはどこまでもただ危い橋で終るだけだ。そういう暗い考えと一緒に、まつ代に対する嫌悪と腹立ちとが新しく僕の胸に燃え上って来た。まつ代に対する僕のいわゆる理不尽な行為なぞそれが何であろうという気がして、慰謝料の何千円はおろか月々の扶助料さえもやりたくないという気がして来た。いやで堪らなくなって来た女に何のために金をやることがいるものか。僕は単純にそう思い込んだのである。

そんなことのあった翌日僕はとも子の好きな犬を見るために銀座裏の犬屋へ行って帰って来ると低い垣根ごしに通りから見える食堂のテラスのところで丈の高い学生服の若い男がこっちへ背を向けてとも子と立ち話をしているのが見えた。僕はすぐ、しばらく忘れていたあの慶応の学生だなと思い出したのでわざと口笛を吹きながら潜り戸から庭へ廻って行くと、とも子は少し狼狽てた風でその男を僕に紹介してから、「国ちゃんのお友だちなのよ。」と弟の国雄の名を言ってここの前を通りかかったからちょっと寄ったのだとその男に替って言うのであったが、前にも幾度か僕のいない時に来ていたらしいのであった。「まあこっちへ上り給え。」僕はわざと気さくに言ってさきに立ってその男を応接間へ導き、一緒になってあたらず触らずの話の仲間になっていたが、男は友だちと逢う約束があるとか言ってあたふたと帰って行ってしまった。「面白い男じゃないか。」割合に素直な気持で僕はそう言ってみたが、とも子はただ眼をあげて僕の方を見たきりで何とも答えなかった。不思議な気持であるが、僕はほんとうの気持では少しも愛していると思わなかったとも子とのこの生活をいつとはなく大切に思うようになっていたのである。まつ代のことなどではもちろんのことであるが、よしとも子に少しばかりの妻らしくない気持があったとしても、そんなことでこの生活をぐらぐらさせたくないと思っているのである。それはいつか考えたことのある「洒落者の良人」としての物分りのよさとはまるで違った真面目な気持であった。僕はこの家が好きなのである。ながい間波の中に揉まれているような不安定な生活を続けて来た僕はやっと港についた水夫のような気持でこの煖炉の燃えている家を愛していたのであるが、しかしそんな気持も結局はただ僕の手前勝手な考え方の一つの現れにしか過ぎなかったのだということがあとで分った。

それは冬の日には珍しい晴れたあたたかい日であったが、僕ととも子とはいつものようにテラスに続いているサンルームのカーテンをあけて、おそい朝食のあとの珈琲(コーヒー)をそこでのんでいた。垣根のそとを誰かきれいな若い女がゆっくりと通りすぎる。はじめは紫色の明るい着物と紅無地の帯とがぼんやりと見えたのであるが、ちょうど僕の坐っている辺りから見えるところまで来ると静かにこっちへ向いた。僕は「あ、」と低い声を立てて茶碗をおいた。つゆ子が通っているのである。あのつゆ子の長い睫毛(まつげ)のある眼がたしかに僕を見たのである。そう思うとあの着物も帯もたしかにつゆ子の着ていたものと同じものだったような気がして、はっとして僕は椅子を離れた。通りに背を向けていたとも子は、「どうしたの?」というような眼ざしを僕に向けたが、もうそのときは僕はつゆ子のあとを追っておもてへ駈け出したのであった。そとへ出ると僕は立留った。どこへ行ったのであろう。いま坂の上の道から下りてここを通ったのであるからまだ半丁とは行かぬはずであるのに、そこから二、三軒さきの曲り角の板塀のところまで走って行って見たが、それらしい姿は見えぬのである。僕は躊躇(ちゅうちょ)してちょっとの間そこに立っていた。そしてそこの二つに別れている一つの道を省線の踏切のあるところまで走って行き、また引返してもう一つの町へ出る狭い道を走って行って見たのであるが、そのどちらにもつゆ子の姿は見えなかった。たぶん僕はそのどちらかの道で彼女を見失ったのであろう。それにしてもつゆ子はいま時分どうしてこんなところを歩いていたのであろう。僕はスリッパを穿いたままちょっとの間往来に立って荒い呼吸を殺していた。つゆ子がいたのだ。あの十一月四日の船で神戸からアメリカへ発って行ったはずのつゆ子がまだ日本にいる。そんなはずがあるだろうか。僕はだんだん自分の眼を疑いはじめた。そしてあれからもう四ヶ月もの月日が経ち、いまは全く別の世界で自分を立て直し、夢の中でさえも思い出すまいと決心していたつゆ子の姿を、あんなにもはっきりと見たと信じるのは何という馬鹿げたことであろうと、そう自分を笑うことによってやっと不断の気持に返ったのであるが、その次の日の午後そとから帰ってみると、とも子はどこへ行ったのか留守で、居間の机の上にはまぎれもなくつゆ子からよこした一通の電報がのせてあったのである。

「アスアサ一〇ジ、シブヤエキデマツ。ツユ子。」僕はながい間その電報をもっていた。僕の手は慄えていた。やっぱりつゆ子は日本にいたのだ。日本にいて、僕を見るためにきのうはこの家の前を通ったのだ。「つね、」と僕は女中を呼んだ。「とも子はこの電報を見たの?」「いいえ、旦那さま。」とつねははっきりした口調で答えた。「お嬢さまはただそのお机の上へお置きになっただけでございました。たいへんお急ぎになってお出ましになったものですから、」とも子について洗足の家から来たこの女中はとも子のことをいつまでもお嬢さまと呼んでいる。「よしよし、」と僕は何気なく言ったが電報の紙ははじめのとは折り目が違っていてやはりとも子がよんだのだということは分っているのである。しかしそんなことが何であろう。全く顚倒してしまっていた僕は、ただ僕がまだ落付いているということを知るためにとも子のことを訊いたりしたのであるが、いまはもう家のこともとも子のことも僕には考えることは出来なかった。ああ、つゆ子が日本にいる。僕は大きな声で叫び出したいのだ。その大きな歓喜の声の下で僕はこの僕のやっとたどりついた平和な家がまた壊れてゆく音がきこえるような気がしたが、でもそれをどうすることが出来よう。だがもし、この家の中のあたたかい煖炉の火がこの僕をひきとめることが出来たならば僕はどんなにこの家の中に留まっていたいか分らぬ。僕はもう自分が何を考えているのか分らぬ。ただ僕に分っていることは僕は明日の朝十時につゆ子に逢いに行くであろうということ、そしてとも子もこの家ももうおしまいになってしまうであろうということだけである。

○

その翌日僕は半年ぶりにつゆ子と逢った。青いコートを着ているせいかまるで病人のように見え、以前よりもなお痩せて抜けるように細い首すじや揉上げ(もみあげ)にすき透る(とお)ような青い蔭が漂よい眼だけがびっくりするほど大きかった。何だか壊れた玩具のようにいたいたしい様子だった。この様子は眠っていた僕の激情に火をつけた。あの半年前の狂気じみた愛情がそのまま戻って来た。どんなことをしてもこのつゆ子を失うまいという思いの前にはとも子との生活なぞものの数でもなかった。だがつゆ子はこの僕の激情にもかかわらず何とも言えない虚無的な眼をしていた。彼女はしきりに「死にたい」と繰返した。僕の愛情は信じるがそれを現実の世界に生かすことについては何も信じることが出来ないというのであった。そういう彼女はもう半ば(なか)死んでいる人のような表情をしていた。僕にはそのつゆ子を現実の世界に戻す力はなかった。

つゆ子の話によると彼女はやはりあのとき神戸からアメリカへたったのであった。そして二ヶ月ほど向うで暮している間も絶えず死を追うような気持で、とうとう日本へ帰って来てしまったのだという。僕は三日ほど待ってくれと言った。そしてこの二時間にも足らぬ短い逢曳(あいびき)からひとりでそとへ出たのであるが、何となくそのまま家へ帰りたくなかったので、ぼんやりと街で日の暮れるのを待った。いつの間にか僕もつゆ子のあの厭世的な雰囲気の中へまき込まれていたと見えて、あんなにはっきり、三日ほど待っていてくれなどと言ったりした癖にさてそれではその三日の間にどうしていまの生活をきり拓いて行こうかということなど考えようとはしなかった。ただ無暗にがらがらといまの生活の壊れる音ばかりが聞える。しかしどんな形をとって壊れるものかということは浮んでは来ないのだ。こんなことでは俺もいまに厄病神にとりつかれてしまうぞ。僕はわざとつゆ子の考え方をそんな風におどけて考えてみることによって何とかもう一度立て直らなければならぬとぼんやりそう考えた。家へ帰るといつものようにとも子はその日も病院へ出かけたとかでまだ帰ってはいなかった。僕はひとりで食事をすませた。

「おくさんはいつごろ出かけたんだ?」「旦那さまがお出ましになってすぐでございました。」女中のつねは眩しげに答えた。このつねも結婚の日からとも子と一緒にこの家へ来たのである。考えてみればいま夕飯を食っているこの食卓もナフキンもそれから箪笥も寝台もピアノもみんなとも子の持って来たものばかりで僕自身のものといっては結婚の前日近所の古道具屋から運び込んで来た古ぼけた椅子卓子と僅かな本と絵の道具とがあるばかりだ。その中で今朝まで何の屈託もなく暮していたのかと思うと不思議な気がする。ふいに家の中の様子が見馴れない居心地のよくないものに思われて来たのである。

一体どんなつもりでここをわが家と思って暮していたのだろうというような気がしきりにする。きのうまでどんなことをしてでもこの家の生活をつづけて行きたいと思っていたことまでが、そう思わねばならぬほど生活が終極に近づいていたからだという気がする。とも子も僕もまるで似もつかぬ相手と一緒にとんでもない間違った生活の中へ足をふみ込み、大急ぎでそれを叩き壊してしまおうとするのを惧(おそ)れていたのだという気がする。僕はそんなことを考えてひとりで居間に籠(こも)っていたが、やがて八時を打ち九時が鳴るのにとも子はなかなか帰って来なかった。この頃は毎日のように病院へ行くと言って出かけるのであるがこんなに遅くなっても帰らぬことはなかった。ひょっとしたら帰りに洗足の家へ廻ったのかも知れぬと僕はひとりできめて寝室へ這入(はい)ったが、ふとそこの鏡台の上にとも子の古いハンドバッグが少し口を開いて何か手紙のような紙片をはみ出させたまま放り出してあるのが眼についた。何気なくその紙片を手にとって見ると、一つはとも子の学生時代からの親友の一人で呉(くれ)の海軍士官の夫人になっている前田とみ江とかいう女から来た手紙でもう一つはそれにあてて書いたとも子の返事の書き損じのようなものであるが、読むともなく読んでゆくととみ江の手紙は彼女の結婚生活がどんなに退屈なものかということやあの少女の頃に描いていた空想はあとかたもなく消えてしまったということや彼女の良人はただうまい食べものの好きな肥ったドンキホーテに過ぎないということなどがこまごまと書いてあるのに反して、とも子の返事にはとみ江の手紙をそのまま裏返しにしたような調子で彼女の結婚生活は何という愉しいものかということが、朝はまだ眠っているとも子のために彼女のやさしい良人は温いミルク入りのチョコレートを寝床の中まで運んでくれるとか、夜はおおぜいの若い客が集って来て彼女の良人はいつもソファに腰を下すときは彼女をその膝の上にのせて唄ってくれるとかいうことが、その頃のアメリカかぶれをした若い女たちの好んでつかう自分のことをミイと言いその良人のことをミイのひとはと言う調子をもって紙一面を埋めているのであった。僕は危うく噴き出してしまうところであった。僕らの生活の中にはどこにもそんな場面はないのである。恐らくどこかで見たことのある活動写真の中の或る情景をただ書いてみたのだろうと思われたが、それがとも子の心の中で結婚生活の形をとって生きていたものであろうかと思うといかにも滑稽なもの哀れさを感じずにはいられなかった。少くともこの一ヶ月ばかりの二人の生活はただ顔を合せたときには笑い合い、一人になるとお互いに遠いところを見詰めているようなものであった。「あいつはまだまるでねんねえなのだからね。面倒だろうがまあ乳離れをしたばかりの仔猫でもあやしている気で可愛がってやってもらうんだね、」とついこの間もとも子のことをその父親が言ったのであるが、この手紙はまさにその仔猫の書いたものであっても、しかしこの家の中のとも子のどこに仔猫らしい甘ったれさがあるのだろうか。そんなものがあったとしてもとも子はそれをみんな心の奥へしまい込んでしまっている。――だが一体こんなに晩くまでどこをほつき歩いているのだろう。僕はそう思ってもう一ぺん枕許の時計を見た。もう十時も過ぎている。洗足の家へ廻ったとしてももう家で帰してよこす時分なのに、とそう思うとふっと昨日の朝のつゆ子から来た電報を見たに違いないとも子がさきぐりに何事かを予想して家出をしてしまったのではあるまいかという疑いが頭を掠めるとたちまちはっきりとそうに違いないと思われて来たのである。とも子が家出をした。僕はぼんやりとそのことを考えた。それならそれでも好いという考えが漠然と心の中に拡って来る。思う壺じゃあないか。僕はそう声に出して呟いてみる。つゆ子にはもう三日ほど待っていてくれと言ったけれども三日と言わず今日の中にしかも僕は意識しては少しも手を下さないで向うからこの生活を壊して来たのだ。思う壺じゃあないか。僕は窓のそとを吹く風の音に耳をかしながらあれからつゆ子はどうしたろうと掻き立てるようにして今日別れた後のつゆ子の姿を思い浮べようとしたのであるが、その考えを押しのけるようにして一体とも子はどうしたのだろうという心配ばかりが僕の頭にこびりついて離れないのであった。僕は何となくいらいらして来た。やがて十二時の鳴るのを聴くと寝間着のまま起きて裏口から表の通りの自動電話のあるところまで出てそこから洗足の家を呼び出した。「何ですって？　まだ帰らないんですって？」もうとうに寝ていたのを呼び起されたとも子の母親はひどく狼狽して、「まあどうしましょう。まあどこへ行ったんでしょうね、夕方ここを出るときにはそれは上機嫌で嬉しそうにしてたのに、」とそういう間もおどおどして狼狽てふためきながら、あなた、あなたと父親を呼び起しているらしい声や女中たちのざわめいている様子が手にとるように感ぜられたが、やがてまた母親が出て来て、すぐにこれから僕に来てくれないかと言う。そこで僕は通りがかりの自動車を拾って洗足まで飛ばしたのであったが、しんかんと寝しずまっているその邸町の中であかあかと灯りをつけて待っているとも子の父の書斎の窓が遠くからも見えたのである。

「困ったことになったな、」僕の顔を見るとすぐ父親は心配そうに言った。「家ではまた君も一緒に熱海へでも行ったのかと思ってたんだが、」「帰りにまつ代さんのお宅へお寄りするってそう言ってたんですよ。」「まつ代のところですって？」吃驚して訊き返した僕はその母親の口から思いもよらぬことを聞かされたのであるが、とも子はいつぞやふいに僕らの家を訪ねて来たまつ代とその後も僕にかくれて二、三度逢ったことがあるらしく、何でも今日ここでとも子の話すのにはまつ代は今のところ金を五百円くらいやればうまく話を片附けてくれるつもりらしいから、それだけの金を貸しておいてくれないかと言ったというのである。このあいだ来たときにはたいへんな剣幕で一万円くれなければ籍はぬかないからそのつもりでいろとか何とか捨て科白を残して出て行ったまつ代が、ただの五百円で話をつける気になったと言うのは、その後とも子に逢ってどんな気紛れな考え方からそんな気持になったのか知らないが、そう言えばいかにもまつ代らしいやり口だという気がした。それにしてもその金をとも子がここへ借りに来たということは何と言っても僕にはやりきれない気持であった。「それでその金を渡しておやりになったのですね、」「ちょうどあの子に子供の時分からとっておいた株券があったからね、それに当分どこかの暖いところへ君と一緒に行って暮すのだからとか言うものだから両方で千円くらい持たして帰したんだよ、」だが最近とも子と旅行に出る計画なぞしたこともなかった僕は、てっきりその金を持ってどこかへ行ったのだと思ったが或いは話の通りにまつ代のところへ寄っているかも知れぬと思ったので、そのまま腰も下さずに車を呼んでもらった。「分り次第電話で知らして下さいね、どっちにしてももう一度ここへ戻って下さるでしょう?」母親は車のところまで出て言った。いよいよとも子はどこかへ行ってしまったのだと思うと僕は何となく殺気立った気持になった。まつ代の家はいつか以前の蒲田の家を畳む前に僕と別れたまつ代が子供と一緒に越して行った家で、そのときは一緒に道具を運ぶ手伝いなどをしてやるのについて来たことがあったので昼間ならばはっきりとあたりがつくのだが、そのごみごみした沼地の埋立にある家はこの夜道では皆目見当がつかなかった。車は幾度も同じところへ出た。僕はいらいらしてその狭い露路の口で車を下りると奥の空地の傍にある一軒の家にまだ灯りのついているのを見つけて窓に声をかけた。「この辺に高橋まつ代っていう女の人の家はありませんか。」「すぐこの裏ですよ。」見るとその家と背中合せにこの夜更けにあかあかと電燈をつけた明るい縁側が見えたのである。僕は何となく足音を忍ばせた。二、三本ひょろひょろと痩せた檜葉の植わっているだけのその庭に濃い縁側の影がべったりと落ちているのだが、もしやそこにとも子の靴がぬぎ捨ててありはしまいかと眼を据えて見たのであるがそれらしいものは見えなかった。僕は僕の来たのを知ってとも子が隠れはしないかというようにそこの壁に体をくっつけるようにしてそっと近づいてから、ふいにその明るい障子に手をかけてがらりと引きあけた。「失礼じゃあないの、」癇ばしったまつ代の声がして、まつ代の白い化粧をした顔が立ちはだかるように立っている背後に、どてらを着た一人の男が長火鉢を前にして酒をのんでいるのである。それは以前によく蒲田の家へ訪ねて来た東京夕刊新聞の社会部の記者でまつ代の遠縁にあたるとかいうので僕も二、三度逢ったことのある岡野という男であるが、こんな夜更けにひとり暮しの女の家で酒をのんでいるのを見るとそれがいかにも思いがけないことであっただけに僕は不快な気持を隠すことが出来なかった。「何が失礼だ。」「失礼じゃないの？　案内もなしにいきなり人の家の障子をあけるなんて、」「とも子が来てるだろう？」「とも子さんですって？　こんなとこへとも子さんが来る訳ないじゃないの、」と言いながらその濃く紅をつけた唇の上にさも人を小馬鹿にしたうす笑いを浮べて、「こんな夜中におくさんを探しにくるなんてたいへんね、」「まあ湯浅さん、そんなところに立ってないでお上んなさい。」と岡野まで馴々しげにその脂の浮いた顔をにやにやさせて言うのである。「ふふ、」まつ代は低声で笑ってちらとその岡野の方へ眼を向けた。「言っちまいましょうか？」「何も隠すほどのことじゃないじゃないか、」「あのね、」とまつ代はもう一度気味よげに笑ってから、「ほんとうはさっきまでとも子さんはここへ来てたのよ。でももうあんたなんかと一緒に暮すのはこりごりだと言ってたわ。」「来てた？　それからどこへ行った？」「どこへ行ったかなんて、もう今時分お宅でやすんでるんじゃあない？」僕はぐらぐらと煮えるようなものが咽喉もとまでこみ上げて来るのをやっとの思いで押し殺しながら声だけは出来るだけ平静に保って、「そんな意地の悪いことを言うなよ。どこへ行くつもりらしかったくらい見当がつくだろう？　あいつにいま自殺でもされたら眼もあてられないんだ。」「それこそ夕刊新聞の特種ものだからね、」と言う岡野の言葉におっ冠せるようにして、「自殺でもされたらですって？」とまつ代はその細い眼に軽蔑しきったうす笑いをうかべた。「まあどこまで自惚れが強いんだろう。このどたん場になってもあなたは自惚れを捨てないのね、ほほ、とも子さんがあなたのために自殺するかも知れないと思うなんて滑稽じゃあないの。あのひとはね、ちゃんとあなたのほかに好きな人があるのよ。」このまつ代の一言で僕はものの見事に一撃を喰わされてしまった。この時こそ日頃の腹癒せだとばかり出鱈目に言いまくるのかも知れぬと疑ってみる気持はおろか、その一言でたじたじとなるところなぞ死んでも見せたくない場合であるにもかかわらず僕はまつ代の冷笑を浴びたまま一矢も酬いることが出来なかった。僕の眼にはもうまつ代の冷罵も岡野のにやにや笑いもなかった。まるであぶり出しの絵のようにあの背の高い慶応の学生の姿が浮んで来た。あの男と逃げたのか。そう思うといまはもうそれが動かすことの出来ない事実であるような気がして、ついこの間も家のポーチに背をもたせかけてとも子と何か話し合っていたその男の様子がまざまざと浮んで来た。そう言えばあの男とは僕がとも子と知り合ったすぐそのあとから不思議なくらい幾度もちらちらと逢っている。疑おうと思えばこれほど明らさまな関係はないと思われることばかりだのに、半分はわざと知らぬ顔をして来たのだ。まかり間違ってとも子があの男の恋人であったとしても平気で知らぬ顔がしていられるくらい僕はとも子に対して余裕のある或る気持以外の愛情は持っていないと思っていたのだが、それがまあこの逆上せようは何だろう。咄嗟の間に僕はそう考えて冷静になろうとしたが、その僕の努力もかえってまつ代らの冷笑を買うことにしか役立たぬことを考えてそのまま二人の騒々しい笑声を背後にききながら車の待たしてあるところまで引返した。あとで分ったことであるがその晩とも子はまだまつ代のところにいてその裏の家でまつ代の家を訊ねている僕の声をききつけると、「あっ、湯浅が来たわ。」と言って蒼くなっているのを、早く隠れろと急き立てられるようにしてそこの押入の中へ隠されたのだと言う。

家へ帰ると僕は女中のつねを居間へ呼んだ。「おくさんがいなくなったんだがね、それについて何でもお前の知っていることは隠さずに話してもらいたいんだ。」つねはうつむいて黙っていた。「早くしないととんでもない間違いになるからね、少しでも隠していることがあるとおくさんのためにならないよ。」「あの、」と言いかけてつねはしくしくと泣き出した。正直なつねはまるで自分のためにこの騒ぎがもち上ったのでもあるように脅かされたらしく仲々泣き止もうとはしなかった。「すみませんでございました。実はあの、四、五日前にハガキを出しに参りました。」「何のハガキだ?」「よくは分りませんでしたけれど、ご一緒に行く決心をしたから東京駅で待っていて下さいとそんなようなことが書いてございました。」「そのハガキを出しただけか?」「いいえそれからあの、さきおとといの晩は電報を打ちに参りました。」「どういう電報だ?」「アスアサユカレヌ。オユルシアレ。アトフミと書いて打ちました。」「その電報はさきおとといの晩だね?」僕は或ることを思い出したのである。とも子はその晩夕飯のあとでふいに、明日の朝はとても早く起きなければならない。女学校のときの大好きだった音楽の先生が国へ帰るのを送りに行くんだからと言い出した。何時の汽車だと訊くと七時四十何分とかの急行だというから、そんなに早い汽車でたつのを送りに行くんだったら五時ごろから起きて騒がなきゃあならないぜ。体が悪いのにそんなに早く起きたりするのは止せ。

音楽の先生をおくるなんて馬鹿なことだと何気なく止めたのに対して、とも子はながい間ぐずぐず言っていたことがあったが、もうあのとき翌朝は行くつもりにしていたのだ。きのうのつゆ子の電報を見てから発作的に決心した家出ではなくて、前から計画的に筋道を立ててやっていたことなのだ。「お前、その黒田さんのいた西小山(にしこやま)の家というのを知っているか?」僕は始めてその男の名前を口にした。「はい、以前にまだお嬢さまがあちらのお宅においでになりました時分に一度お供をしたことがございます。」「じゃあ行けばおよその見当はつくね? すぐにこれから一緒に行ってもらうから支度(したく)をおし、」もう時間は夜中の二時を過ぎていたが僕はつねをつれて車で西小山へ行き、その寄寓さきである黒田の姉の家というのを探しあてた。どこの郊外にもあるような粗末な洋館の応接間のくっついたただの借家らしいその家は町外れの低い丘の蔭に芝生の庭を控えて小ぢんまりと建っていた。僕は二、三度つづけて呼鈴を押した。家の中で響いているりんりんという音がそとまで聞えた。間もなく中から女の声で、「どなたですか?」という声がしてその姉という人らしく痩せて背の高い女の人が出て来た。「黒田君はいますか?」そういう僕の声にはっとしたように顔をあげたが、いかにも訝(いぶ)かし気に僕の姿を見詰めながら、「吾郎はおとといの朝国へ帰りましたんですけど——まあどうぞお這入り下さいまし、」とみるみる心配げな表情を浮べた。僕はそこに立ったまま子のことを話した。すると酷くびっくりした様子で暫くは口もきけない風であったが、「でもおとといの朝たしかに国へ帰ったと思うのですけれど、何だか私にはあんなに気の小さい弟がそんな大胆なことをしようとはどうしても思われないんですけど、」と言葉少く言って、とにかく夜があけたらすぐに故郷の広島の実家へ問合せてみるからその返事が来次第たぶん明日の午ごろまでにはきっとお知らせするという。僕はその足ですぐ洗足の家へ廻った。隠さずにすべての経過を報告すると母親は流石に色を失った。黒田のことは僕よりもこの母親がよく知っているはずだからである。「どうも何とも申訳のないことだな、」父親はいかにも申訳のない顔つきで言うのである。「どういうつもりなのか儂には分らん。」「あれだけ無理を通して一緒になって頂いて、」とこの人の好い夫婦は一にも二にも娘のわがままに帰してしまって心から僕に対してすまぬことに思っているらしいのであるが、しかし僕にはやっといまになってとも子の考え方が朧気ながら分るような気がする。とも子は僕を知るよりも前から黒田とつきあっていたのである。そこへ僕が現れて巧いことを言う。黒田も愛してはいるがときどきは新聞に写真の出たりする僕のことを若い女らしい好奇心から恐しく派手な存在であるように思い込み、まるであの馬来人(マレー)の野球の選手のサインを欲しがる女学生の気持をそのまま、どんな無理をしてでもその僕と結婚したいと思う。とも子はその無理の一つとして、結婚式の日にこれから式場へのぞもうという時になって黒田に逢った。これは僕の想像であるがこのときとも子は黒田に向って、自分はいま自分には少しも関係のない父母の意志によって心にもない結婚をさせられるのだ。そう言って泣きながら別れを惜しんだのではないかと思う。――とも子にとって結婚は缶詰の表側に貼ってあるレッテルのようなものだ。中身はとにかくとしてよそ眼には是非とも華やかで明るくて愉しくなくてはならぬ。それだのにその結婚式がすでに何だか訳の分らぬ曖昧(あいまい)さに包まれていて、またその華やかなるべき結婚生活についてもどこの婦人雑誌からも花嫁の感想を聴きに来るようなことはなかった。その替りに僕の前の女が金をとりに来た。何だか陰気くさかった。とも子は友だちにあてて愉しい生活の唄のような手紙を書いてみたりする。とも子はだんだんいらいらして来る。しかしもしかしたら何とか立て直せるかも知れぬと思ったりしてまつ代にも逢ってみる。みんな失望だ。いっそ黒田と逃げてしまう方が少くとも、少くとも僕を根こそぎに吃驚(びっくり)させることではないだろうか。そう思いあぐんでいるところへつゆ子の電報が来る。――とも子が逃げなければその同じことをひょっとしたら僕がするかも知れぬ。彼女は自分がさきに逃げた。この想像は七分通りあたっていると思う。

とも子の父母の許を辞して家へ帰ったのはもう夜明に近かった。ひとりで寝室にはいると僕はながい間ぼんやりとベッドに腰をかけていた。足もとにはとも子の赤いスリッパが揃えてあり鏡台の上には昨日のままに僕の読んだ手紙がのせてある。それが今はとも子の替りになって僕を憐れんでいるような気がする。「このどたん場になってもあなたはその自惚れを捨てないのね？」と言ったときのまつ代の顔が浮んで来る。昨日までの自分がそのまま逆になって滑稽な嗤いものになる。そんなことが許せるだろうか。僕の考えはまたいつの間にか平衡を失ってそこへ戻って来る。あの小娘にしてやられた。そういう考えが払いのけようとすればするほどうるさく頭にこびりついて来る。僕は自分がとも子に対してどの意味から言っても誠実のある良人とは言えなかったという事実、ほんとうの意味では少しも愛情を持っていなかったという事実とは関係なく、ただ無暗にとも子に先を越されたことが腹立たしかった。草の根を分けても探し出して見せる。そういう言葉で言い現したいくらいに激しい気持になった。そうだ。たとえどんな遠くまで逃げていても探し出してやろう。探し出してもう一度この家へ連れて戻り、今度こそ彼女をこのいまの自分と同じような気持にさせてやろう。――この考えはあらゆる思惟を越えてただ一つの塊りのようなものになって僕を支配した。そしてその慾望の激しさは昨日の昼あの紅梅軒でどんな犠牲を払ってもつゆ子を自分の手から離すまいと決心したときの気持に較べて比較にならぬほどの強さで僕を動かしたのであった。朝になって僕は少しうとうとしながら西小山から電報の返事の知らせが来るのを待った。間もなく使いが来たが、やはり広島の実家にはまだ帰って来ていないとのことで、西小山の家では万一のために黒田の行先を調べ、追ってまた知らせると言うのであった。この返事で僕の予想が九分通りあたっているのが分った。僕はすぐに家を出てとも子の不断往来していたと思われる友だちの所へ一軒ずつ訊いて廻った。そして最後に夜おそくなってからいつかあの馬場のアトリエでとも子と始めて逢った日に一緒に来ていた断髪娘である桃子の住んでいる赤坂のアパートを訪ねると、桃子はまだ起きて狭い部屋の中一ぱいに着物を脱ぎ散らしながらその日買って来たのだとかいう新しい帽子を鏡の前に立っていろいろに冠って見ているところであった。「ああ、びっくりした。まあそうなの？」と桃子はいかにも噂好きな女の本能を隠そうともしない表情で大げさにうなずいてから、「あなた日比谷ホテルへ行ってみて？　こないだ中たつ子さんがあそこに泊ってたのよ。どこかへ行くとしたらまずたつ子さんの所へ寄るわ。こないだからとも子さんはたつ子さんのとこへ入りびたりだったことよ。」という。たつ子というのもとも子の友だちの一人で故郷の信州の家へ帰っていたのが最近東京へ来ていたというのであった。「病院の帰りに毎日寄ってたのかな、」「病院？」といって桃子は笑い出した。「いやねえ、湯浅さん。ほんとに病院だと思ってたのあなた？　その病院がほら、黒田さんじゃあないの？」という。僕は苦笑した。あれもそうだったのかと思うと自分のお目出度さ加減が可笑しかった。いつも病院から帰って来ると疲れたと言っては長椅子の上にながい間ねていたとも子の姿が眼に浮ぶ。あのたびに黒田と逢曳していたのかと思うとやはり好い気持はしなかった。悪意はなかったにしてもお互いにこの結婚全体がだまし合いっこだったなと思う傍から、お互いだろうか？　ほんとうにお互いにだったろうかという自嘲が湧くのであった。何はともあれ、そのたつ子に逢うために日比谷ホテルへ行ってみようと思ったのであるが、始めての若い女を訪ねて行くのにしてはあまり夜が更け過ぎているることを考えてその夜はそのまま帰り翌朝をまってホテルへ行ってみるとたつ子は四、五日前にそこをたったというのである。「ちょっと宿帳を見せてもらえないかな、」僕は何気ない調子で言った。そして見せ渋っているボーイの手に五十銭銀貨を摑ませてその帳簿を受取りぱらぱらとめくっていると、ちょうどおとといの晩のところに、そんな場合にもやはり自分の名前をまるまる偽って書くということは出来ないものらしく井上とも子というとも子の旧名を井原とし子と変えた女文字がはっきりととも子らしい筆跡でもう一人の女名前と一しょに列べて書いてあるのが眼についた。「この井原とし子っていう女の人はまだいるんですね？」「井原さんはきのうおたちになりました。」「きのう？　そのときどこかへ電報を打ちゃあしなかったかしら？」「お打ちになりました。僕が打ちに行ったんです。」「君が？　じゃあその電文は覚えていますね？」ボーイは何か感づいたものと見えて電文も宛名もよく覚えていないと答えながらふいに僕を警戒する様子を示すので僕はその上追求することを止めて、発信局の京橋郵便局へ行ったのであるがここでも頑固に僕の申出を拒絶した。僕は窓口に自分の名刺を出した。「実は僕の妹がおととい の晩家出をしたのです。」警察にも捜索願を出してはあるが自殺の惧れがあるから一刻も早く手配をしたいのだとまことしやかに頼んでみたのであるが、警察の立会いがなくては見せられぬことになっていると規則をたてにとって仲々きき入れようとしない。そこへ僕らの声高な応酬をききつけて一人の上役らしい男が出て来た。そしてもう一度僕の口から事情をききとると暫く考えていたが、それは定めしお困りだろうからと言って漸く一綴りの発信簿を見せてくれたのであるが、中に紛れもなくとも子の手で逗子（ずし）の何園とかいうたぶん旅館か貸別荘にいるらしい黒田にあてた電報が出て来た。「コンヤタツ。アスアサ一〇ジ三四フン、コウベエキデマチアワセタノム。」僕は腕の時計を見た。十一時二十五分過ぎだ。この電文の通りだとするととも子はちょうど今時分神戸へ着いてさきに逗子から出発した黒田と落合い一緒にどこかのホテルへ落付いた頃であるかも知れぬ。僕は礼を述べて郵便局を出るとすぐ近くの自動電話から洗足の家へ電話をかけて母親を呼び出した。「分りましたよ。いま神戸にいるらしいんです。」「まあ宜（よ）かった。」吐息と一緒にそういうのが聴えた。「とにかく神戸まで行ってみましょう。これからちょっと家へ帰りますが大急ぎで支度（したく）をすれば二時の富士に間に合いますからね、」「ぜひね、ぜひそうして下さいね。そいでいらっしゃる前にちょっとこっちへ廻って下さらない？　ぜひお話ししたいことがあるの、」という。富士を外すともう夕方まで西行きの汽車はなくなると思ったが、急いで大森へ帰って手提鞄に手廻りのものを詰め待たしておいた車に乗ろうとして思い出してつねを呼んだ。この二日間思い出すひまもなかったつゆ子からもしかしたら電報が来てはいなかったかと思ったからである。電報はまだ来てはいなかった。もし来たらすぐに神戸の中央郵便局どめにして打ち返すように言いつけておいて、僕は急いで洗足の家へ廻った。

○

僕の電話で呼び戻されたものと見えて父親も会社を退(ひ)いて帰っていた。「どうしたら好いものかな、」と父親は途方に暮れて、「君ひとりに行ってもらった方が好いものかそれともお袋さんも一緒に行った方が好いかどうだろう。」とそう言うのであるが、よくきいてみると娘のことも気にかかるし、それよりも僕ひとりが出かけて行って黒田ととも子とを前にして何か言い出す光景を想像すると、どんなに殺気立ったものになるかも知れぬとそれを惧(おそ)れているらしいのであった。「君には重々すまぬことだと思うが、それはとも子をこっちへ連れ戻してからどんなにでも君の顔の立つように取計らうつもりだからね、連れ戻しさえすれば必ず君の顔は立てるからね、とにかくとも子をなだめてつれ戻してもらいたいと思うんだよ。逢えばまたお互いにかっとして、そのためになおせっぱ詰まった気持に追いつめられてさ、とも子がまたどんな間違いをしでかすかも知れないからね、」と言うのである。もちろん僕の方でも母親が同行してくれる方が万事好都合なので、それではということになって一緒に東京駅へ向ったのであるが、やはり夜の汽車にしか乗れなかった。「ちょうどまる一日遅れてるのね、」母親は絶えずハンカチを出して眼にあてていた。「駅へ下りてどこへ行くの？　警察の手を借りるようなことはしないんでしょう？」「警察よりは僕らの方が親身ですからね、とにかくホテルを一軒ずつ探して廻るよりほかはないと思うんです。とも子の行きそうなホテルと言えば神戸には三つか四つぐらいしかないんですから、」母親はほうと肩で呼吸をした。寒い夜汽車の中は乗客も少かった。向い合せに腰を下していながら母親と僕とのとも子に対する気持は裏と表ほど違う。ただ生きてさえいてくれたらとそればかり願っている母親に較べて僕の胸の中には雲のようなさまざまな感情が去来していたのである。

翌朝神戸へ着いたのは九時を何分か過ぎていた。僕らは自動車を駆ってオリエンタルホテル、東亜ホテルと探し歩いて最後に諏訪山ホテルへ行きそこの宿泊人名簿に例の井原とし子の偽名で黒田らしい男名前と列べて記載してあるのを発見した。「これだ。この人たちはまだ泊っていますね？」「いえ今朝おたちになりました。」「今朝？　今朝の何時ぐらいです？」「さき方です。お送りして行った車がやっと帰って来た時分じゃあないかと思います。おい、六番の自動車はもう戻っているだろう？」小さいボーイを呼んで玄関のそとの溜りにいる運転手を探させたのであるが、その話によるとホテルから居留地へ出て外人墓地の前で二人を下したということまで分ったけれども、そこからどこへ行ったのか誰にも想像することは出来なかった。「どうします?」僕は独り言のように呟いた。きのうの昼あのまま富士へ乗っていたら昨夜の中にとも子たちを発見していたであろうし、そうでなくても今朝ほかのホテルへ行くよりもさきにここへ来ていたらまだたたずにいたのだと思うとどうにも残念であった。確かにいまこの神戸にいるということが分っていながら、ではどこへ立廻りそうかというとまるで見当がつかぬ。僕らは全く途方に暮れてちょっとの間そのホテルの玄関に立っていた。「何れは下関ゆきの汽車に乗るつもりだろうと思うけど、」「さあ、」僕は何れとも判断しかねた。自動車ですぐに停車場へ向わずに居留地で下りたところをみると、そこから波止場へ出て船でどこかへ行くつもりか。朝鮮か上海か、そうでなかったら別府へでも渡るつもりだったのかも知れぬ。とにかく千円近い金を持っているというのだからその金のある間どこかをほつき歩くつもりでいるとしたら到底僕らの手では探しあてられなくなる。――さまざまに思いあぐんだ末に、やはり停車場へ出て汽車へ乗り込むところを待とうということになったのであるが、さて停車場というと神戸駅か三宮か、昨日黒田と待合せたのが神戸駅だとすると心理的に神戸駅へ出るはずだという気がしたが、ふと僕はこんなとき誰でもやる占のようにポケットから一枚の銀貨を出して床の上に投げて三宮と決めると、とにかく三宮駅まで駆けつけた。西へ行く汽車はまだ幾つかあった。僕らは待合室の一隅に人眼につかぬようにして腰をかけていた。いまに二人を乗せた自動車がやって来るかも分らない。絶えずそう思って駅の前の広場の一角を見詰めていたが、それらしい姿はなかなか現れて来なかった。やがて灯がつき街はだんだん暗くなった。ひょっとしたら僕らは一番逢えそうもないところで二人を待っているのかも知れないと思ったが、この上いろいろと考え出すのは億劫（おっくう）な気がした。僕は疲れていた。二日の間の不眠と過労とで体が綿のようになっていた。ぼうっとなってまるでほかのことを考えていたり、このまま東京へ帰ってしまおうかと思ったりした。赤く燃えているストーヴの火がちかちかと疲れた眼にしみる。一体何のために自分はほかの男と駆落した女を追いかけてこんなところまで来てしまったのかと思うのであった。「ちょっと僕郵便局まで行って来ます。」駅前のレストランで交替に夕食をすませてから僕は母親にそう言った。「郵便局？」母親はむくんだような眼をあげて訊き返したが、東京から何か知らせがあったかも知れぬからと答えるとそれもとも子のことだと思ったらしかった。実をいうと僕はつゆ子のことを思い出したというよりも、こうしてまる一日もの間母親と向い合せに坐っていることに何となく疲れて、とにかくちょっとでも外へ出たいと思ったのであった。

行ってみるとやはりつゆ子から明日の朝十一時に新橋駅で待っているという電報が来ていた。今夜の最終で引返せば間に合う。そう思うのと同時につゆ子に逢いたいという思いがぱっと白い雲のようになって僕の胸の中に拡がった。たちまち矢も楯も堪らないように堪え性のない逢いたさになって僕の全精神を揺り動かすのであった。この気持は僕には全く突然なものであった。まるで家を離れた子供が母親に逢いたがるような堰かれた気持であった。駅へ引返してもし今夜の中にとも子たちを発見することが出来たら自分はそのまま東京へ帰ることが出来る。何よりもそのためにとも子たちがいてくれればと思いながら駅へ戻って行くと待ち構えたように母親が起って来た。「何か来ていて?」来てはいなかったと答えると母親は急いで切符売場の方へ歩いて行きながら、「やっぱり広島まで行ってましょうよ。行けば何か分ると思うわ。こんなところでこの上待ってなんかいられないんですもの、」どうしようかと迷っている僕を残して彼女は既に二枚の切符を買ってしまったのであった。僕は不決断のままそこに立っていた。「あれが最後よ。」母親は促すようにそう言った。下関行きの改札を報じる拡声機の声がきこえている。僕はただ反射的に母親のあとに従ったが、半分はまだここで母親に別れて自分だけ反対の東京行きへ乗ることは出来ないものかと考えながらずるずるとその西行きの最終列車に乗り込んでしまったのである。とことことと汽車は動き出した。仕方がない、やはり広島まで行くよりほかはないなと僕はそう諦めて、ちょうど通りかかった車掌を呼びとめると、つゆ子へ帰れぬという電報を打つために頼信紙を頼んだが、どこか母親の眼につかぬところでそれを書こうと思い次の箱の喫煙室まで出てそこでまた暫(しばら)く迷っていた。急用で神戸まで来たが明日までには帰れそうにもない。明後日の朝十一時に新橋駅で逢おう。そういう電文を考えながら、だがこんな電報をつゆ子の家へあてて打っても構わないものだろうか。打って彼女のほかの家族の手に渡ってまた前のように何もかも駄目にしてしまうよりも、このまま打たずにおいて明日の朝待つに任せておいた方が好いのではないだろうか。そんなことを思い迷いながら何気なくふと眼をあげると、すぐ隣りの扉の蔭になっている座席から反対の食堂車の方へ歩いて行く若い洋服の男女の後姿がとも子と黒田の二人に似ていたような気がして、僕はほとんど反射的に起ち上ってそのあとを追った。まぎれもなくとも子だ。厚い毛皮の襟を立てた黒のアストラカンの外套(がいとう)もまっすぐに爪先を蹴るようにして歩いている形の好い脚も見覚えのあるとも子のものであった。二人は食堂の中ほどの席に向い合って腰を下した。男はポケットから煙草(タバコ)を出して火をつけた。その手つきから、いつか家の応接間で暫く対談したときの黒田の様子を思い浮べた僕は、ちょっとの間躊躇してそこに立ちすくんだ。どうしようか。食堂車の調理場になっているらしい傍の仕切りの中で白服を着たコックがだまって果物の皮を剝きながら僕の方を見た。ここで声を立てることは出来ない。それどころかあそこにいるとも子たちに僕がこの同じ汽車に乗っているということを悟らせるだけでもたいへんな事が起りそうであった。僕は二人の前に飛び出して行って口汚く面罵することの替りにその調理場の蔭に体を隠して、ふうっと煙草の煙を吐いている黒田の眼に触れぬようにした。不思議なことであるがこの二日の間待ち続けて来た、見附け次第面の皮をひん剝いてやるぞというような激しい気持はまるで起っては来なかった。何か索然とした気持で、何だって俺はこんな男と女を追いかけてこんなところまで来てしまったのだろうと思ったくらいであった。僕は急いでそこのうす暗い灯の中でつゆ子あての電報を書いた。とにかくとも子たちを発見した上はこのまま東京へ帰るという訳には行かなかった。「キュウヨウニテリョコウチュウ、アスマデカエレヌ。オユルシアレ、」次は須磨で汽車がとまる。そこでこの電報を打とう。僕はこの自分の冷静な気持がどこから来ているのか分らなかった。冷静というよりも、こんな場合に遭遇した男の心に最後に残る自尊心のようなものが僕を支えていたのかも知れぬ。その中に須磨、須磨と呼ぶ駅夫の声がして汽車がとまった。僕は急いで跳び下りた。そして二、三歩駅の方へ歩きかけると、突然あの汽車に乗る前の、つゆ子に逢いに東京へ帰りたいという渇望が猛然と甦って来た。そうだ帰ろう。とも子は母親に任せるのが一番じゃあないか。突然そう決心した僕は手にしていたつゆ子あての電報を消してその裏へ、「この汽車にとも子が乗っています。宜しく頼む。」と走り書をして小さく折畳むと、母親の坐っている窓を探しながらフォームを駆け出した。汽車はほんの一、二分の停車でもう動き始めていたからである。母親はぼんやりとそとを見ていた。「これを読んで下さい。」「何ですの？」と膝の上の小さい信玄袋の中から布にくるんだ眼鏡を出している姿が僕の眼に残った。たちまち暗いフォームの中に灯のついた幾つかの窓を列ねながら汽車は消えてしまった。汽笛の音が遠ざかる。ふいに近い海から手にとるように波の音が聞えて来た。呆然としてその暗い小駅に立っていた僕はどうしてそこに自分が立っているのか信じることが出来ないほどであった。時計を見ると神戸発上り列車の最終にここから次の上りを待っていては間に合いそうにもなかった。駅前のタクシーを雇って夜道を疾駆しながら僕はまるで何者かに追われて逃れ去るような気持であった。

○

神戸で東京ゆきの汽車に乗り替えると僕は連日の疲労のためにまるで死んだもののようになって眠りこけた。これはずっとのちになってとも子の母親が自身で僕に話したことであるが、母親もまた僕と別れてから暫くの間ぼうっと気が遠くなって、何のために僕が口で話さないでそんな紙きれに書いて渡したりしたのかなどとは考えてもみなかったのだそうな。ただ、娘がまだ生きていて思いがけなくその同じ汽車に乗っていると知っただけで胸が一ぱいになり、逢ったらどう言おうと思い惑いながらとにかく僕とよく相談した上にしようと思って僕の来るのを待っていたというのである。僕がそのまま須磨駅で下りてしまい汽車には戻らなかったなどとは夢にも思いはしなかったのでいまに来るだろう来るだろうと待っていたのであるがそれにしてもあんまり遅すぎる。食堂で酒でものんでいるのか、ひょっとしたらとも子とどの箱かで話し合っているのではあるまいか。そう思うと心配になったのでそれとなく探すつもりで食堂へ行ってみたが僕の姿もとも子の姿も見えない。ほかの箱も探したが見当らないのでもう一度食堂へ戻ってみると、さっき見落しでもしたのかずっと向うの席に紛(まぎ)れもなくとも子と黒田とが向い合ってひそひそと何か話し合っているのが見えた。はっとした母親は前に僕がそうしたのと同じようにそこの調理場の蔭に身を寄せてじっと待っていると、やがて黒田がさきに立ってこっちへ歩いて来たのであるが、そこに母親のいることなぞ気のつかぬ風で行き過ぎてしまい、つづいて背後から来たとも子もやはり通り過ぎようとしてぎょっとそこに立留った。「とも子、」みるみるとも子の眼に涙が溢(あふ)れて来た。「だまってて！すぐに来るから待っててちょうだい。」そう低声(こごえ)で言い捨てて素早く母親のそばを通りぬけて黒田のあとを追って行った。母親は呆然とそこに立っていた。嬉しいのか情けないのか涙がとめどもなく流れて来る。気のせいかげっそりと痩せて母親の姿を見るとまるで紙のように蒼(あお)くなった娘の顔が傷(いた)ましくて堪らない。――間もなくせかせかと息をしてとも子が戻って来た。そして母親の袖を引張るようにして喫煙室へ連れ込んで、「何にも言ってはいやよ。後生だからママじっとしててね。ママが来てることが分るととても困るの、」「だけどとも子、あなたすぐママと一緒に帰るでしょう？　この次で下りて乗替えておくれね。」「大丈夫よママ。すぐ帰るにきまってるわよ、ただちょっとだけ広島へ行って来るの。どうしても行かなきゃならないんですもの、」「まだそんなことを言って。譲二さんの身にだってなってごらんよ。どんなに心配させたか分りゃしない。夜も寝ないで方々探し廻って、いまだってあのひとがお前をめっけてくれたんですよ。」そのときまで僕が一緒に来ているなどとは夢にも思っていなかったとも子はその一言を聞いただけで蒼くなって母親にしがみついた。そしてどうかして僕に会わせないようにしてくれ、逢えば殺されると言うのである。それにしてもいままで姿を見せぬとはどうしたのだろうと思い出して母親はもう一度さっきの紙きれを出してとも子にも見せた。

「どこでこれをよこして？」須磨だったと思うと答えるととも子は何となく安堵した顔つきになってそんならあの男はもうそこで下りてしまったのに違いない。宜しく頼むというのは自分はもう手をひくからあなた巧くやってくれということだ。もしそうでなかったらこんな紙きれに書いて渡したりするはずがない。と言うので母親も始めてそうかと思いあたったというのである。母親は僕に対していかにも済まない気がした。とも子の姿を見てそのまま汽車を下りてしまったというのは僕がどんなに腹を立てたかということになる。困ったことだと繰返し母親のこぼすのを聞いてとも子は実はこういう事情なのだとそこで始めて、僕にはとも子と結婚する前からつゆ子という恋人のあることを打明けたのだそうな。とも子のそのときの話に依ると、とも子は僕にまつ代という妻のあったことなど何とも思いはしなかったけれどもつゆ子のことは絶えず気になって僕と結婚してからもそれとなく僕の素振りを見ていると、言葉に出して言うことはなかったがいかにも忘れかねている様子で、結婚してから一週間目くらいから目に見えて家の中が面白くなくなった。とも子にはどうかしてそれを切りぬけようという気力はなかった。何か訴えに行くとなると結婚前から仲よくしていた黒田のことが思い出される。黒田に対してはもともとしんから打ち込んだ恋人というのではなく一緒に街へ出て茶をのんだり活動を見たりするくらいの気のおけない遊び友達のつもりだったのだから、口ではとにかくも心の中では黒田と駆落までして一緒になりたいなどと思っていた訳ではなかったのだが、その中に僕のつゆ子に対する態度がとうとう黙って見てはおれぬようになった。というのは、とも子の家出の前日つゆ子から呼出の電報が来た。それを見た僕は果してその翌朝つゆ子に逢いに出て行った。つゆ子と会った僕がどんな気持になるかということが、とも子には手にとるように感じられる。或いはそのまま帰っては来ないかも知れぬし、帰って来たとしても早晩とも子との家庭は駄目になるに決っている。駄目になってとも子ひとりが取残される。そんなことには死んでもなりたくない。そうなるくらいなら自分がさきに家を出てしまおうと咄嗟の間に決心したとも子は黒田をとき伏せるようにして誘い出したのだという。このとも子の話にはどれくらいのほんとうの気持と嘘とがあるか分らぬが始めて娘の口からこれをきいた母親の身になると、今度はこの娘の気持がいとおしくてならなかった。このままつれて帰るにしてもちょっと黒田に逢って何かと事情を話し合おうと思ったのであるが、とも子はそれを退けた。「駄目よ。それでなくてもびくびくしてるんだもの、ママが来てるなんて言えやしないわ。」「じゃああたしはここで待ってるからすぐ支度をしてらっしゃい。黒田さんによく訳を話してね、」「やっぱり帰らせる気なの？　ママ、」ととも子は口惜しそうに言った。あれほど事情を話してもまだ帰れというのなら、いま母親の見ている前でこの汽車の窓から飛び降りてしまう。どうせ自分の気持なぞただの娘のわがままだとしか受取ってくれぬのだと涙を流して言うので母親も驚いて、その上娘をせめることも出来なかったのだそうな。言葉だけだとは思いながら万一ここで人騒がせな真似でもしてくれてはとそれが心配になったので、とうとう母親は娘をつれて東京へ引返すことを思いとどまらなければならなかった。とも子の言うのには、とにかく自分は広島まで行って話の結末をつけて来るからその間待っていてくれ。この汽車が広島へ着いたらわざとおくれて改札口を出て行き、どこかで時間をつぶして一汽車おくれてとも子をつれに来たような態にして黒田の家へ来てくれ。多分それまでには何れとも話がついているからと言って、大手町七丁目黒田病院と書いた広島の家の所番地を母親に渡してそのまま男のいる席へ帰って行ったのだそうな。母親は何となくその娘の様子が気がかりでひとりになるといろいろなことが心配になった。あんなことを言って自分をまいてしまったのではあるまいかなどと不安な気持でしょんぼりと腰をかけているとそれでもときどき男の隙を見てはそっとやって来て何かと話して行ったり母親のために弁当を買ってくれたりするのでほっと安堵するのであった。夜が明けて間もなく汽車は広島についた。母親はわざと遅れて一番あとから改札口を出て行くとずっと向うを腕を組むようにして仲よく歩いて行く娘たちの姿が見えた。母親は駅の前のミルクホールのような休憩所で風呂を借り茶をのんで一休みしたのちに、ちょうど次の下りの這入る時間を見計らって車で黒田の家を探ねた。電車通りから大分離れた静かな邸町の中で大きな病院の棟つづきが黒田の家であった。女中が出て来て来意を通じると慌しげな家の中の気配がしてやがてどうぞと座敷へ通された。中庭に面したうす暗い部屋の中でいかにも地方の旧家らしいどっしりとした家の雰囲気がかえって心細く思われた。間もなくその家の母親らしい小柄な老女が出て来てお互いに丁寧な初めての挨拶が終ってから改めて、今度は家の息子が何とも申訳のないことをしでかしましてといかにも済まぬ顔つきで詫び入るのであった。田舎らしい素朴な言葉の中に心痛に堪えぬ親心が溢れているので母親も思わず涙を誘われるような気になり、いいえ宅の娘こそとこちらも娘の無分別を詫びたのであったが、この家へ着いてから一体何と娘たちが触れ込んでいるのか皆目見当がつかぬために下手を言って娘たちを困らせてもならぬと思ったりしてどうきり出して好いか分らなかった。その中に黒田の父親も出て来てひどく恐縮した挨拶をする。息子の不埒についてはどのようにもご得心の行くようにするつもりだなどと言うのであるが、その口裏で察するとどうやらとも子は妊娠しているらしいのである。とも子は黒田の子供をやどしたまま両親にもそれを隠して僕と結婚したのであるが、最近僕がそのことを感づいて大騒ぎになったのでとうとう二人でここまで逃げて来た。東京へももう帰れぬのだからどうぞ二人を一緒にしてくれ、とそんなことを言ったらしいのであるが、それにしてもどこまでがほんとうでどこまでが芝居なのかそれも見当がつきかねた。とも子が妊娠しているということはここで始めてきくことで母親もびっくりした。黒田の父親の言っている必ず得心の行くようにするというのもどんなことなのか分らぬ。とにかく娘に逢った上で詳しい事情を知りたいと思った母親はちょっと娘に逢いたいがと言うと、黒田の両親が退いてから暫くたって、ばたばたと廊下を駆けて来る小刻みなとも子の足音がして、「大丈夫よママ、」と言いながらてれたように笑ってぺたりと母親のそばに坐った。「あなた赤ちゃんが出来てるなんてほんとうなの？」「大丈夫ですってば、黒田のなんかじゃないから大丈夫よ。そ言わないとお家の中へ入れてくれそうもなかったんですもの。あとで汽車へ乗ってからすっかり話すから、早く支度して。ああ、あ、ほんとうにくさくさしちゃったわ。」と言う。母親は半ば呆れて娘の顔を見守った。「じゃあもう話はついたの？」「話も何もないの、みんなとても頑固でいやんなっちまう、」「そんなことを言って、黒田さんはどうして？」「頼りないの、」とさも情けなさそうに言って、「おどおどしてばかりいてとてもだらしがないの、さあもう行きましょう、」といかにもさばさばと言うのをきいても母親はなかなかほんとうには出来ぬくらいであった。着いたかと思うともう帰っても好いという。いつもながらのわがままというよりもとも子の空想して来たものとこの家の雰囲気とが思いもかけぬほどに違っていたのだろうと思うと母親は自分も一緒に哀れな気がしたのである。とはいえ、とも子がこんなにも容易に帰る気になったのは何よりであった。すぐに引返せば午後の一番早い上りに間に合うのでとも子にも支度するように言って、その間にもう一度黒田の両親と話し合うことにしたのであるが、両親のどちらもはっきりした意見を述べることを惧れているような、遠慮をしているというよりも何とかしてこの災難を少ししかうけまいとしているように見えて母親もどう言って好いか分らなかった。ただ朧気に推察するととも子の妊娠とか家出とかに対しては出来得る限りの責任を持つつもりらしいがそれも決して息子ととも子とを一緒にさせるためのことではないらしかった。出来るだけ双方ともに怪我を少くして片をつける、万事がそういう腹であるらしいのであった。それにしてもいよいよとも子をつれて帰るということにきまると母親は何となく哀れな気がして、もしかしたら汽車はもう一つおくらせても、はるばる広島くんだりまで逃げて来た二人にせめて別れを惜しむ時間くらいやりたいと言ってみたのであるが、父親はもってのほかだという顔つきで、あとのことは双方の親と親とが好いように談合するのが至当であって、こんな不始末をし出来した本人同士はこののち絶対に逢わせることは不賛成だ。それにうちの息子はもう先刻分家の叔父のところへ預けてしまったというのである。「好いのよママ、」ととも子も傍から眉をひそめた。こんな陰気な家には一時もいたくないという風なのでそこそこに挨拶をして黒田の家を辞したのであるが、そんな気持も甘い親心というのであろう、外套の襟の中に顔を埋めて歩いて行く娘の後姿を見ると何と言って声をかけて好いのか分らぬくらい傷ましい気がした。「パパにすぐ電報を打ちましょうね、」と言っても返事をしなかった。母親はひとりで東京に残っている良人に電報を打ち切符を買って、やっととも子を汽車に乗せたのであるが、いまにも汽車が動き出すという間際になって息せききってプラットフォームを走って来る黒田の姿が見えた。動き出した汽車にそうて大声にわめきながら追いかけているのを見ると、さすがにとも子も涙を浮べていたがやがてその黒田の姿も見えなくなった。

母親はほっとした。東京へ帰りさえすれば何とでもなる。とにかくとも子の体に怪我のないようにして一先ず父親の許まで連れて帰ろうと私かにそう思うにつけても、幾度となく僕のことが思い出されてならなかった。須磨で汽車を下りてからどうしたろう。今更とも子をつれてもう一度僕のところへ戻るという訳には行かぬと思いながら、しかし何とかしてそうしたいと母親は思ったのだそうな。何と言っても母親は僕をとも子の良人にしておきたかったのだ。つゆ子という恋人があろうがあるまいが、あの子供っぽい黒田などと比べると百倍も頼りになるような気がする。とそう母親はあとになっても繰返し僕に言うのであった。さて広島から神戸大阪を過ぎ母子を乗せた汽車がその夜半に名古屋へ着くと、どやどやと二人の箱へ人が這入って来た。見るとそれは名古屋にいるとも子の父の姉夫婦たちなので、どうして二人の乗っていることを知っていたのだろうと思うと、東京から電報で、何でも名古屋で二人を下してくれと言って来たと言うのである。別にとも子たちに宛てた電報も来ていたが、それにも東京から迎えに行くからそれまで一、二日の間伯母の家で休養しているように委細は追って手紙で知らせると書いてあるだけで、どうして途中で降りなければならないのか推測することは出来なかった。だが事情を知らぬらしい伯母夫婦の手前は母子で上方見物に行った帰り途であるように言いつくろい一先ず汽車を下りたのであるが、そうしている間も東京で何事かあるような気がして何となく不安であった。何事が起ったのであろうか、何か僕が心配になるようなことでも話したのではあるまいかといろいろ案じ煩ったというのであるが、とにかくその夜は伯母夫婦に伴われてそこで明かしたのだそうな。翌日父親から別配達の厚い封の手紙が届いたがそれには実に思いがけないことが書いてあったというそのときの母親の話を、いまでも僕は或る味気ない寒いような可笑しさを感じないでは思い出すことが出来ぬ。「本日宅へ立廻った譲二君は洋服の内ポケットに綿にくるんだ手術用のメスを隠し持っていた。間違いもあるまじき事と思うが万一の場合の用心にとも子は当分そちらに滞留させ、譲二君の動静を詳かにした上で小生その地まで迎えに行く心算なれば、その旨とくとお含みありたく、」云々と書いてあったというのだ。宛かも僕がとも子の不行跡のために乱心してとも子に危害を加える気でもあるもののように、極度に心配して書いたものらしいのであるが、それは全くとも子には関係のない別の出来事なのである。

○

僕のとも子に対する気持は神戸で黒田と一緒にいるその後姿を見たときからまるで憑きものがおちたようにげっそりと興ざめがしてしまい、草の根を分けてもと思った激しさが跡方もなく消えてしまった。僕はただ無暗に眠くなって死んだもののように眠りこけながら翌朝新橋の駅に着いた。時計を見ると十一時までに三分ある。まるでつゆ子との逢曳のためにわざわざ仕立てて来た汽車のようだ。僕は何か晴々とした気持で駅のその洋品店で新しいハンカチなどを買い、いつでもそこで落合うことにしていた東洋軒の階段の前で暫く待っていたがつゆ子はなかなか姿を見せなかった。約束の時間には二分と遅れることのないつゆ子のことなのでまたどうかしたのかなと思っていると、さっきからちょうど僕の立っているところから見える角度に婦人待合室のとりつきの椅子に腰を下してこっちを見ていた一人の老婦人が静かにこっちへ歩いて来た。「湯浅さんでいらっしゃいますね、何だかそうじゃないかと思ったのですけれど、」黒いびろうどの肩掛をしてさも親しそうな微笑を浮べているその顔を僕はすぐ思い出した。いつか有有亭のお八重のところで一夜を明かした朝、四谷の家のそとまでつゆ子を送って行ったときにちらと逢ったことのあるあの老女であった。この老女の顔を僕は随分思い出したものであった。あのばあやが何か知らせてくれるだろう、とそう思っては心待ちにしていたこともあったくらい、僕にとってもただ一人の味方であるようにつゆ子から聞いていたからである。「今日はお嬢さまのお言伝で参りましたんですよ。」「つゆ子さんは来られないんですね、」「いいえ、あの、」つゆ子は朝から親類の客があって約束の十一時までにはどうしてもぬけられそうにもないからそう言いに行ってくれと頼まれたのだという。立話も出来ないからとにかく階上で茶でも喫みながらというので一緒に東洋軒へ上って行ったのであるが、そこで僕はこの老女から思いも設けぬ諮詢をうけたのである。「そばで見ているとずいぶんじれったいと思うことがありますよ、まあこんな風で一体どうする気なんだろうと一人で私あなたのお心持を疑ってみたりしましてね、あれではあなた蛇の生殺しではございませんか。お諦めになるものならきっぱりとお諦めになる、お諦めになれないものとしたらもっとほかになさりようがありはしないかと思うのですけれど、」「もっとほかにというと？」「どうしてあなたはお嬢さまをつれて逃げておしまいにならないんですの？　大阪へでも神戸へでも札幌へでも逃げておしまいになれば好いじゃあございませんか、東京でなくっちゃあ生きて行かれないって決ったものでもないんですもの、どこででもご一緒に暮してらして様子を見て帰ってらっしゃれば好いじゃございませんか。」僕はだまっていた。この女はどういうつもりでそんなことを言い出すのかと疑ってみるよりも僕はいまになってもまだこの自分に何か積極的に生き抜こうという意欲を注ぎ込もうとする者のあることが不思議でならなかった。深い眠りのあとで僕はこの二、三日の混迷のあととは思えぬほどに健康な気持でいたが、しかし心の底にはまだ、あの蒲田の家で僕を冷笑したまつ代の「このどたん場になってもあなたは自惚（うぬぼ）れを捨てないのね？　ほほ、とも子さんがあなたのために自殺するかも知れないと思うなんて滑稽（こっけい）じゃあないの、」と言った声や、赤坂のアパートへ桃子を訪ねたときの「いやね湯浅さん、その病院が黒田さんじゃあないの、」と言った桃子の笑い顔や、汽車の中で見たとも子と黒田の後姿などがこびりついていて、吐き出したいような自己嫌悪とともに暗い厭世（えんせい）的な考えが絶えず僕を追いかけていた場合なので、いかにも思いがけない気がしたのである。「どうしてだまってらっしゃいますの？」と老婦人は言った。「そう申しては失礼かも知れませんけれど、お嬢さまをあんな風におさせになったのはみんなあなたなのでございますよ。あれではお嬢さまがお可哀そうではございませんか。どうしてあなたはお嬢さまにはっきりしたお指図をなすっておあげになりませんの？　ああしてただ待っておいでになるのでございますもの、一体何をお待ちになってらっしゃるのだろうと思うと私、」とちょっと言いよどんで、ちらと僕の顔を見た。「何日までお待ちになっていらしても同じことでございますものね、あなたのことをうちの旦那さま方が何と思っておいでになりますかご存じでいらっしゃいますか？　まるで気違いだとそう仰言っていらっしゃいますのですよ。気違いを相手にしてどうなるものかとそう仰言っていらっしゃいますのですよ。」僕の耳にそのつゆ子の父の声が聞えて来るような気がしたが、不思議にそれに反撥する気持は起って来なかった。気違いだというのが当り前だなという風な気力のない肯定をもってそれを聴いているほど僕はぐったりとしていたが、ただ僕に対するつゆ子の家庭の雰囲気にやはり敵意を感ぜずにはいられなかった。「どうもいろいろ有難う、」と僕は言った。「ですがつゆ子さんはあなたに何か相談したんですね？」「いいえ、」と老婦人は強く否定して、「お嬢さまは何にもご存じじゃございませんの。お午の一時にここへいらっしゃいますから、お逢いになったらもう今日にもそのままどこかへ行っておしまいなさいまし。あとのことは私がどんな風にでも致しておきますから、」というのである。僕はとにかくこの老婦人の言葉をそのまま受入れたことにして一先(ひとま)ず別れたのであるが、しかし心の底では今更(いまさら)駈落をしてみても始まらぬという気持があった。僕がそう思うより以上につゆ子が思っているはずである。ではどうするのか。このこんぐらがった角度をどう持って行ったらあたり前の関係に戻すことが出来るのか恐らくあの老婦人にも分りはしないだろう。あの女はただ四谷の家の陰気な部屋の中でおせっかいに思いめぐらしてみたことを口にしたまでのことだ。とも子のこともまつ代のことも恐らくつゆ子自身の気持もあの女はよく知らずに、ただ見物人の心理で何か変ったことの起るのをのぞんでいるまでのことだ。僕はひとりで街を歩きながらそう思った。僕はもう来るところまで来てしまったのだ。そこには壁があるだけで曲り角はない。廻れ右をするかその壁につきあたるか。僕にはもうそれをする根気のようなものがなかった。三日前に始めてつゆ子と逢ったときの少くとも何か意慾を持っていた自分といまの自分とでは雲泥(うんでい)の相違である。今日来るというつゆ子がもしこの前のときと同じように生きて行こうとする気力を失(なく)していたら或いは自分も一緒にくたくたとまき込まれてしまいそうな気がする。少くともそういうつゆ子を現実の生々した世界にひき戻すだけの力はなさそうな気がする。僕は何か眩暈のするような不安を感じるとともに、かえってふらふらとひき込まれてしまいたいような酔っぱらいの気持を感じた。自暴自棄というよりももう少し積極的な、或いは廃頽的な気持である。とにかく僕は変っていた。深い水底にいる微生物のように僕はどんな風にでも体を動かすことが出来るような気がする。法律とか道徳とか人の世の約束とかの遠く届きそうもないこの世界で、僕は何でも出来るような気がする。僕は不安の中に喜悦を感じる。この自由な世界でつゆ子は完全に僕のものであった。或いは今日こそ僕とつゆ子とが結ばれる最初の日かも知れぬ。そんなことを考えながら、つゆ子を待つその二時間の間に僕は一先ず大森の家へ帰ってみた。

女中のつねは不安げな眼をして僕を迎えた。「どこからも人は来なかったか?」「はい、どなたもお見えになりませんでした。」家の中はとも子のいたときのまま きちんと片附いていた。つねの運んできた温い茶をのみながら僕は何かなだめるような口調で、「おくさんはいたよ。」「はい、」つねはちらと鋭い眼をあげて僕を見たがそのまま眼を落した。「俺はまたちょっと出て来るが、すぐ帰るからね、」「はい、」新橋駅に引返すと間もなくやはりこの前のように青いコートを着たつゆ子が改札口に姿を現した。「ごめんなさい、おそくなって、」「今日はよかったら僕の家へ行かない？　結局うちの方がゆっくりするから」「お宅？」とつゆ子はいきなりそういう僕の言草をはかりかねるような顔をした。「君と一緒に行ってももう構わなくなったんだよ。とも子はいなくなったから、」つゆ子はちょっとだまって僕の顔を見たが、低い声で訊いた。「どうしてなの？」「もう別れたんだ。君が日本にいる以上はとも子と一緒になんかいられやしないからね。」「だって、」とつゆ子はもう一度さぐるように僕の顔を見た。「そんなに簡単に結婚したり別れたり出来るもの？　あたしのせいで別れたりしてはいやだわ。」「ほんとうは君のせいじゃないかも知れないが、とにかく自然に別れることになったんだ。そんなところへ行くのは困る？」「困りゃしないけど、」どういう訳かつゆ子はにっと笑いを浮べた。老婦人のさきがたの提案なぞ僕にもつゆ子にも何の意味をも齎しはしなかったが、ただ僕がそうしたいと思えばどんな風にでもなりはしないかと思われるほど、この日のつゆ子はもの柔かな印象を与えたのである。家へ着くと僕はつゆ子をとも子の居間であった奥の一室へ導いた。そこは庭に面した小窓が一つあるだけで、人目をさけるのに一番適当な部屋だからである。しかしつゆ子は何となく落つかぬものごしでそこに起ったまま、それとなく部屋の様子に眼をとめていた。「コートをとらない？」「ええ、」つゆ子はその青い上着を皮をぬぐようにして脱ぎながら、どことなく家の中のもの音に耳をすましているような表情がみるみるいたずらげな笑いに変ってそこの煖炉の蔭によせてあるとも子の赤い上沓を指した。「こんなものがあるわ。」「穿いてごらん、」つゆ子は笑っていた。いつでも家のそとでばかり僕に会っている彼女はまだ僕がどんなところに住んでいるのか見たこともなかったのだ。あたたかそうに燃えている煖炉もクッションの転がしてある緋の毛氈もピアノも部屋の中のものがみなつゆ子には思いがけないものに見えたのであるらしい。「へんね、」「どうして?」「こうしていると何だかあたしおくさんになったような気がするの、」「ばあやさんがそう言ったよ。今日逢ったらもう帰さないでそのままこの家へ閉じ込めておけば好いって。どうだい?　君がその気にさえなれば出来ないことじゃあないんだがな、」「いやなばあやね、」つゆ子は起ってピアノの蓋をあけた。そして気紛れらしく二つ三つ鍵を叩いていたが、やがてふいに疳高い調子でせわしなく何か弾き始めた。僕は煙草に火をつけてぼんやりとそのつゆ子の細い肩の揺れるのを見ていた。もちろんいまの言葉はただの冗談でしかないけれども、もし僕もつゆ子もその気になり得るものとしたら、おとといまでとも子のいたこの部屋にそのままつゆ子が住まうことも出来ぬことではないだろうという気がした。何だかそのまま自然にうまく行くような気がした。そう出来ぬことは何もありはしない。自分がそうしようとは思わぬのにひとりでにこんな成行になった以上、今日にもこのままつゆ子をここへとめておいても好いような気がするのであった。僕はこの空想の中に何か運命に抗うようなもののあるのを愉快に思った。そうだ、そのままやってやろう。そう思って何気なく窓のカーテンをあけると、そこから見えるポーチの前の芝生に飼犬のトミが坐っていつもピアノや蓄音機の音のするたびにするような奇妙な風に頸を仰向けて吠えているのが見えた。トミはとも子が洗足の家から一緒につれて来た犬である。そういえばいまつゆ子の弾いているピアノも長椅子も飾り棚もみんなとも子の持って来たもので、もしこれからとも子のことが片附いていろいろなものをこの家から運び出すことになったら、この芝居の小道具として一体何が残るであろう。何よりもこの温和らしい家庭の雰囲気はあと方もなくなってしまうことだろう。そして再び僕は画学生のがらくた道具の中にうそ寒くとり残されるのだと思うと、いまの自分の空想までただピアノと緋毛氈とに支配されているのかと可笑しくなる。「旦那さま、」そのとき扉の蔭から遠慮らしくつねが呼んでいた。「あの、高橋さまがお見えになっていらっしゃいますのですけれど」と低声で言う。高橋というのはまつ代の旧姓なのである。

たちまち僕は冷水を浴びたような気持になってそっとつねの背後から出て行った。まつ代は裏口の扉のところに起っていた。見馴れない燃え立つような朱色のコートを着て遠くからも眼の縁の隈どりの見えるような化粧の顔で僕に笑いかけた。「いつ帰って来たの？」「どこから帰って来るんだ？　また何しに今ごろやって来たんだ？」「とも子さんに逢って来て？　隠したって駄目よ、あたしちゃんと知ってるんだから。あなた、とも子さんのママと一緒に神戸へ行ったんじゃあないの、」とさも人を馬鹿にしたようなその笑顔を見ると、二、三日前の夜の腹立たしかった記憶がそのまま胸もとにこみ上げて来て、その冷笑を浮べたまつ代のうすい唇にがっと一撃喰らわせてやりたいような衝動を制えることが出来ないのであった。とも子に逃げられた僕がどんな顔で参っているか見てやろうというまつ代の思惑が露骨に見えるのであった。「知ってるんなら何故きくんだ。馬鹿、撲るぞ。撲られるのが可厭ならさっさと出て行け、」「たいへんな剣幕ね、」まだせせら笑いを浮べながらまつ代は少し体をあとへ引いた。「岡野さんがそう言ってよ。あたしの方のことをこの際はっきり実行してくれないつもりなら、岡野さんの手で何もかも新聞ですっぱぬいてしまうって。湯浅譲二っていう男を裸にして社会的な糾弾を加えてやるって。」「馬鹿野郎！」思わず僕は声を立ててまつ代に躍りかかったがもうこのときはまつ代は扉のそとへ出ていた。「あとで泣いたって知らないわよ。とも子さんがいなくなったと思うとそのあくる日にはもうまえの女をひき摺り込むなんて、まるでごろつきじゃあないの、」そういうまつ代の捨て科白といっしょにばたあんと扉が風にあおられて後へはね返った。気がつくとこっちの騒ぎなど知らぬげなつゆ子のピアノの音がここまで響いて来る。僕はちょっとの間あらい呼吸をしてそこに立っていたが、いつかの晩まつ代の家の長火鉢の前で酒をのんでいた岡野のあから顔を思い出すと、その岡野とただの知合い以上の間柄であるらしいことを隠そうともしないまつ代の無智な感じや、今度はまたその岡野によって新聞へすっぱぬく云々と言い放つようになったかと思うと、自分の方のことはとにかくとして僕はのぼせ上るほど腹が立った。だがまつ代のやり口は何とかして僕から金をとろうというよりも金のことはとにかくどん底まで僕をくさらせるというのが当面の目的であるらしくそのまつ代の目的から言うといつでも僕は完全に彼女の手中に落ちてしまう。それも僕の癪にさわった。僕は洗面所へ下りて何となく手を洗い少し時を待ってつゆ子のいる居間へ戻って行くとつゆ子はまだピアノの手をやめないで僕の戻ったのも知らぬ風である。「何かのまない？」僕は棚から葡萄酒の壜をとってグラスに注いだ。つゆ子はだまって盃を口へ持って行ったが、ちょっと唇を動かしただけで下へおいた。「あれから何か考えてくれて?」「考える必要がなくなったのさ、ほんとうのことを知ってたらびっくりするよ、ひとりでにこうなったんだからね、ねえ、君はさっき君のせいでとも子と別れたりしちゃあいやだと言ってたけど、君のせいでなければ君は平気?」「あたしのせいでも平気よ、」つゆ子は眼にいろいろな意味のある笑いを浮べて言った。「とも子さんがいてもいなくてもあたしには同じことなんですもの。そうでしょう? あたし一日だってあなたのことを心配したことなんぞないの、譲二さんの方のことはどんなになってもあたし平気よ。分らない?」「僕の現実の境遇なんぞどうでも構わないと言うの? つまり君は僕のおくさんになる気はないからだと言うんだろう? ねえ、つゆ子、」と僕は自然な気持でつゆ子の名を呼び捨てにしたことに軽い快感を感じながら、「君の気持はいつでもお伽噺の世界なんだね、そうじゃあないか、どうしても一緒に生きて行こうと思えばお伽噺の世界ばかりじゃ駄目だぜ。君は何と思ってても僕のおくさんだよ。構わないから君は君の好きなように思ってるが好いさ。今日は帰さないよ。このままここにいるんだよ。それで困ることが出来たら片っぱしから僕が対抗してやる。」僕はいまし方帰って行ったまつ代の顔を思い浮べながら言った。一つ一つ俺が対抗しよう、という気持がまた容易にそうすることが出来るもののように僕に思い込ませるのであった。僕はつゆ子を抱いてながい接吻をした。いつの間にか窓のそとは暗くなってそうしているとまるで山の中にでもいるように静かである。頭の上で鳩鳴き時計がゆっくりと五つ鳴った。あの時計もとも子のだ。僕はぼんやりとそう思った。するとあの何とも言えぬ空虚な無生活的な考えがふいに僕の胸に戻って来る。俺のいましていることは砂の上に絵を描いているようなものだな、とそういう考えが僕の頭の中を掠めたと思うと、その考えがそのままつゆ子の体に伝わりでもしたようにふいにそのとき僕の腕の中でしくしくと泣き始めた。「どうしても駄目なの、駄目なの、」とまるで子供の泣くように激しく身をもがいて泣きじゃくるのであった。僕は半ば途方に暮れて何だかそうすれば新しい力が湧いてでも来るように一層つよくつゆ子の体を抱きながら、「何を馬鹿なことを、君は何にも考えないでいれば好いんだ。」というのであったが、自分でもその言葉が何を意味するのか分らなかった。つゆ子はいつまで経っても泣き止まない。あとで思うと、あのまつ代の来たことも何もかも気がついていたのだろう。言葉ではとも子のこともまつ代のことさえも考えたことはないと言うが、そういうよりほかはないこんぐらかった事情の中で、まだ二十を出たばかりの若い女が訳の分らぬ混乱した気持になるのは当然だ。僕はそう思いながらただ呆然とつゆ子の肩の慄えるのを見ていた。部屋の中はもうすっかり暗くなったが、灯りをつけに来るのもどうかと思っているのであろう、女中のつねは一度も顔を見せなかった。僕はつゆ子を抱いたままそっと隣りの寝室のベッドの上へ運んで行った。冷えきった部屋の中にうすいカーテンをすかして月の光がさし込んでいる。「つゆ子、」僕は低い声で呼んだ。蒼ざめた顔の中に泣き腫れた瞼がうすあかい二枚の貝殻のようになって閉じていて、ときどき息を吸うたびにひくひくと唇の動くのが喩えようもなくもの哀れに見えたのである。何だか僕はこのままこのつゆ子と一緒に死ぬことになってもそれが自然であるような気がした。死ぬなどということは生きて行けないから死ぬというよりも、死ぬことが自然な気持であるような場合にふらふらとそうなるのに違いない。僕はしかしそんなことも考えていたのではなかった。呆然と虚無のような気持の中でつゆ子の冷えた体を抱いた。「旦那さま、」扉のそとでつねがやっと聴えるくらいの低声で呼んでいる。「いま行くよ、」僕はスリッパを穿いて部屋のそとへ出た。夕飯を拵えたけれども食べるかと訊くのであるが、何となく心配げなつねの様子を見ると僕はちょっと夢のさめた人のような気持になって飯はそとで食べるからいらぬと断ってから部屋へ戻って来たがつゆ子もまた暗い中に眼を大きくあけていた。「もう帰るわ。」「帰る？　やっぱり帰るの？」「ううん、いろんなことを片附けに行って来るの、今度出て来たらもう帰らなくても好いように。あなたもすっかり支度をしといてね、」それはいつでも死ぬことの出来るような準備をしておくようにという意味かも知れぬが、つゆ子はそう言って寝乱れた髪の毛を掻き上げながらにっと笑って見せた。時計を見ると七時を過ぎていた。何れにしても今日は無事につゆ子を帰しておいてその間に片附けることは片附けてしまおう。そう思った僕は支度をしてつゆ子を送りがてら家を出たのであるが、このときの僕の気持にはすぐにこの家へ戻って来る家人をちょっとの間使いにでも出してやるときのような或る安堵があった。

○

やがてつゆ子と別れてから僕はふと用事を思いついて本郷へ廻ったが、その帰り途に区役所前の通りへ出ると一軒の医療器具店で店じまい投げ売という大きな立看板を出しているのが眼についた。何気なくその店先に立留ってさまざまな手術台や医療器具が昼のように明るい電燈の光を反射しながらぎらぎら光っているのを見ている中に、片側のガラス戸棚の中に手術用の鋏やメスが何十挺とならべてあるのが眼にとまると、ぱっと一つの光景が僕の頭の中に浮んで来たのである。十三年も前のことだが僕の友だちの一人が家庭のごたごたからメスで頸動脈をきって厭世自殺を企てたときの記憶が、まるでいま見て来たことのような鮮かさで蘇って来たのである。覚えている人もあるかも知れぬがその頃銀座で「ざんぼあ」とかいう北原白秋をめぐる文士画家の一団がそれぞれの手になる手芸品のようなものを列べて売ったりしていたのを真似て、やはり若い文学絵画青年のグループをつくって四谷で趣味的な夜店のようなものを開いたりしていた「けんちゃ」という花屋の若い主人が、或る晩のことおそくまで店に集っていた僕たち仲間のものと一緒に、自殺するのにはどういう方法がもっとも賢明かというようなことを夢中になって話し合っていたのであるが、溺死は苦しいから駄目だとか縊死は楽な方法だがあとで醜いから困るとかおよそ馬鹿らしい話をしている中に「けんちゃ」の若主人は、いやうまいことがあるよと言って傍の事務机の抽出しからセットになった家庭用医療器具らしいものの箱をあけて中から一挺のメスをとり逆手に持って頸にあてる真似をして見せた。「酒をたらふく呑んでさ、血の循環の盛んになったところでぶすっとやれば一番世話なしだぜ、俺はこれでやることに決めるよ。」と言うのであるが、その男の死ぬ死ぬと言うのももう決り文句になっていたので、またかというくらいにしか誰も思わなかった。何でも恋女房であったとかいうその妻君にほかの若い男が出来、自分も向いの下駄屋の娘だかと出来合ってそのために家の中は毎日風波の絶間がないという風であったが、まさかそんなことで本気に死ねもしまいと、みんなそう思っていたのである。ところがその翌朝まだ暗い中にどんどん表の雨戸を叩いて人が僕を起しに来た。「けんちや」の若い主人が死んだからすぐ来てくれと言う。驚いて行ってみると、部屋一ぱいに商売用の花を撒きちらして一隅においてある大きなオルガンの上にがっくりと突伏したまま死んでいるのであるがちょうど昨夜の話の通りに傍には空になったコニャックの壜が転がり、壁と言わず天井と言わずまるで噴霧器で吹き飛ばしたような血しぶきが、よくもそんなところまで飛んだものだと思われるほど遠くまで飛び散って凄惨を極めていた。その部屋の中の光景が、いまこの医療器具店の店さきに列べてあるメスを見た瞬間に、ぱっと僕の頭の中を掠めたのであるが、そう思った瞬間に僕はふらふらとそのメスの一挺を買う気になり、そこにいた若い店員にそれを包ませてしまったのである。丁寧に脱脂綿にくるんで箱へ入れてくれたのを何気なく外套の内ポケットに隠して僕は店のそとへ出たのであるが、そのときはまだ漠然とした気持でそれを買ったというだけで、それをもって自分の肉体の一部を傷つけ自分で自分の生命を断とうなどと考えていたのではなかった。

風のない凍てつくような寒い夜だった。僕は何となく腹の据ったような不思議な明るい気持で帰途についたが、ふととも子の父親に神戸ゆきの結果を報告しておかねばならぬことに思いついて、途中から洗足のとも子の家へ廻った。父親は僕の姿を見ると多少驚いた様子で、「いやどうも御苦労をかけて、」と言いながら何となく僕と眼を合さぬくらいにどぎまぎしているのである。僕は神戸でホテルを軒別に探し歩き、もう逢えぬものと思い諦めて乗った下関行の汽車の中で思いもかけず二人の後姿を発見した顚末を細々と話した上、二人に面と向ってその場で僕が何か言ったりしてはかえって話が感情的になり物事を面倒にしてしまうと思ったのであとのことは母親に任せて僕はひとりで須磨から引返して来たのだというと、さすがにほっと安堵の息をついたようで、何かと僕の労をねぎらい、よくその気になってくれたと繰返して言うのであった。「君のその気持はわたしにもよく分っているつもりだ。感謝しているよ。どうか今度のことはこのわたしを信じて暫くの間私に任せておいてくれないか。かならず君の心のすむような処置をとるつもりだからね。」といかにも済まぬことのように繰返して言うので、もうそのときはとも子のことなどおとといまでの生々しい屈辱感から遠くはなれて、かえってそういう結末になったことに或る責任転嫁の気易さを感じている僕は、何となくそのまま聴き過ごすのは済まぬような気がしたが、そうかと言ってこの際つゆ子のことも何も彼も洗いざらい打明けてしまうほどの気にもなれなかったので、ただ黙ってきいていた。「何でもありませんよお父さん、僕はかえって身軽になって気が楽なんです。」言えるならそんな意味のことが言いたかったのであるが、僕の胸の中には久しぶりにこのとも子の父親に対する人間的な近親者のような感じが湧いて来た。この父親ともこれでもう逢わなくなるのかも知れぬという気持はとも子と別れるという気持以上に淋しかった。ちょうどそこへ女中が旦那さまお風呂をと言いに来た。「風呂？」と父親はいまは風呂どころではないという顔をしたが、ふと僕の方を振返って、「君はどうだね、汽車で疲れてるだろう、何だったら一風呂浴びて来たらどうだね。」言われてみるとまだ僕は今朝から風呂にも這入ってはいなかった。「じゃあちょっと失礼して、」と湯殿へ下りて行き、二、三日来の旅の垢をさっぱりと落して何となくのびのびした気持になって体を拭いていると、脱衣室の硝子障子のそとからさっきの女中が声をかけて、「あの、旦那さまがお書斎の方でお待ちになっていらっしゃいます。」という。何気なく女中のあとからついて行くと、書斎というよりは改まった来客を応接するためのように使われている二階の洋室の一間でさっきまでの父親とは別人のような或る物々しい表情を浮べて待っていたが、大きな卓子を挟んでその真向いに僕の腰を下すのを見るが否や、待ち構えていたように何か白い包のものを懐中からとり出して卓子の上におくとそのまま、握り拳にした片手を眼にあてて、あの男泣きという形容の言葉のようにてへへへっというような声を立てて泣き出したのである。卓の上の白い包はさっき僕が本郷で買って来たメスで箱に収めたままで外套の内隠しに入れておいたのであったが、箱から出して脱脂綿にくるんだなりになっている。多分僕が風呂にいる間に父親の眼に触れたのだろうと思うが、あまり思いがけぬことなので僕もはっとして途方にくれてしまった。「譲二君、このメスは一体どうしたものなのかわたしにだけ話してはもらえぬか。わたしはそれほど君が、」と言いかけて、またくくくと咽喉へ声をのんで泣くのである。僕はただ気をのまれてしまって、メスのことも、つゆ子のことは別にしてあれを買ったときの気持をありのままに話してしまえば何でもないことだと思いながら、咄嗟の間にそれが言えなかった。「それほどまでに君が思いつめているとは思わなかった。」父親はなおも同じ調子で、「どうか譲二君、とも子のことはこの通りわたしが謝るから思いなおしてくれないか。君の顔の潰れるようなことは断じてしない。君はどういう気持でいるか分らないが、わたしはとも子を君のところへやろうと思ったときから、君のことをほんとうの自分の息子だと思っていた。君の仕事のことも君の将来も及ばずながらわが息子として立派に立っていけるようにという考えから離れたことはなかった。とも子の不心得からこんな不幸な結果にはなったけれども、それはそれとしてわたしの心持は以前と少しの変りもない。君さえそのつもりでいてくれるなら、これからのちもずっと君とわたしとはほんとうの親と子だ。どうか譲二君、君もそういう気持になってはくれないか。君の将来は父親の義務としてこのわたしに引受けさせてもらいたいのだ。必ず君の身の立つようにするつもりだ。君の立場としてはそれほどぬきさしのならぬ気持になるのは当然だ。それは当然だ。どうかそこのところをこのわたしに免じて我慢してもらいたいのだ。そして君の将来のことと一緒にこのメスをわたしに預けてもらいたいのだ。」だまって聴いていた僕はそのときになってやっと父親の言っている言葉の意味が分った。このメスをもって僕がとも子を傷つけるか、とも子を害して自分も一緒に死ぬか、何かそういう傷害沙汰に及ぶものと早合点して極度にそれを惧れていると同時に、そういうせっぱ詰った気持になっている僕を心から憐み、命にかけても僕をそういう気持から明るみへ引出してやりたいと思っているのであるらしかった。僕はその父親の心配を笑ってみせようとしてかえって硬ばるような笑顔をした。「大丈夫ですよ、お父さん。あなたの心配してらっしゃるようなそんな馬鹿なことをどうしてするもんですか。そんな気持でいるくらいならひとりで須磨から引返して来たりしやしません。そのメスは今日本郷で店じまいに売ってたものですから何となく買ったんですが、ほんとうは絵を描くのに使うつもりなんです。」「ほんとうだね、譲二君、」「ほんとうですとも。偶然それを買ってこっちへ廻ったというだけでお父さんにそんなご心配をかけたかと思うとかえってへんな気がするくらいです。とも子のことはたとえどんなことになってもそのために僕が自分を失してしまうようなことは決してしませんから、それだけはどうぞご安心なすって下さい。」そう言っている間に僕の眼に湯のような涙が溢れて来た。不思議な感情であるが僕はそのとき自分がほんとうに死ぬつもりでそのメスを買ったのであるような錯覚に陥って、この好人物の父親によって始めて誠実な人の心を知ったのでもあるような気がして来たのである。僕は声を立てて泣いた。もう何年にも僕はこんな気持になったことはなかった。僕は泣きながら自分の嗚咽の間に父親の声がまじって聞えるのをきいた。「じゃあこのメスはわたしが預かるよ。泣くのは止し給え。さあ、譲二君、」僕はやっと声をのんだ。すると涼しい風のような気持が僕の胸の中を吹きぬけた。僕はやはり死ぬつもりなぞなかったが、しかしいまは死のうと思えばそれが訳もなく出来ることであるような気がした。

その夜はおそくまで父親と話し込んで暇を告げたのは一時を過ぎていた。そとは寒い凍てつくような夜で白い靄が一面にぼうっとたちこめていた。「寒いからこれを掛けて行き給え、」父親はわざわざ自動車のところまで出て僕に膝掛けの毛布をわたしてくれたりした。あとで分ったのであるが父親はひどくこの晩の僕の様子を心配したのであると見え、そのときはまだ広島から汽車でこっちへ帰って来る途中であったとも子母子に帰京を見合せるようにというあの電報を名古屋の親戚にあてて打ったのであった。しかしそれは全くこの父親の取越苦労であったとも言えるし、またそうばかりでもなかったとも言える。僕はもうどう自分を導いて好いのかまるで見当がつかなくなっていたのであるから。

○

それから二、三日の間は僕は誰にも逢わずに家へこもっていた。何にも愉しくもなくまた悲しくもなかった。ただどうしようもない虚無的な感情が僕につきまとって離れなかった。何のために僕はあのながい間あくせくと動き廻っていたのだろう。日本にいた間も外国で暮していたあの七年の間も僕はまるで気違いのようになってあくせくしていた。漠然とした気持ではあるが僕はいつも背後から何かに急き立てられていたような気がする。僕自身がはっきりと何かの目的のためにあんな風にあがき廻ろうと思ったことがあるだろうか。それはある。僕は自分の考えを遠くから追った。随分と前のことだ。僕のあとからまつ代が巴里までやって来た。子供が生まれた。子供は可愛いかった。白い頭巾を冠ってにこにこ笑っている顔を見るとこの子供のためにならば黒ん坊のようになって働いても悔いないと思うくらいに可愛いかった。僕はこの子供のために一生アルミニュームの弁当箱から離れられない生活をしても好いと思った。明るい生甲斐のある気持であった。事情があってまつ代と子供が日本へ帰ったのちも僕の子供への愛着は変らなかった。あの大震災のときにも事情の分らぬ外国では日本全土が烏有に帰したもののように伝えられ、子供もあのまつ代も生きているはずのないものと思い込んだときには、僕は根こそぎ生活の支柱を失ったような、ただあの二人のためにだけ生きていたのだと思ったくらいに悲嘆の底におちた。あの気持があのままで続いていたら僕も世間普通の父親と同じような子煩悩の父親になっていたであろうと思うくらい、何か生きていることに張合を感じた。あの気持を思い出す。だが日本へ帰ってみると子供もまつ代もこれがあの同じ二人であったかと思うくらいに僕にとっては思いもうけぬ二人になっていた。白い頭巾をかぶっていた子供はもう九つになり、駄菓子の飴をしゃぶりながら親しまぬ眼つきをして僕を見た。いじけた、疑い深い眼つきだった。「要ちゃん、パパにこんにちはなさい。まあ何て顔してるの、ほほほほ、」ちらと媚のある眼をしてまつ代は笑った。隈どりのしてある乾いた眼であった。僕の船の着く前の夜まで踊り場で働いていたというまつ代は、僕を迎えたのちも、やはり踊り場の女のような様子を失わぬのであった。妻と子供。だが僕にはこの二人の思い設けぬ変り方を咎める資格はなかった。たぶん二人はそのようになるほかは僕を待つ方法がなかったのだ。そう幾度僕は思いなおしてみたか分らなかった。しかし僕はいつの間にかこの二人を愛さなくなっていた。そしてあの外国の宿で一人で絵を描いていたときの孤独な気持を思い起し、ただこつこつと仕事を続けた。仕事。僕はこの仕事を自分を救うただ一つのものと思っていた。それは確かにそのはずであった。しかしこの仕事は僕のながい間の外国生活のために日本の社会情勢との緊密な繋がりを失っていた。僕はとり残されていた。どうしたらそれを一つの軌道の上にのせることが出来るのか僕には分らなかった。その不安は大きかった。僕は日本に帰っていたが外国にいたときよりもなお見知らぬ国に来ているような気がした。何を僕は摑(つか)んでいるというのであろう。この孤独な思いは僕にはいつもついていた。家にいても僕はものを言わなくなった。坐っているとそのまま地面の中に体がめり込んで行くような気がする。このまま僕が消えてしまうということがあるだろうか。僕は母親の乳房をさぐる幼児のようにつゆ子の恋を求めたのであったが、それはどこまで行っても酬(むく)いられるところのないものであった。僕は風の吹いている街の中を歩いている気持であった。夕方になって灯りのついているのはみな人の住んでいる家である。そして僕はやはりどこまでも風の中を歩いているのであるが、誰がそれを僕にさせるのか分らぬ。多分僕はそういう方法でしか生きて行くことを知らぬ男なのだろうと思うと、このままたとえ僕が生きることを止めたとしてもそれも予定の道の中のことのような気がする。いつの間にか僕もその近くまで追いつめられていた。

　或る朝つゆ子から取次の電話がかかって来た。家の人のいない間を見て出て行くからこれからすぐに信濃町(しなのまち)の駅まで来てくれと言う。行ってみるとつゆ子はそとの売店の蔭で不断着(ふだんぎ)に白い肩掛けをしたまま立って待っていた。「一時間くらい大丈夫なの、外苑(がいえん)の方へ出ない?」と言うので一緒に出て行った。「今朝は手紙を片附けたの。あなたの手紙もみんな焼いたわ。あともう三日くらいでみんな片附いてしまうの。ねえ、大丈夫ね？」いつの間にか僕も死ぬことに心をきめたものと信じているつゆ子を、僕は怪しもうとも思わぬのであった。寒い朝で僕らのほかに散歩の人は誰もいなかった。弱い陽ざしがまばらな樹立(こだち)をとおして道におちている。白い足袋(たび)を穿いたつゆ子の形の好い爪先(つまさき)がゆっくり動くのをぼうっと見ていながら僕は凍りつくような孤独を感じた。「ほんとうに大丈夫ね？　あたし何だか心配で、――お家を出てしまったらもうあたしどんなことがあったって帰るのはいや。ね、いやよ。そのつもりでお家を出てしまって、ひょっと譲二さんの気持が変ったらとそれを思うとこわいの。生きてたってどうせ一緒に暮す訳には行かないんですもの。やっぱりあたし、ひとりで死ぬようになるわ。あたし、ひとりで死ぬのはいや。」「大丈夫だよ。喜んで一緒に死ぬよ。」蒼(あお)ざめたつゆ子の頬(ほお)に微(かす)かな血の気が上った。「じゃあもう、あのことも決めてくれて？」僕はだまってうなずいた。どんな方法で命を絶つのかということがとうからつゆ子の心配になっていた。せめて死ぬときくらいは立派に死にたい。あんまり浅間(あさま)しい屍骸(しがい)を人の眼に残したくないと口癖のように言っていたのである。僕の眼にあの洗足(せんぞく)の家でとも子の父親にとり上げられてしまったメスが浮んで来た。あれに決めよう。そう思った瞬間にうそ寒い快感が背中を走りぬけた。死ぬということがこんなに平気で簡単に出来るということが愉快でたまらなかった。「十六日だね？」僕らは千駄ヶ谷の駅の前で立留った。「朝の十時きっかりに渋谷まで迎いに来て、」そう言ってつゆ子が改札口へ消えるのを見ると僕は後も見ないで大股に歩き去った。

約束の日まではまる三日あった。家へ帰ると僕はまず家中のものを細々と片附け始めた。まる一日かかってこつこつと片附けている中に僕は何だかこれが生涯を終ってしまうための整理だということを忘れて、忙しい大掃除か何かのように次から次へと機械的に処理して行った。生きて行こうとするとあんなにこんがらかってしまってどこから手をつけて好いのか分らぬくらい混乱していた生活が、さて死のうという気持になると何という明るさでばたばたと片附いてしまうのであろう。僕は何だか自分が凄い腕利きの整理委員ででもあるような気がして、このめちゃめちゃになっている破産状態からやすやすと抜け出してしまえるように思うのであった。僕はきれいに掃除のすんだ書斎の明るい窓のところへ机をよせてペンをとった。誰へあてて書き残すということもないが漠然と遺書のようなものを書いておきたいと思ったからである。強いていえば自分で自分に言っておきたいと思うような種類のことだ。家の中が静かなのでただペンの音だけが聴える。「ご精が出ますね、」窓のそとから家主の家の爺やが庭の掃除をしながら声をかけて行ったりした。「小説でも書いていなさるかね？」「ああ、小説だよ。」と僕は答えたりした。翌々朝、僕はそれとなく暇乞いをするつもりで二、三人の先輩知己のところへ出掛けた。最初に一、二枚の絵を持って、その頃の僕の生活の唯一の支持者であったあの麹町の書肆(しょし)の主人のところへ行った。その絵は前の日仕事場の整理をして気に入らぬものは悉(ことごと)く破り捨て僅(わず)かに残ったものの中から選(え)り出したもので、いまではもうあんなものも描けぬと思うが、南欧風の若い兵隊がうつむいて足にゲートルを巻いているところのものなど、特に誰の手にも渡したくなく思った。その家にはまだ他にも僕にとって思い出の深い作品がいくつも行っているので出来ることならまとめてそこへ置きたかった。「どうしたんです？　馬鹿に顔色が悪いじゃないですか、」神経質な主人は僕の顔を見るとすぐに言った。「僕、実はあさっての船でまた外国へたとうと思うのです。」「あさっての船で？」と信じかねたような顔つきで、「また何だってそう急に、」僕は半ばほんとうの自分の気持を打明けた。日本へ帰って来てからの僕は仕事の上でもまるで自信を失ってしまっていた。どういう風にしてその気持を破って好いのか見当がつかぬ。このままじっとしていればいるだけ身動きのとれぬ気持になりそうなので、いっそもう一度向うへ行って何とかきりぬける方法を発見したいと思い立ったのであるが、そういう気持であるからいつになったら帰って来ようと思うようになるものか分らぬ。或いはこのまま帰って来ぬかも知れぬからぜひともこの絵を預かっておいてもらいたい。そんな風に話すと主人も漸く分ったような顔つきになって、もう少し日本にいてもらいたいと思ったが、そういうことならば強いて止める訳にも行かぬ。君のその真剣な気持に対しては自分は深い同情を持っているつもりだなどと言ってくれたのであるが、やがて暇を告げて往来へ出ると危うく涙が流れそうになった。言葉はまるでほかのことを話しているのであったが、僕も主人も何となく触れてはならぬことを残しながらやはり思っていることを言い合ったような気がしたのである。そこからすぐに僕はこの間の本郷の医療器具屋へ廻って同じようなメスを二挺買った。その帰りに永田町の森村氏のところへ廻ったときはもう暗くなっていた。森村氏には僕が絵を描き始めてから今日まで仕事の上ではもちろん生活上にまで言葉には言えぬほどの世話になって来ているのであったが、もしかしたら森村氏にだけはほんとうのことを話してしまっておきたい。話したら一言のもとに止められそうな気もするが、などと思いながらその古風な武者窓のある玄関に這入って行くと氏はどこかへ出ていて家にいなかった。その方がかえって好いのかも知れぬと僕は強いてそう思いながら、自動車で京浜国道の楠本の家へ廻った。楠本とはもう何ヶ月逢わなかったことであろう。箱根の騒ぎ以来、特に繁々（しげしげ）と往来してつゆ子のことでは親身も及ばぬほどの心配をかけたのであるが、そうであればあるほどとも子のことでは彼の気を損（そこ）ねてしまい、いつの間にかふっつりと逢うこともなくなった。楠本の律儀な性格では僕のすることなすことが一つ一つ気に触（さわ）ったのであるらしいが、しかしそれもいつか逢って話せば分ることだと半（なか）ば安心した懐しさで彼を待っていたのである。生垣（いけがき）の隙間から雨天体操場のような楠本のアトリエに灯のついているのが見えた。家にいるな、と思うと何となく胸騒ぎのするような気持になって案内を乞うと、楠本の妻君が小さい子供に乳をふくませながら出て来た。「まあ湯浅さん、どうなすったの？　父さん、湯浅さんですよ。」とそこからすぐ見えるアトリエとの間のカーテンをあげて楠本を呼んでくれた。楠本は返事をしなかった。「父さん、湯浅さんがいらしたんですよ。」ともう一度呼んでから低声（こごえ）で僕の方へ、「まだあのことを怒ってるんですよ。構わないからお上んなさいよ。逢ってしまえば何にも言えない性分なんですから、」言われるままに妻君の背後から僕は上った。「やあ、」と楠本は不機嫌な声で言った。僕らはしばらくの間だまっていた。「実は明日からちょっと旅行に出るもんだから、」と僕が言うと楠本はちらと眼をあげたがそのまままただまってしまった。妻君がそばから、「どこへいらっしゃるの?」「ひょっとしたらまた外国へ行ってしまおうかと思ってるんです。どうも気持が行詰ってしまって、」「湯浅さん!」妻君はじっと僕の顔を見詰めてから、「あなた、何かなさるおつもりじゃあない?」と言って、短刀を逆手に持って咽喉をつく真似をしながらさも人を揶揄するようなうす笑いを浮べて、「ね、こうする気なのでしょう?」というのであったが、この好人物の妻君の眼にも何となく僕の様子が只ではないように見えたのであろうかと思うと不思議な気がした。「そんな風に見えますか?まだそれだけの勇気はないんですがね、」「何を言ってるんだ。馬鹿なことは言わずに茶でも淹れて来い。」楠本は始めて妻君に向って言った。「いいえ、馬鹿なことじゃないわ。湯浅さんはきっとやる気よ。ねえ湯浅さん、少しはあたったでしょう?」「それは僕でもときにはそんな気になることもありますよ。」「危いわ、湯浅さん。そんな短気なことはおやめなさいよ。あなたなんぞ、それこそもう少しの間の辛抱じゃあないの。いまにきっと、よくもあんな気になれたもんだとお思いになるときが来るわ。お仕事の方のことだって巧く行くようになるし、お金のことだってもうちょっとのところよ。そこまでの辛抱が大切ですよ。それはご心配なこともたくさんおありでしょうけど、父さんに話せないところは、せめてあたしにでも話して下されば好いのに、何だってまたこんなに来なくなっておしまいになったの？」「いや僕、」と言いかけるといまにも涙がこぼれそうになった。楠本はだまっているが、妻君の言っていることが或いはそのまま彼の気持の中にもあるかも知れぬという気がしたからである。だが多分、僕がここへ来ないようになってからしげしげとまつ代がやって来て何も彼も洗いざらい妻君に話していたのであろうと思うと、この妻君の言い草も半ばはまつ代の思惑がもとになっているのかも知れぬ。いまに自殺でもするでしょうよとそんなことを言ったのであろうと思うが、そういうまつ代に対してももう生々しい腹立たしさは湧いて来なかった。暇を告げると何と思ってか楠本は門のところまで送って来た。「もう何時だろう？」「一時八分前だ。」楠本はその痩せた片手をうす暗い門燈の灯にかざすようにして始めて僕に答えた。

　楠本に別れると僕はしばらくそこの暗い四辻に立っていた。その近くにもう一軒寄っておきたいところがあった。少し時間は遅過ぎるが、その前まで行ってまだ灯りがついていたら寄ってみよう、そう思ってしんとした梅屋敷通りをこつこつと歩き出した。この道を同じような夜更けに何度も歩いたことがあるが、あれはまだ外国から帰って来たばかりの頃でほかに友だちもなかった僕は野崎という通信社の男と一緒によく飲み歩いた。その野崎のことを思い出したのである。野崎はまだ起きていた。「いようどうしたい？」と二階の窓から顔を出して懐しげに言った。ここでも僕は同じように、急に思い立って明日の船でまた外国へ行くつもりだというと気の好い野崎はそのまま真に受けて、「そいつは羨しいなあ、」と幾度も繰返しては言ってウイスキーを飲ませたりした。やがて帰ろうとすると町角まで妻君も一緒に送って来て、「ではご機嫌よくね、ねえパパ、パパはどうせ写真部の人たちと船まで行くんでしょ？」と言ったりした。これでもう逢っておきたい人にも逢った。明日の朝になったらつゆ子がやって来る。僕は安らかな気持でこの最後の夜を眠るつもりでいたがやはりなかなか眠れなかった。仕方なく起きて或る雑誌から頼んで来ていた随筆の原稿を書き、またそのあとでこの間から書いていた手記のようなものの続きを書いたりしている中(うち)に窓が明るくなった。この手記はあとで警察に没収されてしまったままどうなったのか分らぬが、一体あのときはどんな気持だったのだろうといまでも思い出すと、あれはどこかへ隠しておくのだったな、などと思う。多分つゆ子の父親などの関係で、あんなものが明るみへ出されることは困るのだったろう。僕は朝になってから少し眠った。

○

翌朝僕は渋谷までつゆ子を迎えに行った。渋谷にはつゆ子の伯母にあたる未亡人が住んでいて、つゆ子はその未亡人の家の養女にという話が前からあったりしたくらいで、よくその伯母のところへ泊りそこから茶の湯の稽古などに通っていたのである。伯母さんとこへ行くのは好いんだけど、でもやっぱり伯母さんのお気に入りの人と一緒にならなきゃあならないんだから、とそんなことを話したりしていたことがある。曇った朝で線路が鈍く光っていた。僕はずっと前に読んだことのあるアンナ・カレニナの最後の停車場の場面を思い出していた。しかしいまの僕にはアンナの中にある苦悶や懊悩はなかった。不思議な気持であるが僕はただ機械的に自分の決めた計画を計画通りにやってしまいたいと思うだけであった。待つ間もなくつゆ子はやって来た。クリーム地に古風な御所模様のある縮緬の着物を着て、白い毛皮の襟巻をしているつゆ子はあの去年の歌舞伎座で会ったときの彼女よりもきれいで眩しかった。「きれいな着物だね、」「そう？」つゆ子はあんまり口数を利かなかった。一緒にそこから銀座へ出てエスキーモで軽い昼食をすませ、やがて大森の家へ着いてからも何と言って話らしいものをすることはなかった。今更何を言うこともないのだし、言えば愚痴らしく思われる。それを避けたいらしかった。ピアノを弾いたりレコードをかけたりしているつゆ子の様子はこの前ここへ遊びに来たときの彼女と少しの変りもなかった。「つね、」僕は女中を呼んだ。「お前、ちょっとお使いに行って来てくれないか。」僕はつねに五円札とそのほかに少しの小銭をやって、上野へ奈良漬を買いに行って来いと命じた。いつか上野の山下の何とかいう漬物屋で買わせたのがひどくうまかったので、また同じものを買いに行かせてもつねは何も怪しみはすまいと思ったからである。「それからね、」と僕は何気なく言った。「帰りには、せっかくあそこまで行った序でなんだから久しぶりに浅草へでも行っておいで。うちの方は格別用もないから。おつりはお小遣いにして好いよ。」「さようでございますか。」とつねは何となく躊躇する風であったが、浅草へ行っても好いと言われたことはやはり嬉しいらしく支度をしてやがて出て行った。

二人きりになると僕らは始めて今日のことについて話し合った。「何か書置のようなものを書いて来た?」「何にも、」「ママにもパパにも?」「だって何にも書くことないんですもの、何か書くことがあるくらいならあたし、」とつゆ子はふいに涙声になって、「あたし、こんなになりはしないわ。みんなパパたちのせいなんですもの、何か書いたりしとくのはいや。――ああ、ばあやとみよ子とに書いとくわ。」つゆ子はペンをとって何か二行ばかり書いた。「どこへおいとくの？」「こっちだ、」僕は始めてつゆ子を導いて寝室へ案内した。そこは、きのうの中に何ひとつ残さぬまで丹念にとり片附け、ベッドの上には真っ白なシーツをかけておいたのである。つゆ子はだまって遺書を枕許の小卓の上においた。僕は丁寧に窓のカーテンを締めた。まだ三時を過ぎたばかりであるのに部屋の中は日暮のように暗くなった。「ここへ掛けない？」僕はベッドに腰を下してつゆ子を呼んだ。「後悔しないね？」「ええ、」つゆ子の細い咽喉が微かに動いた。僕は幾度もつゆ子の肩を抱いた。「ごめんなさい、湯浅さん、湯浅さん。」玄関のそとで誰かの呼んでいる声が聴えた。玄関は締めて来たつもりであったが、ふと不安な気がしたので行ってみると一人の背の高い青年が笑顔をして起っていた。「あの、ご稿料をお届けに参りましたのですが、」という。それは一、二ヶ月ほど前に或る出版社から頼まれて描いた何とかいう児童読本の装幀の稿料なのであるが、何気なく応接間へ通して相手をしていると青年は三十分くらいの間愉快げに談笑して、やがて一封の金包をおいて帰って行った。封の中には十円札が十枚あった。僕はそれを持ってつゆ子のところへ戻った。「金を持って来てくれたんだよ、」「あとをよく締めておいて？」「しめたけど何か書いといてやろうか、」思いついて僕は旅行中不在と書いた紙きれを玄関のそとに貼りつけに出ていると、また靴の音がして人が這入(はい)って来た。それはきのう暇乞(いとまご)いに行って来た麹町のあの書肆(しょし)の主人からの使いで、きょう外国へたつという僕のためにお餞別(せんべつ)にと言って金を三百円持って来てくれたのであった。

僕はしばらくの間その二つの金包を前においてだまっていた。自分の持っている分も併(あわ)せるともう少しで五百円くらいになる金だ。ほしいと思うときにはまるで這入らず、もうほしいとは思わぬときにはこんなに集って来る。妙なものだという気がした。「これだけあればどこかの温泉場へでも行って五日くらいは面白く暮せる、」自嘲(じちょう)するように呟(つぶや)くとつゆ子は眼をあげて、「同じことだわ。そんなとこへ行ってやっぱりそこで死ぬんですもの、あたしここで死にたい。」そうまで言うつゆ子をそとへ誘い出す気はなかった。そしてたぶんつゆ子の言うことはほんとうである。僕は楠本と野崎とにあてて簡単な遺書を書いた。そして別に二人の宛名を書いた封筒の上に、「あとのことを頼む。」としてそこにある金を一つに集めてその中へ封じようとすると、つゆ子も起って帯をとき、紙入れを出して持っていた三十幾円かの金を取り出していっしょに封の中へ入れた。「これで何にも忘れものはないね、」僕らはしばらくの間抱き合ったままだまっていた。するとそのとき隣室にかけてある鳩鳴き時計がぽっぽっと四つ鳴った。こんな場合に聞く時計の音は何か追い立てられているもののように聞える。何時死なねばならぬというきまった時間はないのであるが、何となく急き立てられるような気がするのだ。「じゃあ好いね?」そういう自分の声に僕は始めてぞっと背中に水を浴びたような気持になった。つゆ子は眼でうなずいた。そして低声で、「何で死ぬの?」と訊くので僕はそばの小卓の上に用意しておいた銀盆の上のガーゼの覆いをとった。鈍いうす明りの中に二挺のメスと、傷口を押えるために一反の晒し木綿を二つに裂いたものとの置いてあるのが見えると、つゆ子は「あ!」とそれはほとんど悲鳴に近い短い叫び声をあげた。「恐いの?」僕はふいに哀れさがこみ上げて来て片手をつゆ子の胴に廻しながら訊いたが、つゆ子は微かに首を振って眼をとじた。蒼い頬に涙の流れるのが見えた。静かな短い一瞬であった。僕はだまって盆の上の二つのグラスに幾度も酒を注いだ。いっしょにそれをのんでいるとき窓のそとから誰か女の声でしきりに、「湯浅さん、」と呼んでいるようであったが、やがて聞えなくなった。あとで分ったのであるが、渋谷のつゆ子の伯母の家でつゆ子の帰って来ぬのを案じて、もしやと思い僕の家まで尋ねに来させたのだそうであるが、旅行中不在としてあるのを見て強いては疑わず、やがて帰ってしまったのだという。二人は足音の遠ざかるのを待った。その女の声は二人を呼んだ最後のものであったがこれも時計の音と同じ役目をしてくれたのである。

日が落ちてカーテンの隙間から這入って来る微かな明るみではもう相手の顔もはっきりとは見えぬくらいであった。いつの間にかつゆ子はメスをとっていたものと見えて、「では、やるね?」と僕の言った瞬間に、さっと熱い湯のようなものが僕のうすいワイシャツを透してとびかかった。つゆ子がさきに咽喉をついたのだ。「ああ、」と僕は低い声で叫んだ。傷口から血の吹いているのが見える。僕は狼狽てそのつゆ子のぐったりとした体を抱いてベッドの上に横たえた。自分では落付いているつもりなのにまるで気持が顛倒していたものと見える。「こんなに汚れたワイシャツを着たままで死んではならぬ。」僕はむきになってそう考え、ベッドを下りて傍の洋服箪笥の抽出しから新らしいワイシャツを出してつゆ子の血しぶきを浴びたシャツを大急ぎで脱いだのであるが、どうせ自分がやればもっと血に染まるなどということも考えつかぬほど狼狽ていたのだろう。丁寧にボタンをとめて急いでつゆ子の傍へ戻るともう一挺のメスをとった。さっきから盃を重ねてのんだウイスキーの酔のために動悸が激しく打って咽喉に手を触れると大きな血管がむき出しになってどくどくと動いているのが分る。僕は片手でそこを押えて手許の狂わぬようにと激しく一突き突いた。僕はメスのとおったざくという不気味な音を聴いた。力があまってメスは左手の甲にまで刺さった。血がまるでホースのさきから噴出しでもするように流れ出る。そのしゅっという音だけが聴える。「あなたもやったのね？」低い、しかしはっきりした声でつゆ子が言った。僕は返事の替りにつゆ子の寝ている傍にそっと体を横たえその手をとった。「抱いて、」とつゆ子がまた言った。僕の顔のすぐ傍にぼんやりとつゆ子の顔が見える。僕はその唇を探してながい間自分の口をつけていた。何という寒さであろう。まるで氷の中に坐ってでもいるような、骨の髄までしみるような寒さである。さっきまで燃やしていた瓦斯ストーヴを消してしまったのだから或いはこんなに寒いのかも知れぬ。このがたがたする寒さの中で僕はつゆ子の手がだんだん冷えて行くようなのを感じて幾度も掻きよせるようにその細い肩を抱いた。絶えずしゅうっという音が聴える。僕はやっとそれが分った。血がスプリングの具合の悪いベッドの上でちょうど二人の体の重さのかかるところへまるで低い泥溝へ集って来るように流れて来るのであるが、つゆ子のよりも二倍も重い僕の体の下へ大きなくぼたまりになって集って来るので、その冷えた血の凍るような冷たさが僕の下半身を浸してしまうほどになっているのであった。僕の意識は非常に冴えているような気もするが、またまるで夢を見ているようにぼんやりしてしまっているようでもある。魂のないただの肉塊になってしまったのか、或いはただ魂だけ残って肉体は消えてしまったのか、そのどっちかのようなうつけた気持だった。僕はつゆ子を抱いていながらもうつゆ子のことも考えてはいなかった。もっと何でもない気持である。僕の体は何かの植物でいまちょうど刈り倒されてしまうところででもあるような気持である。僕はうとうとしていた。するとつゆ子の低い声が聴えた。「ねえ、紫色の薔薇(ばら)なんてあったかしら？」「紫色の？　ああ、そんなものはないさ。」僕はやっと答えた。「だってこんなとこに一ぱいあるのよ。はらってもはらっても一ぱいあって、どうしてもあなたの顔が見えないの、」たぶんつゆ子はもうそれも見えなくなっているのだろう。僕にはしかし隣りの家の中から洩れて来るうす明りがカーテンの隙間から見え、その仄(ほの)かな明るみの中につゆ子の蒼ざめた顔がまるで夕顔の花のようにぼうっと白く浮いて見える。ひょっとしたら僕ひとりが死ねないで取残されてしまうのではあるまいか。そう思うと僕はふいにぞっとするような恐怖を感じた。そうだ、瓦斯の栓を抜いてやろう。僕はつゆ子の肩に廻していた手をそっと抜いてベッドを降りようとしたが、もう起つことも出来なかった。僕はしばらくの間床の上に倒れたまま呼吸をしていた。瓦斯の栓のところまでもう少しで手が届くのだと思うのに、なかなかそこまで体を運んで行くことが出来なかった。そしてながい間かかって這いずり廻りながらやっと栓を抜いてしまうと、そのままぐったりと床の上へ突伏してしまった。「いやあ、行ってしまっちゃあ、つゆ子をおいてきぼりにしちゃいやあ。」そのつゆ子の細い声がまるで遠い遠いところから聴えて来るような気がして、もう僕はその声のするところまでとても戻って行く力がないように思われ、「行くよ、いま行くよ。」とそう言いながら渾身の力をこめてベッドまで這い上ったのであるが、あとはもうまるで覚えがなかった。

どのくらい時間が経ったか分らない。ふいに廊下の方でばたばたと人の足音がしたようであったが、きゃあ！と魂消るような叫び声がすぐ扉のそとで聞えてまた一散に走り去って行ったのを覚えている。あとで考えるとちょうど女中のつねが帰って来た時分で、つねは一旦は浅草へ廻ってもよいとまで言われた嬉しまぎれに、使いの帰りに活動を見ていたのであったそうだが、どう考えてもこの三、四日の僕の様子が可笑しかったような気がして、自分のこうしている間に何事か起っているのではあるまいかと思い出すと、もう一時もじっとしてはおられない気持になって、急いで家へ引返してみると勝手口をあけたとたんに烈しい瓦斯の臭気がむうっと鼻をついて来た。どっちかというときちょうめんな性質のつねはその臭気にはっとして、さてはどこかの栓をひねり忘れていたのではなかったろうかと荷物をそこへ放り出して狼狽てて台所風呂場応接間とスイッチのあるところを片っ端から調べて歩き、最後に寝室の前まで来てみると確かに部屋の中からしゅうっという瓦斯の洩れる音が聴えて来る。驚いて扉に手をかけると中から錠が下りていてあかない。つねは不安な胸騒ぎを感じて僕を呼びながらふとその扉の板目のすいているところから覗くと、隣家の窓から洩れて来るうす明りの中に、ちょうど僕らの横たわっているベッドの端が見え、血に染まってだらりと床に垂れている僕の片手が眼に這入ったのだそうな。咄嗟の間につねは、自分の留守をしている間に強盗が押入り僕を殺して念入りに瓦斯まで放って逃げたのだと思い込み、そのまま腰を抜かしてしまいながら大声に家主の家の人たちを呼んだのであるという。家主の家の人たちに続いて警察から人が来る。扉はこわされて僕らの有様が発見される。大騒ぎになって、やがて洗足の家からとも子の父親がやって来たのだそうであるがもうそのときはつゆ子は別室へ連れ去られてしまったあとなので事情を知らぬ父親は単純に、僕がとも子の出奔に絶望して自殺したものとばかり思い込んでしまったのであろう、僕の枕頭に突っ伏して、「許してくれ、儂が悪かった。」と繰返して言いながら男泣きに泣いていたという。

僕は知らなかったが家の近所に東京朝日の社会部の記者が住んでいたとかで、その中にその記者が騒ぎを聴き込んで本社へ電話をする、一時に七台の自動車が家の前へ着いたのだそうな。ちょうどその記者たちが応接間で記事をつくっている最中に、知らせによってつゆ子の家からつゆ子の母親が始めて僕の家へ姿を見せたのであったが、着くといきなりわが子の安否はどうかと気遣ってその病室を訪ねるというよりも並いる記者たちの間を説き歩き、どうかこの事を記事にしてくれるな、新聞に出たりしてはわが家の名誉も良人の地位も台なしになってしまう。もし幾らかの金によってこれを出すことを止めにしてもらえるものならば金は何千円かかっても構わぬ。皆さんに私からさし上げるから何とかおとりなしを頼むと、まるで土下座せんばかりの有様でかえって記者たちの嘲笑を買ったくらいであったという。遺書を書くという間際にもつゆ子はその父母に一行でも書残すことを拒んだが、その父母もまた、子供の生死にもましてわが家の名誉の傷けられるのを惧れたのだ。

　僕はやがて担架で近くの病院へ運ばれる途中で朧ろ気に意識の醒めたようなのを覚えている。しんしんしんしん雪が降っているようなのだ。雪が降っているな、と僕はそう思った。三月の半ばなのだから雪の降ることもなくはないが、しかしその夜はからっ風の寒い星の多い明るい空だった。醒めたと思いながらやはり眠っていた。郊外の小さな病院のことで担架も一つしかなかったのかも知れぬ、まずつゆ子が運ばれ、しばらくして僕が運ばれたのであるが、誰の眼にも僕の方が重態でつゆ子は助かっても僕は絶望だろうと思われたというのに、二人とも助かった。手術室に運ばれてから眠ったまま傷口の手当をうけている中（うち）に、僕はまたふっと意識が戻って、次のように話し合っている医者たちの言葉を実にはっきりと聴いた。「どうだ、これは、傷口から動脈が見えているのにここでとまっているんだからね、全く奇蹟だよ。」メスで決行するときめてから僕は結果の万全を期するために通俗医学の本など買い込んだりして実に正確に動脈のありかを確かめておいたつもりでいたのであるが、わざわざウイスキーをのんだりして血行のさかんになったのを頼りにメスを刺したと思っていたのに、あのどくどくと動いている露出した血管はほんとうの頸動脈（けいどうみゃく）ではなく、ほんものはそこから一寸くらい奥にあるのだということをあとで聴いて僕は唖然（あぜん）とした。お蔭で僕もつゆ子も一命をとりとめたのであるが——

○

あのことがあってからもう六年になる。死によって片附けるつもりでいたことが、ながい歳月の間に自然にいつとなく片附いているかたちである。或日のこと僕はぶらりとした散歩の帰りに、夕食のおかずになる何かうまいものはないかというような気持で渋谷の或る食料品市場の前に起って、ガラスの中でいけすの小魚の泳いでいるのなどを見ていると、誰か背後からそっと肩を叩くものがある。見るとそれは絶えて逢うこともなかったとも子の母親で、黒いコートに包んだ小肥りの体を寄せるようにして、「やっぱり湯浅さんね。まあおたっしゃで、」とさも懐しげに言うのである。僕の胸に浮んで来たのはあの洗足の家の温和な雰囲気とよく燃えているストーヴのあかりだけであった。それに母親の様子はまるで何事もなかったあとのような和やかさだったので僕も躊躇なく、「やあ、」と笑って、ここで立話もへんだからちょっとお茶でもという母親の言葉によって階上の喫茶店へ案内した。「どうもごぶさたをしてしまって。みなさんお変りも、」と言うと母親はすぐ眉をひそめて、「それがねえ湯浅さん、あたしがあんなに言ったのにきかないで馬鹿な真似をして、あたしほんとうにいやになってしまうのよ。とも子があなた、エンド人と一緒になったんですものね、」気の好い母親は半ばは僕に対する心遣いからさもいやそうな口調になって娘のことをこぼすのであった。エンド人というのは東北訛のぬけない彼女の言葉で印度人ということなのだ。あの騒ぎがあってからとも子は病気が悪くなって、ながい間築地の聖ルカ病院に入院していたがその間にそこの医者である印度系の米人と恋におちて、一緒になったのだという。僕は何だかほっと軽い呼吸をした。正月の休みがすんで間もない頃で、まだ華やかな春着のまま帰って来るどこかの女事務員たちがつづいて駅のブリッジを渡って来るのが見える。そう言えばすぐそこの窓から見える白いプラットフォームで僕は幾度もつゆ子を待ったものである。いつの間にかみな、まるで心に浮んで来ぬ平静な風景になってしまったが。「じゃあまたね、あなたもどうぞまたお遊びにいらしてね、」とも子の母親は明るい声でそう言って人混みの中へまぎれ込んで行ってしまった。

色の妙味を重ねた男と女たちの物語

山田詠美

この解説のお話をいただいた時、何故かもう逃げられないという気持になり、冷汗をかいてしまったのでした。はなから逃げる理由などなく、そもそも宇野先生の文庫解説など依頼されたこともないのに、勝手にそう感じて焦ったのですからおかしなことです。夫に、その時の妙な気分を伝えると、彼は、呆れたように言うのです。もう、そろそろ良いんじゃない？　と。

もうそろそろか……と思いました。すると、そうだよね、そろそろ良いんだよね、と素直に頷いてしまったのです。だって、もうこの年齢（とし）だもの。

私は、もうじき六十歳を迎えます。宇野先生が「おはん」を刊行したあたりでしょうか。先生と私が呼ぶのは宇野千代先生だけ、と小娘の分際で公言してから早や三十余年。

宇野さんを師と仰いでいらっしゃるとか……などと先輩の作家の方々に興味深げに、また、ある時は皮肉混じりに尋ねられては、我身の生意気さを思い知り、身の縮むような思いをすること数知れず。その若さで、いっぱしに宇野千代語っちゃってさ、という視線にさらされ、反感と忸怩たるものを同時に抱えて来たのです。

でも、ようやくこの年齢(とし)。

「やっぱり男・女のことは動物ですよね。動物のオス・メスの世界と同じですからね、そう尊敬するといった感情ではないですね、恋愛なんていうけどもね」

これは、宇野先生が八十八歳のお誕生日を前にしての対談でのお言葉。お相手は瀬戸内寂聴さんです。

さすが宇野先生！　良いこと言うなあ、と何度読んでも感心してしまいます。しかし！　若い頃に、頷きながら「男・女のことは動物」と思うのと、今、そう思うのとでは深みが全然違うのです。熱情は、過去に置き去りにしてからこそ味わいを増す。宇野先生の作品をこの年齢(とし)で読み返してみて、初めて合点が行くことは山程あるのです。それは、私に、人間の愚かさやいたらなさに可愛気を見出す余裕が生まれたからでしょう。

若い頃から宇野先生の作品に接して、耳年増ならぬ目年増(?)として成長して来た私は、ようやく作品の成熟度に追い付けたのかもしれません。

たとえば、この「色ざんげ」です。初めて読んだ時には、登場する三人の女たちに同情したのでした。この男に出会わなければ、運命は彼女たちをお嬢さんとしてのあるべき場所に運んで綺麗に着地させたかもしれないのになあ、などと溜息をついたものです。でも、今は、むしろ男の方に同情してしまうのです。自分をあやうい方向に行かせなくては気がすまないんだ、この人は！　それでなくては生きている実感を味わえず、しかも、その行き着く先が死への誘惑だなんて、本当に困った人だ、とつくづく思ったのです。でも、嫌いじゃない。同情は好意に限りなく似ている。私は、いつのまにか可哀相にと同情することと愛情めいたものを重ね合わせるようになっていたのです。そこには、そそられる情けなさがある。たとえ世の中の人に呆れられても、私だけは肩入れしよう。まるで誓いにも似た気分。

そんな新たに生まれた不可思議な思いを受け入れながら読み進めると、この「色ざんげ」に張り巡らされて交錯する心理の綾が見えて来る。それを解きほぐしながらの読書の喜びたるや。

海外に長いこと住んで帰国した湯浅譲二という洋画家と彼を巡る三人の女との関係を

描いた物語です。もうひとり彼の妻も折々に登場するのですが、彼女は、湯浅を中心に形作られた恋愛世界の中には入ることが出来ません。ほとんど蚊帳の外に置かれています。妻や子のいる現実と湯浅の現実は重り合いません。彼は常に妻とは別のものを見ている。だって、芸術家だから。価値観だって相容れる筈もない。だって、芸術家だから。

物語は、東京駅に着いたばかりで新聞社の人々に囲まれている湯浅を、高尾というどこぞの御令嬢が見初めるところから始まります。その求愛は熱烈で、毎日恋文をよこして、彼をどうにか呼び出そうとする。その甲斐あって彼は興味を持ち会いに行き、彼女の屋敷まで行ってしまう。

この辺の「おずおず」とした感じと、「のこのこ」具合、そして、その後の「のうのう」とした様子はたまりません。え？　それで良いの？　本当に？　と女の後を行く湯浅を読み手である私たちも付いて行く。

宇野先生は、この作品を一緒に暮らしていた画家の東郷青児から毎日のように聞き出した「聞き書き小説と言うものの類」（中央公論社版の単行本）と後書きで呼んでいらっしゃるようですが、読者にとっては、主人公の心理と行動を追う尾行小説なのです。

ああっ、その道に行くと苦悩が待っているよ！　とか、あの先には絶望という落とし穴が口を開けているのに！　と、もどかしさを感じながら湯浅の後を追わずにはいられない。そんなふうに読み手をはらはらさせるこの作品。でも、これは推理小説ではない。しかし、私は、こうも思うのです。優れた心理小説は、おしなべて優れた推理小説の要素を含むのではないかと。読み進めながら、湯浅を中心としたミステリーに私たちも巻き込まれて行く。そして、仕舞いには、何が待ち受けているのか、まったく解らなくなる。そういう意味では冒険小説でもあるのです。タイムマシンもジャングルもモンスターも出て来ない稀代の冒険小説。

高飛車な高尾をあっさりと袖にした湯浅は彼女の友人であるつゆ子にどんどん魅かれて行きます。愛してもいないのに散々自分を翻弄した高尾に嫌気が差していた彼は、〈夕顔の花〉のようなつゆ子がいとおしくてたまらなくなる。けれども、二人の交際に大反対する彼女の両親の妨害などもあり、逢瀬はままならず、出奔計画も失敗。

〈だが僕に何をすることが出来よう。恐らく僕はただつゆ子を失った記憶のためにだけ僕に残っている力を費さなければならぬことであろう。〉

という心境に。しかし、深い痛手を負った彼は、どうにか悪びれて見せるのです。〈恋をするような振りをすることの巧い西洋仕込みのただのならず者〉と自嘲し、自分は失恋なんてする柄じゃない、と。そんなふうに無理矢理思い込もうとして、前のように面白おかしくやけっぱちの楽しさに身をまかせようとしますが、ままなりません。偶然、街角でつゆ子に会ったら……などと夢想する始末です。

それでも、どうにか気を取り直して遊び仲間に呼び出されて街に出た湯浅は、今度はとも子という、これまた御令嬢に出会うのです。彼のファンだというとも子の両親は、つゆ子の親とは大違いで、妻子がいるというのに、病弱な娘とこの有名画家の結婚をせかすのです。

湯浅は、そのとも子の家の西洋風なライフスタイルと豊かさに安楽さを覚えて馴染んで行くのでした。そして、正式に離婚が成立している訳でもないのに、彼女の親の思うがままに結婚を約束させられてしまう。

とも子の母は言います。

〈あなたの心配してらっしゃるのはただおくさんの方のことだけなんでしょう？　おくさんの方さえお片附きになればとも子をもらってやって下さるんでしょう？〉

いくら明日をも知れぬ病弱な娘に幸せな思いをさせたいからといって、このあたりのやり取りは、まるでホラー小説です。

そして、湯浅と来たら、本当に結婚式を挙げてしまうんです。新婦側の大勢の招待客と自分側のたったひとりの友人が会した何とも居心地の悪い婚礼の一日。新婦は、新進気鋭の外国帰りの画家を夫にして、列席した数多くの名士の祝福を受け、翌日の朝刊には花束を手にして笑う自分の写真が載る心づもりだった……となると、あまりにも気の毒です。絶望して病状だって悪化してしまうのでは、と推測しますが、そうは問屋が卸さない。とも子の生命力は事態を意外な方向に進めて行きます。そして、湯浅は、忘れられない想い人であるつゆ子に再会して、こちらも予想だにしない展開が待っている。

この作品は、前述したように優れた推理小説の要素を含むものですから、そちらの礼儀に従って、この先は申し上げないこととしますが、これだけはひとつ。湯浅の地に足の着かなさ、おもしろ過ぎます。何というい加減！　でも、許せてしまう。だって、芸術家だから。

湯浅の相手となる三人の女は、皆、若くて裕福な御令嬢。そして、三者三様の魅力がその描写から滲み出ています。誰もが自分の思いに忠実です。その芯の強いパーソナリティがぶつかり合うのですから、どろどろした情痴小説になりそうなもの。でも、この作品に流れているのは、あくまで乾いた通奏低音なのです。生前、宇野先生は、〈もともとフランス文学が好きで、ラファイエット夫人の「クレーブの奥方」など、もう三十回も繰り返して読んでいる〉とお書きになっていますので、そのテイストが存分に発揮されたのだと思われます。フランスの心理小説もかくや、と感じられるほど洒落た雰囲気も漂っている。

男女の間に「色」という言葉を使う時、そこには、たとえば英語の〝Colo(u)r〟では表わすことの出来ない、何とも淫靡なニュアンスが漂います。そして、それを「ざんげ」する人物を描く際には、作家の資質と個性があらわになるのです。色を塗り重ねるのは難しい。しかし、色なしの世界はつまらない。この小説を読むと、宇野先生がそんなふうにおっしゃっているように感じられるのです。年齢(とし)を重ねれば重ねるほど、色の妙味も増して行く。そう信じて、私は、この文章を書かせていただきました。

解　説

尾形明子

1

宇野千代は一八九七(明治三〇)年一一月山口県玖珂郡横山村(現、岩国市川西町)に生まれた。急性肺炎によって一九九六(平成八)年六月に他界するまで、九十八年に亘るその生をひたすらに語り続けた。『或る一人の女の話』(一九七二年二月、文藝春秋社)『私の文学的回想記』(同年四月、中央公論社)『生きて行く私』(一九八三年八月、毎日新聞社)等々の自伝、エッセイ、あるいはおびただしい作品を書きながら、明治・大正・昭和・平成と歩き続けたひとりの女性作家の背に、くっきりと時代が刻まれている。多彩な作品のどこに光を当てるかによって、宇野千代のまったくちがった容貌がたちあらわれる。

宇野千代は森鷗外や夏目漱石が活躍した時代に生を享け、新進作家としてデビューした一九二〇年代には、芥川龍之介や菊池寛らと肩を並べる同時代の作家となる。一九四五(昭和二〇)年をはさんで戦前、戦後の活躍を思えば、岡本かの子、吉屋信子、宮本百合子、林芙美子、佐多稲子、平林たい子、円地文子など、新しい時代の女性作家のひとりとなる。

あるいは、バブル崩壊後の一九九〇年代の宇野千代を考えるなら、『生きて行く私』からはじまる熱狂的な宇野千代ブームが思い出される。作家を超えて、いかなる時代も自由に自分らしく生きることを教える〈幸福教〉の元祖のような魅力、衰えることのない美貌と華麗な恋愛の数かず、あるいは、着物デザイナーとしての活躍――すべてがひとつになって宇野千代を時代の寵児とした。最晩年の「私何だか死なないような気がするんですよ」と笑う、丸い眼鏡の宇野千代を思い浮かべてもいい。

一九九六年六月二九日、青山斎場で営まれた告別式において、丸谷才一は弔辞を読んで「色ざんげ」の「比類ない新しさ」を力をこめて強調、「日本有数のモダニズム文学」と讃えた。作家宇野千代の復権宣言だった。

宇野千代の文学は、文学が本来もっていた、わくわくさせる物語性、ページを繰るのが待ちきれない興奮、残りのページが減っていくさびしさ、あるいは物語の世界にすっぽりとはまり込んだ幼い日のときめきを甦らせる。独特なリズムをもった日本語が織りなす世界に漂いながらも、意外なほどに乾いた情感の奥に、底知れない空洞が用意されていることに気づく。やさしくやわらかにすすむ物語の怖さは、「舌切り雀」や「一寸法師」、「桃太郎」の昔噺にもつながる。宇野千代の世界にひたりながら、ふっと興奮が醒めたとき、自分の周りに漂う虚無の影に身震いさせられる。

『色ざんげ』は、ほとんど行替えなしの緊迫感を保ちながら進む。ミステリアスな展開をもふくめて、物語作家宇野千代の誕生である。この作品の同時代の読者は、つい数年前、新聞雑誌をにぎわせたひとりの画家の奇怪な心中未遂事件を想起したことだろう。作者の宇野千代が、その話題の画家と生活をともにしていたことも周知の事実だった。

まさに興味津々の事件の真相が、ドキュメント小説のように暴かれ展開される。が、『色ざんげ』は、暴露本の次元をはるかに超えて読者を魅了する。宇野千代の感性によって、古典的な物語性を与えられ、紡ぎだされたからだ。

2

「色ざんげ」は『中央公論』に一九三三(昭和八)年九月号、一九三四(昭和九)年二月号、同年九月号、一九三五(昭和一〇)年三月号と四回に亘って連載された。宇野千代の三十六歳から三十八歳にかけての作品である。

単行本は、連載終了の一か月後、四月三日に中央公論社から上梓された。装幀は鈴木信太郎。カバー表側は樹木を囲んで白の石塀と黒い鉄扉。裏側は赤い屋根の二階建て洋館。墨色と白の背に「色ざんげ　宇野千代」と記されている。別丁扉には墨地に淡いピンクのカーネーションが描かれる。赤色の函(はこ)入りで、函の左下には白いハイヒールが片方ずつ少し間を置いて描かれ、右中央に書き文字で「色ざんげ　宇野千代著」とある。定価一円五〇銭。

この中央公論社版は、二二ページから二四ページにかけて、三分の一が検閲によって伏字になっている。十八歳のブルジョア娘小牧高尾に誘われ、三十二歳のパリ帰りの洋画家湯浅譲二(文中「僕」)がホテルに連れ込まれた場面である。突然に着物を脱いだ高尾の裸身は「びっくりするほど艶(なまめ)かし」く、「僕」は自制を失う。が、高尾は「僕」をさんざんに誘惑したにもかかわらず、猛然と抵抗する。ついには唇から血を流し意識を失う。「僕」もまた疲れ果て朝の陽射しが差すまでベッドで眠りこける。

伏字は、『中央公論』連載第一回の部分だが、単行本でもそのままにされた。伏字が読者の想像を一層そそると判断したのかもしれない。二回から四回にかけても、良家の子女との逃避行や嵐の強羅(ごうら)山中での主人公の常軌を逸した行動によって、タクシーの運転手が事故死する描写がある。さらに二重婚、ついには詳細な心中未遂とその後の場面など、かなりきわどい描写が続くが、伏字にはされていない。

当時の検閲官の「風俗紊乱」の基準はよくわからないが、一九三四年から三五年頃は、検閲の対象はおもに政治・天皇・軍隊・共産主義に移行し、風俗紊乱に関してはかなり甘くなっていたのかもしれない。

現在、私たちが目にする『色ざんげ』は、伏字を起こして復刊された、一九四六(昭和二一)年九月の文體社版を底本としているのだが、実は、同時期、同社から二冊の『色ざんげ』が刊行されている。

一冊は、「昭和二一年九月一日刊行」「発行者　宇野文雄　印刷者　保科清春」。私が目にしたのは昭和二三年七月五日再版で定価一二〇円。装幀は北陽平。赤色の表紙に白抜きで縦に二行「宇野千代　色ざんげ」とあり、白い鎖模様の飾りが取り巻いている。
もう一冊は、「昭和二一年九月二〇日発行」「発行者　日下部雄一　印刷者　大野治輔　印刷所　二葉印刷株式会社」。装幀は青山二郎。定価五〇円。カバー表側は中央に花のデザイン。オレンジ色の花びらをグリーンの葉が囲み、さらに渦巻き状の模様が囲んでいる。上に「色ざんげ」、下に「宇野千代」。裏側も渦巻き状の模様が松と雲を囲む。見返しには、小さなランプが五十五個描かれている。

組方も装幀も異なる二冊の『色ざんげ』が、ほぼ同時に同じ出版社から刊行された経緯は不明だが、宇野文雄は宇野千代の弟にあたり、文體社の経営にかかわっている。北陽平装幀版には「再版」とあるから、同時並行で販売し続けられたと思われる。

事情はともあれ、三冊の『色ざんげ』の装幀はそれぞれ美しい。戦争に突き進んでいく一九三五(昭和一〇)年の中央公論社版も、敗戦後の混乱の最中に出された二冊の文體社版の『色ざんげ』も、時代の喧騒とはおよそ無縁に、どこか静謐でモダンな雰囲気が漂う。「色ざんげ」という題名とともに、時代への抵抗さえ感じさせられる。戦時下から戦後にかけての、宇野千代のしなやかな抵抗の姿勢は、いつの時代にも一貫して貫かれている。

中央公論社版『色ざんげ』発刊から四十二年を経て、『宇野千代全集』(一九七七年七月―七八年六月)第三巻の「あとがき」に、宇野千代は次のように書く。

『色ざんげ』は、或る巴里帰りの若い画家の情死事件を、その男の話として書いたものである。その画家は東郷青児。その青児と五六年の間、一緒に暮していた私は、その話をたまに青児から聞くことがあって、それをもとに、自分流に一つの物語にした。一緒に暮している男の、世にもショッキングな話を小説にしたりした自分のことを、私はいまも考える。またその話を私にしてくれたときの、東郷の気持も考える。若かった頃の、或る時期のことであったが、いまは、東郷に対して、或る感謝に似た気持を抱いているのである。私の書いたものの中で、一番面白い、と言うのが世評であることも、皮肉ではないかと思う。

3

「或る巴里帰りの若い画家の情死事件」は、一九二九(昭和四)年三月三一日の『東京朝日新聞』社会面に一〇段組み、「洋画の鬼才東郷青児氏／愛人と情死を企つ／ゆうべ大井鹿島谷の自宅で／ガスを放ち咽(のど)を切る」の見出しで報じられた。

「二科会会友で未来派画家として将来を嘱目されてゐる東郷青児氏(三二)は三十日午後八時、この朝同氏の許を訪れて来た愛人西崎盈子(みつこ)(二二)と府下大井町鹿島谷三一三八の自宅寝室を締切り、台所のガスを放ち部屋に充満させた後鋭利なカミソリで両人ともけい部をかき斬り心中を企てた。あたかも外出先から帰つて来た同家の女中が発見、付近の者に知らせたので大騒ぎとなり、警察からも係官が急行、応急手当を加へた後直に大井町水神下の某医院にいれ更に治療を加へた結果出血は甚だしいが生命は両人とも取止めるらしいとの事である、心中した部屋には愛人の写真を飾り、親友画家中川紀元(きげん)、府下蒲田御園(かまたみその)青木元一郎氏その他にあてた遺書三通があつた、(略)」

小見出しとして「女から女へと――／醜怪な四角関係／一方では結婚し一方では密会／情死までの経路」「先づ盈子を／刺して自刃」「あきれた／放らつ／八ツ裂きに／もしたい／先夫人明代(はるよ)さん談」「未来派をもつて／放つた異彩」「情死の相手盈子は／海軍少将の娘さん／お茶の水出の美人」「花のけいこに／行つて逃ぐ」――

愛人である西崎盈子や法律上はまだ婚姻関係にある妻明代だけでなく、「去る二月十七日芝の三縁亭で正式に結婚披露宴を張つた」帝国総合電球専務中村幹治氏長女修子の存在も明らかにされた。事件の当事者・東郷青児には「氏」の敬称をつけ、正妻である明代の他は盈子、修子と呼び捨てにする当時の新聞記者の感覚、プライバシーにどこまでも踏み入り、読者の劣情をあおるとしか思われない記事に呆然とする。が、友人の新宿紀伊國屋書店店主田辺茂一、東郷の師である有島生馬の談話も載せ、実に詳しいスクープだった。事実関係も正確で、短時間でどうやってここまで調べられたのかと驚く。

そのいきさつは、記事を書いた山本吾郎記者の手記「東郷青児心中事件」(『文学時代』昭和六年四月号)に詳しい。通常は午前一二時半の締め切りを延ばして書き上げた、という。微に入り細に入る描写はあまりに生々しく割愛する。

『色ざんげ』に即するなら、東郷青児―湯浅譲二、西崎盈子―つゆ子、東郷明代―まつ代、中村修子―とも子である。明代との離婚が定まらないうちに、修子と結婚式を挙げ、まもなく盈子と心中未遂、という東郷の行動は、誰にとっても理解しがたいものだった。

事件から一か月後の『婦人公論』五月号に中川紀元が「彼らはなぜ情死したか?」を書き、翌六月号には東郷青児が「情死未遂者の手記」を発表した。中川の手記は東郷への友情に満ち、東郷の手記は盈子への思いにあふれる。東郷は友人に紹介されて銀座のカフェーで初めて会った盈子の印象を「潑剌とした植物の健康な薫りを一杯に持つてゐた」と記し、「蒼空の様にほゝ笑んだ」盈子に惹かれ、その夜の日記に「彼女が私に死を与へるか生を与へるか、私は果断な運命がこの会合の内に秘められてゐるのを知る」と書き入れた。

東郷は手記の最後を「彼女は私にとつて永遠の太陽である」と結ぶ。並んで妻の東郷明代が「理解できるだけに寂しい」と題して、東郷の心のすべてをとらえた盈子の存在を認めている。

しかしながら、東郷がこの手記を書いた時、すでに宇野千代との関係が始まっていた。

4

当時、宇野千代は、彼女自身の言葉でいうなら「軟体動物状態」「乱婚時代」の最中だった。一九二二(大正一一)年一二月末に始まった作家尾崎士郎との生活は終わりを迎えていた。

一九二三年五月、東京府荏原(えばら)郡馬込(まごめ)村に、六畳一間と土間のある家を建てスタートした二人の生活は、二四年四月に千代の夫藤村忠との間に協議離婚が成立、一九二六(大正一五)年二月婚姻届を出す。まもなく家の裏手に赤い瓦屋根の洋館を建て、二人は馬込村の文士の中心にいた。すでに千代は『婦人公論』(大正一四年一〇月号)『新潮』(大正一五年六月号)に特集されるような人気作家であり、その創作活動が二人の生活を支えていた。

一方の尾崎は、作家としては未だ不遇の中にいた。尾崎の鬱屈した精神状態は、「窓にうつる風景」(『中央公論』大正一四年八月号)など、一連の作品に垣間見ることができる。この頃から千代と尾崎は、しばしば伊豆の湯ヶ島温泉に出かけるようになっていた。千代が湯ヶ島で梶井基次郎と出会ったのは、一九二七(昭和二)年である。馬込村に二人をめぐってゴシップの嵐が巻き起こり、尾崎が家を出たのは二八年正月だった。尾崎自身も、銀座でカフェー・ライオンのウエートレスをしていた十七歳の古賀清子と親しみ、梶井と千代の噂を逆手に取っての家出だった。尾崎が清子との生活に踏み切ったのは二九年三月、すでに作家としての地歩も定まり、新たな生活に踏み出していく準備は十分に整っていた。

尾崎士郎との別離は、千代を打ちのめした。当時の千代は尾崎をひたすら愛する妻だった。どのように自分を宥めようと、納得させようと、未練、嫉妬、悔恨、怒り、屈辱、絶望——吹き荒れるあらゆる感情に翻弄され、生きるのが辛かった。

湯ヶ島で、千代は「たくましい学生」や同宿した誰彼となく、男と女の関係をもつ。睡眠薬を飲み、恍惚となって草むらで男と交わる。湯ヶ島だけでなく、尾崎の去った馬込の家でも、大森海岸の旅館でも、鈴ヶ森のアパートでも、同じことを繰り返していた。その中にはかつて尾崎とともに親しんだ作家たちもいた。男と関係をもつことでしか、心は宥められなかった。虚しさと悔恨に襲われ続けたとしても、生きていくためにはそうして日々を過ごすしかなかった。

そうであっても、千代はひたすら書き続けた。その虚しさが、千代を作家として成熟させていく。『宇野千代全集』第一二巻巻末の年譜(大塚豊子作成)を辿りながら、この時期の千代の盛んな創作活動に驚かされる。量・質ともに、他の女性作家の追随を許さない作家だった。一九二九(昭和四)年九月には、改造社から『新選宇野千代集』が出された。彷徨(ほうこう)の中で、作家宇野千代は、成熟期を迎えていた。

こうした日々に一つの区切りをつけたのが、東郷青児との出会いだった。区切りというより「軟体動物状態」が行き着いたところ、というべきかもしれない。二重婚をしながら、さらに恋人と心中を図り、未遂に終わった東郷青児は、世間すべてに居直りながらも、虚無の世界を浮遊していた。恋愛関係の末期的症状の中での出会いだった。

5

二人の出会いについては、宇野千代が『或る一人の女の話』『私の文学的回想記』『自伝的恋愛論』（一九八四年五月、大和書房）『生きて行く私』などに詳しく書いている。『報知新聞』に連載中の「罌粟(けし)はなぜ紅い」（昭和四年一二月二一日—五年五月二二日）にガス自殺の場面を書きたくて、取材を目的に大森の酒場「白夜」で会う。誘われてそのままタクシーで東郷の家に行き、一晩を過ごし、翌朝、布団を畳もうとして、そこにおびただしい血痕と血糊が固まったあとを見出す。部屋には若い女の肖像画や矢絣(やがすり)の着物、化粧道具があった。心中未遂事件を報じた新聞が山のように積み上げられていた。それらを見ても、怖いとも逃げ出そうとも思わず、そのまま居着いてしまった。

男はこう言う。「君は不思議な女だね。こうして、銃口を向けられても、びくともしないなんて、恐くはないのかい」（「私の文学的回想記」）。

事実としてほぼ定着している場面である。

一九三〇（昭和五）年『婦人公論』九月号に発表した「愛すべき蔓草——東郷青児と

私」が、二人の関係について千代が書いた最初である。自分を「チエホフの短編小説『可愛い女』」になぞらえ、「『自分』を少しも持ってゐない。ただの愛すべき蔓草にしか過ぎないのだ」として、東郷とのいきさつを語る。

「二年前の或る朝」ひとりになっている自分を見出した「私」は、暗く冷たい地面に向かって蔓を伸ばしはじめ、自分で自分に絡まるような生活を送っていた。そうしたある朝、「彼が一人の美しい『お嬢さん』と情死した」記事を目にする。私は「私の闇の中で、彼とその『お嬢さん』との血が、紅い燃えるやうな一つの塊になつて、花のやうにぱつ！とひらいたのを感じ」て、固く窓が閉ざされた家の前を通ってみた。

運命を感じながら東京を離れ、それでも「燃えるやうな紅い花」「恐ろしい毒の花」の幻を見続けた。やがて東京に戻り「一通の短い手紙を書いた」。そのころ書いていた新聞小説「罌粟はなぜ紅い」の中に「瓦斯の窒息に依る変死の場面」を正確に描写するために会いたい、と書く。返事が来て、ある夕方、街角の茶舗の椅子に腰かけて彼を待った。が、用心して身構えていたのに、「朴訥な微笑を浮かべ乍らせかせかと近づいて来」る男に「重い兜の砕けおちる音」をきく。

それでも「あの私の仕事」を言い訳にしながら、彼と過ごす。そして「或る朝、私は彼の大きな体をゆす振り乍ら彼に強要した。どうぞ、この家の中の『古いもの』をみんな捨てて呉れ」。彼は笑いながら道具屋に電話し「椅子も卓子も寝台もカアテンも浴槽も、みんな！」運び出される。おまけに道具屋の「これから、どちらへ」という問いに「フランスへ行くんだよ」と答える。

再び「私の喬木」を見つけた「私」は「私の優しい蔓を、その彼の巨大な梢のてっぺんまでも伸ばそう」と結ぶ。

年月日も場所も、なにひとつ具体的なことは書かれていないが、二人の出会いは、おおむねここに書かれているとおりなのだろう。東郷は、千代が一九一九（大正八）年初夏、本郷三丁目の燕楽軒でウエートレスとして勤めていた頃からの知り合いだった。千代に夢中だった今東光の友人として、東郷はその言伝てを届けたりしたが、自身も千代に惹かれていた。東郷の心中未遂事件は絶望を日常としながら生きていた千代にとって、強烈に心に突き刺さったはずである。千代には心中事件が自分自身のことと思われた。

一九七八（昭和五三）年に東郷青児が、一年後に盈子が死去した後になって、宇野千代は「それは刃物が導いた——『色ざんげ』追記」（『新潮』昭和五五年九月号）を書いている。「東郷青児を偲ぶ会」から帰った千代は、東郷が死ぬ一か月前、パリからの本人のハガキに「飛行機の中で、久し振りに色ざんげを読みました。感慨無量でした」とあったことを思い出し、作品を四十五年ぶりに読み返す。

「引き込まれ、遂に読み了るまで、本から手が離せなかつた。この物語の中には、その表現の迫力ではない、物語自身の持つ或る迫力があつた」と書き、「昭和十一年の春」、最後に会った時に東郷が、「君は僕から、この作品の筋書きを聞くために、僕と一緒にゐたのだね。この作品は、終りの一行まで、僕が話したことばかりだ」と言ったことを思い出す。

かつて作者である「私」は、「一言も聞き間違へることなく、精神を集中して当らなければならない。私にとつては聞くことが書くことである」と思い、東郷は「俺はこの女によつて自分を再現するのだ。俺は話すことによつて書くのだ」と思う。文字通り真剣勝負のような「二年間」を経て「その間に物語は東郷の手から離れて、凡て私の手に移つてゐた。私は自分がこの物語を創作したのでもあつたかのやうに錯覚して、夢中で書いた」。

『色ざんげ』の成立、作品の緊迫感と息もつけないようなスリリングな魅力の秘密を、このエッセイは伝える。

6

やがて二科会に君臨する画壇の巨匠・東郷青児の評伝は意外にすくない。真正面から描かれた評伝は、田中穣『心淋しき巨人 東郷青児』（一九八三年四月、新潮社）くらいだろうか。東郷自身が『日本経済新聞』に連載した「私の履歴書」（昭和三五年八月一二日―九月五日）と『他言無用』（一九七三年六月、毎日新聞社）などを読みあわせながら、心中事件に至る東郷青児の足取りをまとめてみる。

一八九七（明治三〇）年四月、鹿児島県下荒田（しもあらた）町に生まれた東郷の出自や青年期については、必ずしも東郷自身の記述のとおりではないようだ。一九一四（大正三）年、日本橋に開店したばかりの竹久夢二の店「港屋」に出入りし、女主人たまきに気に入られて、彼女の依頼で夢二デザインの千代紙や半襟の絵の写しを手がけた。青山学院中等部に通う十七歳の頃だった。たまきを巡って夢二との間に刃傷沙汰を起こすが、一五年には、ドイツから帰国したばかりの作曲家山田耕筰と出会い、山田の奔走で日比谷の画廊で個展を開催、「わが国最初のキュービスト」として注目を集めた。会期中に兄の有島武郎に勧められて、二科会の創立会員の有島生馬が訪れた。

翌一六年十九歳、有島生馬の勧めで第三回二科展に出品した二五号の油絵〈パラソルさせる女〉が、二科賞を受賞する。

今東光と出会ったのは二十歳の頃、本郷弓町のカフェー巴里だった。一九一九(大正八)年、宝塚歌劇団でコントラバス奏者をしていた原田潤を頼って大阪に行き、最初の妻となる明代と知り合う。

一九二一(大正一〇)年六月フランスに留学。半年遅れて妻の明代も渡仏、長男志馬(しま)が生まれたが、生活の苦しさに明代と志馬は帰国した。ミラノで未来派の運動に参加したり、ピカソのアトリエを訪ねたりする。その後、リヨンの美術学校専科に入学。一九二三(大正一二)年、関東大震災によって日本からの送金が断たれると、セーヌの荷揚げ、壁画の下働きなど、あらゆる職業を体験した。

一九二五(大正一四)年から帰国まではパリのデパート、ギャラリー・ラファイエットの装飾美術部に勤務し、室内装飾、壁画などの仕事をしながら、ルーヴル美術館の古典絵画に惹かれて日参した。この間、何人もの女性と同棲し、子どもまでもうけている。

一九二八(昭和三)年五月七日、七年ぶりに帰国した。「パリ帰りの新進画家」として、脚光を浴び、秋には第一五回二科展に滞欧作品二十三点を出品して、第一回昭和洋画奨励賞を受賞した。が、明代との関係はうまくいかず、離婚を決意する中で西崎盈子と出会う。

盈子はお茶の水高等師範付属女学校から日本女子大学家政科に入学、海軍将校の西崎勝之を父親にもつ美しい女性だった。妻子のある東郷との関係は西崎家の猛反対に遭い、盈子は軟禁状態に置かれる。東郷の友人中川紀元が間にはいるが、解決の可能性はなかった。

翌二九年二月一七日、東郷は二十一歳の中村修子と芝三縁亭で結婚式を挙げる。修子は東洋英和女学校を卒業、さらに女子英学塾で英語を学んだボブカットの近代女性だった。大井町鹿島谷三一三八の新居は、自転車屋の小僧から実業家となった、立志伝中の父親が娘のために用意したものだった。が、明代との離婚は難航し、しかも東郷が盈子と再会したことを知った修子は、三月二一日、慶應義塾大学に通うボーイフレンドと駆け落ちをする。東郷が盈子と心中を図ったのは三月三〇日の夜だった。

すべて、『色ざんげ』につぶさに書き込まれたとおりである。

7

一九三〇(昭和五)年四月、千代は馬込村から東郷がすでに暮らしていた東京市外世田谷町山崎一四〇五番地に転居する。八月、別居中の尾崎士郎と正式に離婚し、尾崎は古賀清子と結婚した。すでに尾崎との別居は周知の事実だったが、千代には、決心するまでに長い時間が必要だった。東郷との関係の中で、千代は離婚を決意していった。心中未遂事件のおそらく一か月後、四月末に始まった二人の関係は断続的に続き、一年後の四月末に千代は東郷との生活に踏み切った。

広い庭のあるその家の近くには、年とった東郷の母親が孫の志馬と住み、小学生の志馬は千代を「おばさん」と呼んで親しんだ。まもなく離婚した妻の明代とも交流が始まる。東郷は傷口がふさがった後も巻きつけていた首の包帯をはずし、新しい生活を始めた。

一九三〇年六月号の『新潮』に、東郷青児は「伝書鳩を運動させる紳士」という短篇ともエッセイともつかない作品を載せている。「私」の家は松陰神社の森から数百メートル離れた場所にあり、家と神社の間の雑木林の中を曲がりくねった小川が流れている。

小川のほとりで「私」は、立派な紳士が釣り糸を垂れているのを見て「何か釣れますか？」と尋ねる。紳士は「なあに、魚ですよ」と答える。別の日、同じ紳士が松陰神社の森で伝書鳩の運動をさせているのに出会う。声をかけると同じように「なあに、鳥ですよ」と答える。

ある日、いっしょに暮らしている「彼女」が、庭向こうの赤い三角屋根の家から、その紳士が望遠鏡で自分たちの家を覗いていることに気付く。「私」は奇妙な自分の体操の様子や「誰も見てゐる人がないと思ふ心易さで今日まで狂態の限りを尽くして来た私と彼女の生活」が、覗かれていたことを知る。が、「何か見えますか？」と尋ねたら、男はきっと「なあに、見えるのは人間ですよ」と答えるだろうと思うと、ひとりで「アハハハハ」と笑いだしてしまうのだった。

東郷は、同年九月にジャン・コクトーの『恐るべき子供たち』、翌年五月にはモーリス・デコブラ原本の『恋愛株式会社』の翻訳を白水社から出している。挿絵も装丁も東郷自身による。後年の『他言無用』等を読んでも、豊かな文才があったことがわかる。

一九三一（昭和六）年、東郷は二科会の会員になり、世田谷の淡島に二〇〇坪の土地を借りて、「コルビジェ風のハイカラ」な家を建てた。中二階には白と黒を基調にした広いアトリエ、一階には南に面して広い円形のサロンがあり、そこで友人たちが夜毎に集まりダンスやマージャンに興じた。家は何度も差し押さえを受けながらも、千代が東郷の絵を売り歩くことでしのいだ。

8

千代が、ようやく完成した淡島の邸宅を出て、近くの百姓家の離れに移った時期は不明だが、一九三四(昭和九)年秋には、千駄ヶ谷駅のホームが見える往還ぞいの二階家を仕事場として借りているから、一九三三(昭和八)年初夏の頃だろうか。小さな机と座布団を運び、弁当と原稿用紙、万年筆をもって、ひとりでこもる日が続く。東郷から聞いた話を「色ざんげ」としてまとめるためには、東郷の妻でも、画家のパートナーでもあってはならなかった。作家宇野千代のストイシズムといってもいい。溢れるほどの情熱をもって恋愛し、他が見えなくなるほどに相手と、その日常生活にのめり込む千代は、いつでもそれらのすべてから逃げ出して机に向かう。

「それは、ほんとうに仕事をするために行ったのでしょうか。私の中には、やっと力を積み重ねて、自分で作り上げたものも大切には出来ないで、わざと荒涼としたものの中へ出て行きたくなる、放浪癖とでも言うものがあるのだと、いまなら、私にも分るのですが」と、『私の文学的回想記』に書いているが、「放浪癖」というより「作家であることの焼けつくような思い」が、千代を動かすといった方がいいのであろう。結局、宇野千代が戻るのは作家としての場所だった。

代表作『色ざんげ』が誕生した。「稀代のドン・ファン」湯浅譲二は、谷崎潤一郎『痴人の愛』（一九二五年七月、改造社）の主人公河合譲治よりも、はるかに血の通った主人公として登場する。『痴人の愛』の女主人公ナオミが、第一次世界大戦後に日本に流行ったモダン・ガール（モガ）の走りだとしたら、『色ざんげ』の小牧高尾、つゆ子、とも子も、それぞれに個性を持ったモガたちである。

離婚をなかなか承諾しない妻の存在も作品にリアリティを与える。彼女たちに翻弄されながらも、湯浅譲二は、河合譲治よりもはるかに骨太で、その計算も、愛のありようも、死においてさえも意識的である。画家東郷青児との日々が、作家宇野千代を成熟させたといえる。

宇野千代文学における東郷青児の存在は決定的に大きい。尾崎士郎との生活が、作家宇野千代のベースを作ったとしたら、東郷との日々は、自然主義リアリズムからの脱皮の時をもたらす。『色ざんげ』以前にも、多くの習作を残しているが、その中から十五篇を編んで、東郷青児の装幀・挿画の豪華限定本『大人の絵本』（一九三一年五月、白水社）を出版した。奥底にデカダンの匂いが漂うおしゃれな本である。

「罌粟はなぜ紅い」にも東郷の存在が認められるが、作品そのものは、あまりにもロマネスクで、ゴテゴテした感じが残る。物語作家としての才能の開花を思わせはするが、主人公伊之吉のその場逃れの気弱で優しい嘘が、次々と嘘を呼び、ついには悲劇をもたらす、という展開はやや古風だ。東郷がデッサンを繰り返すように、千代もまた多くの習作を経て、ついに『色ざんげ』に至った。

東郷の話を全身で聞き、いくつもの習作を書き散らしながら、突然に、千代は自分自身の場所を欲したのではないか。かつて藤村忠と札幌で暮らしていた頃、小説「墓を発く」を旧知の『中央公論』編集長滝田樗陰に送り、採用の可否を問うために上京する。滝田から、刷り上がったばかりの掲載誌『中央公論』（大正一一年五月号）を渡された千代は、札幌の家に帰ることなく、そのまま大塚の親戚宅に滞在し、次の作品を準備した。いかに居心地のいい家があろうと、主婦や妻の片手間ではもはや原稿を書けなかった。

それは尾崎士郎との時も同じだった。馬込に二軒も家を持ちながら、千代は自分の場を求めて、湯ヶ島にこもった。すでに二人の関係が行き詰まっていたとしても、動いたのはいつでも千代の方だった。

東郷と西崎盈子の再会の情景は、『婦人公論』(昭和一〇年七月号)に掲載された盈子の手記「颱風にのりて――情死未遂以来逢ざりし東郷青児のもとにかへる日」に詳しい。再会の時期は断定できないが、一九三三(昭和八)年九月末頃だろうか。

二人の関係が急速に進展していくのは当然だった。千駄ヶ谷駅のホームが見える家で、二階の和室にカーペットを敷き、窓に床まである緞子(どんす)のカーテンを掛け、豪華なフロアースタンドを置いて、「優雅」な日々を楽しんでいた千代は、東郷と盈子の再会、復縁を他から知らされ、逆上して、淡島の家に駆けつける。

千代を「おばさん」と呼ぶ東郷の子どもが、嬉しそうに「おばさん、ほら、ごらんなさい。こんな大きな鏡が這入りましたよ」と言う。応接間にかかった大きな舶来の鏡を見ながら、「あの女と一緒になるなんて、あんまり馬鹿にしないでよ」と千代は叫ぶ。ほとんどドタバタ喜劇の感がある東郷との離別を、「別れも愉(たの)し」(『改造』昭和一〇年六月号)「未練」(『中央公論』昭和一一年一〇月号)に書き込んでいる。

千代と東郷の離別の時期は、千代が書いたものにも一九三四(昭和九)年から三六(昭和一二)年と幅があり定まらない。もとより正式な婚姻ではなかった。一九三五年『話』五月号に「東郷青児と別れた宇野千代――彼女の言い分」が載る。千代がインタビューに答えていて、三四年一一月末に相談がまとまり、別居。三五年一月に離別を公表する予定だったという。記事は東郷の女性関係への不信にみちている。「この白粉入れ」(『新潮』昭和四二年一月号)「それは刃物が導いた」などで、離別を「昭和十一年四月」「昭和十一年春」と記しているのは、「最後に会った」の意であろう。東郷と盈子は、三五年四月には、世田谷の家で暮らし始めている。『生誕一二〇年 東郷青児展』図録(二〇一七年、東郷青児記念 損保ジャパン日本興亜美術館)年譜には、二人が入籍したのは、一九三九(昭和一四)年三月、同年四月娘たまみ誕生、とある。戸籍をもとにして作成された初めての年譜ではないか。

実は、東郷青児をモデルにした、もうひとつの『色ざんげ』とも呼び得る作品がある。作者は千代が東郷の次に暮らした作家北原武夫。すべての題材は宇野千代によって提供されたとみるべきであろう。「色ざんげ」の提供者が東郷自身であったように、千代は千代が理解し捉えた東郷青児を、余すところなく北原に伝え、北原はそれらを未完の長篇「背徳者」(昭和二一年五月―二三年一二月『文體』に連載)にまとめた。

『色ざんげ』は、「愛すべき蔓草」として男の言葉すべてを絡めとり吸い込み、それらを宇野千代自身の言葉で表現しきった作品であり、完全に対等な二人の芸術家の共犯性と膨大なエネルギーによって、はじめて成立した稀有な文学作品だった。

この後、千代は『人形師天狗屋久吉』(一九四三年二月、文體社)、『日露の戦聞書』(同年一二月、文體社)さらに『おはん』(一九五七年六月、中央公論社)と、聞き書きの手法によるすぐれた作品を次々と書き、脚光を浴びる。しかし、人生ドラマの複雑さと迫真性において、『色ざんげ』は、宇野千代文学の中で、日本近代文学の中で、その文体とともに独自の輝きを放って存在し続けている。

二〇一八年一二月

〔編集付記〕

一、本書を編集するにあたっては、『宇野千代全集』(全十二巻、中央公論社、一九七七―七八年)の第三巻を底本とした。

一、左記の要領にしたがって表記がえをおこなった。

岩波文庫(緑帯)の表記について

近代日本文学の鑑賞が若い読者にとって少しでも容易となるよう、旧字・旧仮名で書かれた作品の表記の現代化をはかった。そのさい、原文の趣をできるだけ損なうことがないように配慮しながら、次の方針にのっとって表記がえをおこなった。

(一) 旧仮名づかいを現代仮名づかいに改める。ただし、原文が文語文であるときは旧仮名づかいのままとする。

(二) 原則として「常用漢字表」に掲げられている漢字は新字体に改める。

(三) 漢字語のうち代名詞・副詞・接続詞など、使用頻度の高いものを一定の枠内で平仮名に改める。

(四) 平仮名を漢字に、あるいは漢字を別の漢字にかえることは、原則としておこなわない。

(五) 振り仮名を次のように使用する。

(イ) 読みにくい語、読み誤りやすい語には現代仮名づかいで振り仮名を付す。

(ロ) 送り仮名は原文通りとし、その過不足は振り仮名によって処理する。

例、明に→明(あきらか)に

(岩波文庫編集部)

色（いろ）ざんげ

2019年2月15日　第1刷発行

作　者　宇野千代（うのちよ）

発行者　岡本　厚

発行所　株式会社　岩波書店
〒101-8002 東京都千代田区一ツ橋 2-5-5
案内 03-5210-4000　営業部 03-5210-4111
文庫編集部 03-5210-4051
http://www.iwanami.co.jp/

印刷・三秀舎　カバー・精興社　製本・中永製本

ISBN 978-4-00-312221-1　　Printed in Japan

読書子に寄す

――岩波文庫発刊に際して――

岩波茂雄

真理は万人によって求められることを自ら欲し、芸術は万人によって愛されることを自ら望む。かつては民を愚昧ならしめるために学芸が最も狭き堂宇に閉鎖されたことがあった。今や知識と美とを特権階級の独占より奪い返すことはつねに進取的なる民衆の切実なる要求である。岩波文庫はこの要求に応じそれに励まされて生まれた。それは生命ある不朽の書を少数者の書斎と研究室とより解放して街頭にくまなく立たしめ民衆に伍せしめるであろう。近時大量生産予約出版の流行を見る。その広告宣伝の狂態はしばらくおくも、後代にのこすと誇称する全集がその編集に万全の用意をなしたるか。千古の典籍の翻訳企図に敬虔の態度を欠かざりしか。さらに分売を許さず読者を繫縛して数十冊を強うるがごとき、はたしてその揚言する学芸解放のゆえんなりや。吾人は天下の名士の声に和してこれを推挙するに躊躇するものである。このときにあたって、岩波書店は自己の責務のいよいよ重大なるを思い、従来の方針の徹底を期するため、すでに十数年以前より志して来た計画を慎重審議この際断然実行することにした。吾人は範をかのレクラム文庫にとり、古今東西にわたって文芸・哲学・社会科学・自然科学等種類のいかんを問わず、いやしくも万人の必読すべき真に古典的価値ある書をきわめて簡易なる形式において逐次刊行し、あらゆる人間に須要なる生活向上の資料、生活批判の原理を提供せんと欲する。この文庫は予約出版の方法を排したるがゆえに、読者は自己の欲する時に自己の欲する書物を各個に自由に選択することができる。携帯に便にして価格の低きを最主とするがゆえに、外観を顧みざるも内容に至っては厳選最も力を尽くし、従来の岩波出版物の特色をますます発揮せしめようとする。この計画たるや世間の一時の投機的なるものと異なり、永遠の事業として吾人は微力を傾倒し、あらゆる犠牲を忍んで今後永久に継続発展せしめ、もって文庫の使命を遺憾なく果たさしめることを期する。芸術を愛し知識を求むる士の自ら進んでこの挙に参加し、希望と忠言とを寄せられることは吾人の熱望するところである。その性質上経済的には最も困難多きこの事業にあえて当たらんとする吾人の志を諒として、その達成のため世の読書子とのうるわしき共同を期待する。

昭和二年七月

《日本文学(現代)》〔緑〕

怪談 牡丹燈籠　三遊亭円朝
真景累ヶ淵　三遊亭円朝
塩原多助一代記　三遊亭円朝
小説神髄　坪内逍遥
当世書生気質　坪内逍遥
役の行者　坪内逍遥
桐一葉・沓手鳥孤城落月　坪内逍遥
ウィタ・セクスアリス　森鷗外
青年　森鷗外
雁　森鷗外
山椒大夫・高瀬舟 他四篇　森鷗外
渋江抽斎　森鷗外
舞姫・うたかたの記 他三篇　森鷗外
ファウスト 全二冊　森林太郎訳
みれん　シュニッツラー 森鷗外訳
うた日記　森鷗外
森鷗外 椋鳥通信 全三冊　池内紀編注
浮雲　二葉亭四迷 十川信介校注
平凡 他六篇　二葉亭四迷
其面影　二葉亭四迷
今戸心中 他二篇　広津柳浪
河内屋・黒蜴蜓 他一篇　広津柳浪
野菊の墓 他四篇　伊藤左千夫
漱石文芸論集　磯田光一編
吾輩は猫である　夏目漱石
坊っちゃん　夏目漱石
草枕　夏目漱石
虞美人草　夏目漱石
三四郎　夏目漱石
それから　夏目漱石
門　夏目漱石
彼岸過迄　夏目漱石
行人　夏目漱石
こころ　夏目漱石
硝子戸の中　夏目漱石
道草　夏目漱石
明暗　夏目漱石
思い出す事など 他七篇　夏目漱石
文学評論 全二冊　夏目漱石
夢十夜 他二篇　夏目漱石
漱石文明論集　三好行雄編
倫敦塔・幻影の盾 他五篇　夏目漱石
漱石日記　平岡敏夫編
漱石書簡集　三好行雄編
漱石俳句集　坪内稔典編
漱石・子規往復書簡集　和田茂樹編
文学論 全二冊　夏目漱石
坑夫　夏目漱石
漱石紀行文集　藤井淑禎編
二百十日・野分　夏目漱石

- 五重塔　幸田露伴
- 運命 他一篇　幸田露伴
- 努力論　幸田露伴
- 幻談・観画談 他三篇　幸田露伴
- 連環記 他一篇　幸田露伴
- 天うつ浪 全二冊　幸田露伴
- 子規句集　高浜虚子選
- 病牀六尺　正岡子規
- 子規歌集　土屋文明編
- 墨汁一滴　正岡子規
- 仰臥漫録　正岡子規
- 歌よみに与ふる書　正岡子規
- 俳諧大要　正岡子規
- 獺祭書屋俳話・芭蕉雑談　正岡子規
- 金色夜叉 全二冊　尾崎紅葉
- 三人妻　尾崎紅葉
- 不如帰　徳冨蘆花

- 謀叛論 他六篇 日記　徳冨健次郎　中野好夫編
- 北村透谷選集　北村透谷　勝本清一郎校訂
- 武蔵野　国木田独歩
- 愛弟通信　国木田独歩
- 蒲団・一兵卒　田山花袋
- 田舎教師　田山花袋
- 東京の三十年　田山花袋
- 藤村詩抄　島崎藤村自選
- 破戒　島崎藤村
- 春　島崎藤村
- 千曲川のスケッチ　島崎藤村
- 桜の実の熟する時　島崎藤村
- 新生 全二冊　島崎藤村
- 夜明け前 全四冊　島崎藤村
- 藤村文明論集　十川信介編
- 藤村随筆集　十川信介編
- にごりえ・たけくらべ　樋口一葉

- 大つごもり・十三夜 他五篇　樋口一葉
- 高野聖・眉かくしの霊　泉鏡花
- 歌行燈　泉鏡花
- 夜叉ケ池・天守物語　泉鏡花
- 草迷宮　泉鏡花
- 春昼・春昼後刻　泉鏡花
- 鏡花短篇集　川村二郎編
- 日本橋　泉鏡花
- 婦系図 全二冊　泉鏡花
- 外科室・海城発電 他五篇　泉鏡花
- 鏡花随筆集　吉田昌志編
- 化鳥・三尺角 他六篇　泉鏡花
- 鏡花紀行文集　田中励儀編
- 俳諧師・続俳諧師　高浜虚子
- 泣菫詩抄　薄田泣菫
- 有明詩抄　蒲原有明
- 上田敏全訳詩集　山内義雄・矢野峰人編

赤彦歌集	斎藤茂吉・久保田不二子選
宣言	有島武郎
小さき者へ・生れ出ずる悩み	有島武郎
一房の葡萄 他四篇	有島武郎
寺田寅彦随筆集 全五冊	小宮豊隆編
柿の種	寺田寅彦
与謝野晶子歌集	与謝野晶子自選
入江のほとり 他一篇	正宗白鳥
つゆのあとさき	永井荷風
濹東綺譚	永井荷風
荷風随筆集 全二冊	野口冨士男編
摘録 断腸亭日乗 全二冊	永井荷風・磯田光一編
すみだ川・新橋夜話 他一篇	永井荷風
あめりか物語	永井荷風
ふらんす物語	永井荷風
煤煙	森田草平
斎藤茂吉歌集	山口茂吉・柴生田稔・佐藤佐太郎編

桑の実	鈴木三重吉
小鳥の巣	鈴木三重吉
千鳥 他四篇	鈴木三重吉
小僧の神様 他十篇	志賀直哉
万暦赤絵 他二十二篇	志賀直哉
暗夜行路 全二冊	志賀直哉
志賀直哉随筆集	高橋英夫編
高村光太郎詩集	高村光太郎
白秋愛唱歌集	藤田圭雄編
北原白秋歌集	高野公彦編
北原白秋詩集 全二冊	安藤元雄編
フレップ・トリップ	北原白秋
大石良雄・笛	野上弥生子
野上弥生子随筆集	竹西寛子編
お目出たき人・世間知らず	武者小路実篤
友情	武者小路実篤
釈迦	武者小路実篤

銀の匙	中勘助
犬 他一篇	中勘助
中勘助詩集	谷川俊太郎編
若山牧水歌集	伊藤一彦編
新編 みなかみ紀行	若山牧水・池内紀編
木下杢太郎詩集	河盛好蔵選
新編 百花譜百選	木下杢太郎画・前川誠郎編
新編 啄木歌集	久保田正文編
ISIKAWA TAKUBOKU ROMAZI NIKKI（啄木・ローマ字日記）	石川啄木・桑原武夫編訳
時代閉塞の現状・食うべき詩 他十篇	石川啄木
蓼喰う虫	谷崎潤一郎・小出楢重画
春琴抄・盲目物語	谷崎潤一郎
吉野葛・蘆刈	谷崎潤一郎
卍（まんじ）	谷崎潤一郎
幼少時代	谷崎潤一郎
谷崎潤一郎随筆集	篠田一士編
多情仏心 全二冊	里見弴

文章の話		里見弴
今年竹	全二冊	里見弴
萩原朔太郎詩集		三好達治選
郷愁の詩人 与謝蕪村		萩原朔太郎
猫町	他十七篇	萩原朔太郎 清岡卓行編
恩讐の彼方に・忠直卿行状記	他八篇	菊池寛
父帰る・藤十郎の恋	菊池寛戯曲集	石割透編
春泥・花冷え		久保田万太郎
室生犀星詩集		室生犀星自選
或る少女の死まで	他二篇	室生犀星
犀星王朝小品集		室生犀星
出家とその弟子		倉田百三
愛と認識との出発		倉田百三
神経病時代・若き日		広津和郎
羅生門・鼻・芋粥・偸盗		芥川竜之介
地獄変・邪宗門・好色・藪の中	他七篇	芥川竜之介
河童	他二篇	芥川竜之介
歯車	他二篇	芥川竜之介
蜘蛛の糸・杜子春・トロッコ	他十七篇	芥川竜之介
大導寺信輔の半生・手巾・湖南の扇	他十二篇	芥川竜之介
或日の大石内蔵之助・枯野抄	他十二篇	芥川竜之介
侏儒の言葉・文芸的な、余りに文芸的な		芥川竜之介
芥川竜之介書簡集		石割透編
芥川竜之介随筆集		石割透編
蜜柑・尾生の信	他十八篇	芥川竜之介
年末の一日・浅草公園	他十七篇	芥川竜之介
芥川竜之介紀行文集		山田俊治編
田園の憂鬱		佐藤春夫
都会の憂鬱		佐藤春夫
厭世家の誕生日	他六篇	佐藤春夫
日輪・春は馬車に乗って	他八篇	横光利一
上海		横光利一
旅愁	全二冊	横光利一
宮沢賢治詩集		谷川徹三編
童話集 風の又三郎	他十八篇	宮沢賢治 谷川徹三編
童話集 銀河鉄道の夜	他十四篇	宮沢賢治 谷川徹三編
山椒魚・遙拝隊長	他七篇	井伏鱒二
伊豆の踊子・温泉宿	他四篇	川端康成
雪国		川端康成
川端康成随筆集		川西政明編
詩を読む人のために		三好達治
藝術に関する走り書的覚え書		中野重治
梨の花		中野重治
社会百面相	全二冊	内田魯庵
檸檬(レモン)・冬の日	他九篇	梶井基次郎
蟹工船 一九二八・三・一五		小林多喜二
防雪林・不在地主		小林多喜二
独房・党生活者		小林多喜二
風立ちぬ・美しい村		堀辰雄
菜穂子	他五篇	堀辰雄
富嶽百景・走れメロス	他八篇	太宰治

斜陽 他一篇　太宰治
人間失格・グッド・バイ 他一篇　太宰治
津軽　太宰治
お伽草紙・新釈諸国噺　太宰治
真空地帯　野間宏
日本唱歌集　堀内敬三・井上武士編
日本童謡集　与田準一編
近代日本人の発想の諸形式 他四篇　伊藤整
小説の方法　伊藤整
小説の認識　伊藤整
中原中也詩集　大岡昇平編
ランボオ詩集　中原中也訳
小熊秀雄詩集　岩田宏編
風浪・蛙昇天 —木下順二戯曲選Ⅰ　木下順二
玄朴と長英 他三篇　真山青果
随筆滝沢馬琴　真山青果
新編 近代美人伝 全二冊　長谷川時雨・杉本苑子編

みそっかす　幸田文
土屋文明歌集　土屋文明自選
古句を観る　柴田宵曲
俳諧随筆 蕉門の人々　柴田宵曲
評伝 正岡子規　柴田宵曲
新編 俳諧博物誌　柴田宵曲・小出昌洋編
随筆集 団扇の画　柴田宵曲・小出昌洋編
子規居士の周囲　柴田宵曲
小説集 夏の花　原民喜
原民喜全詩集
いちご姫・蝴蝶 他二篇　山田美妙・十川信介校訂
貝殻追放抄　水上滝太郎
銀座復興 他三篇　水上滝太郎
鏑木清方随筆集 東京の四季　山田肇編
柳橋新誌　成島柳北・塩田良平校訂
島村抱月文芸評論集　島村抱月
石橋忍月評論集　石橋忍月

立原道造・堀辰雄翻訳集 —林檎みのる頃・窓
野火／ハムレット日記　大岡昇平
中谷宇吉郎随筆集　樋口敬二編
雪　中谷宇吉郎
冥途・旅順入城式　内田百閒
東京日記 他六篇　内田百閒
佐藤佐太郎歌集　佐藤志満編
西脇順三郎詩集　那珂太郎編
草野心平詩集　入沢康夫編
山岳紀行文集 日本アルプス　小島烏水・近藤信行編
雪中梅　末広鉄腸・小林智賀平校訂
宮柊二歌集　宮英子・高野公彦編
山の絵本　尾崎喜八
日本児童文学名作集 全二冊　桑原三郎・千葉俊二編
山月記・李陵 他九篇　中島敦
眼中の人　小島政二郎
新選 山のパンセ　串田孫一自選

小川未明童話集	桑原三郎編
新美南吉童話集	千葉俊二編
岸田劉生随筆集	酒井忠康編
摘録 劉生日記	岸田劉生 酒井忠康編
量子力学と私	朝永振一郎 江沢洋編
科学者の自由な楽園	朝永振一郎 江沢洋編
書物	森銑三 柴田宵曲
新編 明治人物夜話	森銑三 小出昌洋編
自註鹿鳴集	会津八一
窪田空穂随筆集	大岡信編
わが文学体験	窪田空穂
窪田空穂歌集	大岡信編
明治文学回想集 全二冊	十川信介編
梵雲庵雑話	淡島寒月
森鷗外の系族	小金井喜美子
新編 学問の曲り角	河野与一 原二郎編
子規を語る	河東碧梧桐

碧梧桐俳句集	栗田靖編
新編 春の海 ―宮城道雄随筆集	千葉潤之介編
林芙美子紀行集 下駄で歩いた巴里	立松和平編
放浪記	林芙美子
山の旅 全二冊	近藤信行編
日本近代文学評論選 全二冊	千葉俊二 坪内祐三編
観劇偶評	三木竹二 渡辺保編
食道楽 全二冊	村井弦斎
酒道楽	村井弦斎
文楽の研究 全二冊	三宅周太郎
五足の靴	五人づれ
尾崎放哉句集	池内紀編
リルケ詩抄	茅野蕭々訳
ぷえるとりこ日記	有吉佐和子
日本の島々、昔と今。	有吉佐和子
江戸川乱歩短篇集	千葉俊二編
怪人二十面相・青銅の魔人	江戸川乱歩

少年探偵団・超人ニコラ	江戸川乱歩
江戸川乱歩作品集 全三冊	浜田雄介編
堕落論・日本文化私観 他二十二篇	坂口安吾
桜の森の満開の下・白痴 他十二篇	坂口安吾
風と光と二十の私と・いずこへ 他十六篇	坂口安吾
久生十蘭短篇選	川崎賢子編
墓地展望亭・ハムレット 他六篇	久生十蘭
六白金星・可能性の文学 他十一篇	織田作之助
夫婦善哉 正続 他十二篇	織田作之助
わが町・青春の逆説	織田作之助
歌の話・歌の円寂する時 他一篇	折口信夫
死者の書・口ぶえ	折口信夫
釈迢空歌集	折口信夫 富岡多恵子編
折口信夫古典詩歌論集	藤井貞和編
汗血千里の駒 坂本龍馬君之伝	坂崎紫瀾 林原純生校注
山川登美子歌集	今野寿美編
日本近代短篇小説選 全六冊	紅野敏郎・紅野謙介・千葉俊二・宗像和重・山田俊治編

自選 谷川俊太郎詩集
訳詩集 月下の一群　堀口大學訳
訳詩集 白孔雀　西條八十訳
茨木のり子詩集　谷川俊太郎選
第七官界彷徨・琉璃玉の耳輪 他四篇　尾崎翠
大江健三郎自選短篇
M/Tと森のフシギの物語　大江健三郎
辻征夫詩集　谷川俊太郎編
明治詩話　木下彪
石垣りん詩集　伊藤比呂美編
漱石追想　十川信介編
芥川追想　石割透編
自選 大岡信詩集
うたげと孤心　大岡信
日本の詩歌 その骨組みと素肌　大岡信
日本近代随筆選 全三冊　千葉俊二・長谷川郁夫・宗像和重編
尾崎士郎短篇集　紅野謙介編

山之口貘詩集　高良勉編
原爆詩集　峠三吉
近代はやり唄集　倉田喜弘編
竹久夢二詩画集　石川桂子編
まど・みちお詩集　谷川俊太郎編

《イギリス文学》〔赤〕

ユートピア　トマス・モア　平井正穂訳
完訳カンタベリー物語 全三冊　チョーサー　桝井迪夫訳
ヴェニスの商人　シェイクスピア　中野好夫訳
ジュリアス・シーザー　シェイクスピア　中野好夫訳
十二夜　シェイクスピア　小津次郎訳
ハムレット　シェイクスピア　野島秀勝訳
オセロウ　シェイクスピア　菅泰男訳
リア王　シェイクスピア　野島秀勝訳
マクベス　シェイクスピア　木下順二訳
ソネット集　シェイクスピア　高松雄一訳
ロミオとジューリエット　シェイクスピア　平井正穂訳
対訳シェイクスピア詩集 —イギリス詩人選(1)　柴田稔彦編
失楽園 全二冊　ミルトン　平井正穂訳
ロビンソン・クルーソー 全二冊　デフォー　平井正穂訳
ガリヴァー旅行記　スウィフト　平井正穂訳
ジョウゼフ・アンドルーズ 全二冊　フィールディング　朱牟田夏雄訳

ウェイクフィールドの牧師 —むだばなし　ゴールドスミス　小野寺健訳
幸福の探求 —アビシニアの王子ラセラスの物語　サミュエル・ジョンソン　朱牟田夏雄訳
対訳バイロン詩集 —イギリス詩人選(8)　笠原順路編
対訳ブレイク詩集 —イギリス詩人選(4)　松島正一編
ブレイク詩集　寿岳文章訳
ワーズワース詩集　田部重治選訳
対訳ワーズワス詩集 —イギリス詩人選(3)　山内久明編
キプリング短篇集　橋本槙矩編訳
高慢と偏見 全二冊　ジェーン・オースティン　富田彬訳
説きふせられて　ジェーン・オースティン　富田彬訳
エマ 全二冊　ジェーン・オースティン　工藤政司訳
対訳テニスン詩集 —イギリス詩人選(5)　西前美巳編
虚栄の市 全四冊　サッカリー　中島賢二訳
床屋コックスの日記・馬丁粋語録　サッカレ　平井呈一訳
デイヴィッド・コパフィールド 全五冊　ディケンズ　石塚裕子訳
ディケンズ短篇集　小池滋　石塚裕子訳
炉辺のこほろぎ　ディケンズ　本多顕彰訳

ボズのスケッチ 短篇小説篇 全二冊　ディケンズ　藤岡啓介訳
アメリカ紀行 全二冊　ディケンズ　伊藤弘之・下笠徳次・隈元貞広訳
イタリアのおもかげ　ディケンズ　伊藤弘之・下笠徳次・隈元貞広訳
大いなる遺産 全二冊　ディケンズ　石塚裕子訳
荒涼館 全四冊　ディケンズ　佐々木徹訳
鎖を解かれたプロメテウス　シェリー　石川重俊訳
対訳シェリー詩集 —イギリス詩人選(9)　アルヴィ宮本なほ子編
ジェイン・エア 全二冊　シャーロット・ブロンテ　河島弘美訳
嵐が丘 全二冊　エミリー・ブロンテ　河島弘美訳
教養と無秩序　マシュー・アーノルド　多田英次訳
テス 全二冊　ハーディ　井上宗次　石田英二訳
緑の木蔭 和蘭派田園画　トマス・ハーディ　阿部知二訳
緑の館 —熱帯林のロマンス　ハドソン　柏倉俊三訳
宝島　スティーヴンスン　阿部知二訳
ジーキル博士とハイド氏　スティーヴンスン　海保眞夫訳
プリンス・オットー　スティーヴンスン　小川和夫訳
新アラビヤ夜話　スティーヴンスン　佐藤緑葉訳

南海千一夜物語　スティーヴンスン　中村徳三郎訳
若い人々のために 他十一篇　スティーヴンスン　岩田良吉訳
マーカイム・壜の小鬼 他五篇　スティーヴンソン　高松雄一・高松禎子訳
怪談 —不思議なことの物語と研究　ラフカディオ・ハーン　平井呈一訳
サロメ　ワイルド　福田恆存訳
人と超人　バーナド・ショー　市川又彦訳
ヘンリ・ライクロフトの私記　ギッシング　平井正穂訳
闇の奥　コンラッド　中野好夫訳
コンラッド短篇集　中島賢二編訳
対訳 イエイツ詩集　高松雄一編
月と六ペンス　モーム　行方昭夫訳
読書案内 —世界文学　W・S・モーム　西川正身訳
人間の絆 全三冊　モーム　行方昭夫訳
夫が多すぎて　モーム　海保眞夫訳
サミング・アップ　モーム　行方昭夫訳
モーム短篇選 全二冊　行方昭夫編訳
お菓子とビール　モーム　行方昭夫訳

荒地　T・S・エリオット　岩崎宗治訳
悪口学校　シェリダン　菅泰男訳
オーウェル評論集　小野寺健編訳
パリ・ロンドン放浪記　ジョージ・オーウェル　小野寺健訳
動物農場 —おとぎばなし　ジョージ・オーウェル　川端康雄訳
対訳 キーツ詩集 —イギリス詩人選(10)　宮崎雄行編
キーツ詩集　中村健二訳
阿片常用者の告白　ド・クインシー　野島秀勝訳
20世紀イギリス短篇選 全二冊　小野寺健編訳
イギリス名詩選　平井正穂編
タイム・マシン 他九篇　H・G・ウエルズ　橋本槇矩訳
透明人間　H・G・ウエルズ　橋本槇矩訳
トーノ・バンゲイ 全二冊　ウェルズ　中西信太郎訳
回想のブライズヘッド 全二冊　イーヴリン・ウォー　小野寺健訳
愛されたもの　イーヴリン・ウォー　中村健二・出淵博訳
イギリス民話集　河野一郎編訳
白衣の女 全三冊　ウィルキー・コリンズ　中島賢二訳

夢の女・恐怖のベッド 他六篇　ウィルキー・コリンズ　中島賢二訳
対訳 英米童謡集　河野一郎編訳
完訳 ナンセンスの絵本　エドワード・リア　柳瀬尚紀訳
灯台へ　ヴァージニア・ウルフ　御輿哲也訳
船出 全二冊　ヴァージニア・ウルフ　川西進訳
夜の来訪者　プリーストリー　安藤貞雄訳
イングランド紀行 全二冊　プリーストリー　橋本槇矩訳
アーネスト・ダウスン作品集　南條竹則編訳
スコットランド紀行　エドウィン・ミュア　橋本槇矩訳
狐になった奥様　ガーネット　安藤貞雄訳
ヘリック詩鈔　森亮訳
たいした問題じゃないが —イギリス・コラム傑作選　行方昭夫編訳
文学とは何か —現代批評理論への招待 全二冊　テリー・イーグルトン　大橋洋一訳

《アメリカ文学》〔赤〕

ギリシア・ローマ神話 付インド・北欧神話　ブルフィンチ　野上弥生子訳
中世騎士物語　ブルフィンチ　野上弥生子訳
フランクリン自伝　松本慎一　西川正身訳
フランクリンの手紙　蕗沢忠枝編訳
スケッチ・ブック 全二冊　アーヴィング　齊藤昇訳
アルハンブラ物語 全二冊　アーヴィング　平沼孝之訳
ウォルター・スコット邸訪問記　アーヴィング　齊藤昇訳
ブレイスブリッジ邸　アーヴィング　齊藤昇訳
完訳 緋文字　ホーソーン　八木敏雄訳
哀詩 エヴァンジェリン　ロングフェロー　斎藤悦子訳
黒猫・モルグ街の殺人事件 他五篇　ポオ　中野好夫訳
対訳 ポー詩集 —アメリカ詩人選(1)　加島祥造編
黄金虫・アッシャー家の崩壊 他九篇　ポオ　八木敏雄訳
ポオ評論集　八木敏雄編訳
森の生活(ウォールデン) 全二冊　ソロー　飯田実訳
白鯨 全三冊　メルヴィル　八木敏雄訳

幽霊船 他一篇　ハーマン・メルヴィル　坂下昇訳
対訳 ホイットマン詩集 —アメリカ詩人選(2)　木島始編
対訳 ディキンソン詩集 —アメリカ詩人選(3)　亀井俊介編
不思議な少年　マーク・トウェイン　中野好夫訳
王子と乞食　マーク・トウェーン　村岡花子訳
人間とは何か　マーク・トウェイン　中野好夫訳
ハックルベリー・フィンの冒険 全二冊　マーク・トウェイン　西田実訳
いのちの半ばに　ビアス　西川正身訳
新編 悪魔の辞典　ビアス　西川正身編訳
ビアス短篇集　大津栄一郎編訳
ヘンリー・ジェイムズ短篇集　大津栄一郎編訳
大使たち 全二冊　ヘンリー・ジェイムズ　青木次生訳
あしながおじさん　ジーン・ウェブスター　遠藤寿子訳
赤い武功章 他三篇　クレイン　西田実訳
シカゴ詩集　サンドバーグ　安藤一郎訳
大地 全四冊　パール・バック　小野寺健訳
シスター・キャリー 全二冊　ドライサー　村山淳彦訳

熊 他三篇　フォークナー　加島祥造訳
響きと怒り 全二冊　フォークナー　平石貴樹　新納卓也訳
アブサロム、アブサロム! 全二冊　フォークナー　藤平育子訳
八月の光 全二冊　フォークナー　諏訪部浩一訳
楡の木陰の欲望　オニール　井上宗次訳
日はまた昇る　ヘミングウェイ　谷口陸男訳
ヘミングウェイ短篇集 全二冊　谷口陸男編訳
怒りのぶどう 全三冊　スタインベック　大橋健三郎訳
ブラック・ボーイ —ある幼少期の記録 全二冊　リチャード・ライト　野崎孝訳
オー・ヘンリー傑作選　大津栄一郎訳
小公子　バーネット　若松賤子訳
アメリカ名詩選　亀井俊介　川本皓嗣編
20世紀アメリカ短篇選 全二冊　大津栄一郎編訳
孤独な娘　ナサニエル・ウエスト　丸谷才一訳
魔法の樽 他十二篇　マラマッド　阿部公彦訳
青白い炎　ナボコフ　富士川義之訳
風と共に去りぬ 全六冊　マーガレット・ミッチェル　荒このみ訳